NAFL選書

日本語表現文型

用例中心・複合辞の意味と用法

森田良行　松木正恵

まえがき

日本語教育者はもちろん、日本語学習者にとって、日本語を知るということがいかに大切なことかは自明のことである。だが、一歩進めて、日本語を知るとはいったい何かと問われると、正しく答えられる人は意外と少ない。日本人ならだれでも日本語がわかるといった神話は崩れて久しい。日本人でも日本語を知らない人が多く、ましてや日本語の教えられる人は極めて少ないと考えるのが今日、常識となっている。

それではどうすれば日本語の達人になれるか。日本語に関する書物をひもといて学習すればよいとの答が返ってくる。確かにその通りであるが、文法・語彙・意味・音声・表記……と言語学習の各分野を見渡しても、参考書が完備しているという状態にはほど遠い。文法や意味の問題に関して見ても、語用論や文法論・語義論といった面では優れた文献を見出すことはたやすいが、語や文の範囲から一歩はずれた対象、たとえば連語や連文を問題の正面にすえて論じた研究書となると、はなはだ心もとない。しかも、それらこそ言語を表現のレベルで考えるとき避けて通れぬ重要なポイントとなる対象なのだ。

表現文型を形づくる部分、特に主題を示す箇所や文末、あるいは複文を構成する接続部分など、これらは、形式化した語や助詞・助動詞などが複合しあい、全体が一つの付属語のように機能して、独自の表現形式を生み出すことが多い。いわゆる複合辞（もしくは複合助辞）と呼ばれる部分である。これは日本語を表現レベルでとらえようとするときの極めて重要な文法問題といってよかろう。ただ、語の枠を超える対象であり、解釈がむずかしいところから、従来ほとんど手の着けられていない部分であった。それだけに、日本語を文型中心に取り扱う日本語教育においては、この複合辞に関する研究書の出現が待たれていたのである。

本書の著者の一人、松木正恵さんは、早稲田大学大学院に在学中は現代日本語を専攻し、修士論文として複合辞に関する研究をまとめた篤学の徒である。本書は、その折、集められた膨大な用例資料に分類整理を施し、各表現形式ごとに解説を加えて成ったものである。書名に「表現文型」と謳ったが、「複合辞の用例と使い方」と読み換えてもよい。複合辞の分類ならびに解説は松木が担当し、森田は原稿に目を通して全体のバランスを整え、選ばれた例文の取捨と解説文の字句の修正を行うにとどまった。本書が、日本語研究・日本語教育の現場で広く活用されることを期待したい。

一九八九年三月

森田　良行

目次

装丁　熊谷博人

凡例

一　本書の方針と特色

1　本書は、いわゆる「複合辞」の意味と用法の解説を通して、日本語の表現文型の一端を明らかにしようと試みたものである。用例は、日本語教育に携わる者および日本語学習者の利用の便を図り、中級日本語教科書・小説・論説等からの実例を数多く採録するよう努めた。特に小説に関しては、言文一致以降の明治二十年代から昭和五十年代までの広い範囲にわたって用例を収集し、時代的な片寄りが出ないよう配慮した。日本語教育の立場からすると多少古めかしい表現も無いではないが、時代的な動きを知るうえで意味あることと考え、あえて採録することにした。

2　「複合辞」とは、いくつかの語が複合してひとまとまりの形で辞的な機能（助詞・助動詞相当の機能）を果たす表現である。例えば、「どうせやるからには最後までがんばれ。」の「からには」は、一般には「から（接続助詞）」＋「に（格助詞）」＋「は（係助詞）」と分析されるが、このように分けてしまうと、常にひと続きで用いられる「からには」固有の意味・機能を十分に説明することができない。そこで、ひとまとまりの形で単なる語の連接という形式以上の意味・機能を果たしている表現を「複合辞」と呼び、それを一単位体として分析する立場が必要となってくる。これは、特に日本語教育には有効な考え方である。本書では、従来の日本文法における助詞・助動詞分類にならい、これらの複合辞を意味・機能の上から、「助詞の働きをするもの」と「助動詞の働きをするもの」とに、それぞれ分類して示した。

3　どのような表現を複合辞と呼ぶのかという基準について定説はないが、本書では、単なる語の連接ではなく、表現形式全体として、個々の構成要素のプラス以上の独自の意味が生じていることを一つの目安とした。従って、単なる連接に過ぎない「てから」「までに」「うちで」「間に」「時に」等は本書では扱っていない。ただし、日本語の表現文型を考える上で重要と思われる表現については、「わけだ」「はずだ」「つもりだ」等のように単なる連接と思われるものでも取り上げている場合がある。（「わけさ」「はずね」「つもりよ」等は省略した。）なお、形式名詞単独で辞的な機能を果たすものはもちろん複合辞ではないが、意味・機能上複合辞と同等とみなされる場合も多い。本書では、「うえ（で）」「すえ（に）」「ところ（が）」等、単独でも複合した形でも辞的機能を有する表現については、一部取り上げている。

4　「複合辞性」とは、複合辞らしさのことであり、様々な尺度が考えられるが、本書では、①構成要素の緊密化の度合、②語の形式化の度合、の二点を目安にした。①は、一表現を形成する個々の構成要素が緊密に結びついているものほど複合辞性が高いという見方である。具体的には、「ことができる」→「ことはできる」「こともできる」「ことのできる」のような交替や、「ことがある」→「ことがしばしばある」等他語の挿入、また、「見たことも聞いたこともない」→「見たこともないし、聞いたこともない」といった部分省略の行われにくい表現ほど複合辞性が高いことになる。②は、複合辞の構成要素である名詞・動詞・形容詞などの語が、本来の機能を失って形式化し、助詞・助動詞的な機能しか果たさなくなっているものほど複合辞性が高いという見方である。この点は判断が難しく、個々の表現によって異なるため統一的な基準は示せないが、動詞に関しては、本来の活用の機能を失っているものほど複合辞性が高いという原則がある。例えば、動詞「よる」「とる」を中心とした複合辞を比較してみると、「よる」のほうはその活用形に応じて、「によって」「により」「によると」「によれば」「によらず」、連体格「による」「によっての」など種々の表現形式があるが、「とる」を中心とした複合辞は「にとって」の形しか存在せず、連体格も「にとる」はなく「にとっての」のみである。これは、「よる」が未だ活用機能を失っていないことを意味し、その点で「とる」のほうが複合辞性が高いと判断できるわけである。

5　日本語の表現文型と一口に言っても概念が広く、様々な取り上げ方が可能だが、本書では、複合辞との関連性から表現文型をとらえている。これは、助詞・助動詞類が文の表現パターンを性格づける重要な決め手となることから、助詞・助動詞相当の機能を果たす複合辞も、表現パターンにとって重要な手がかりを与えると考えられるとの判断によるものである。

6　本書では実際の用例をもとに複合辞を収集したため、本書の見出し語が複合辞のすべてを網羅しているというわけではない。また、3で述べたように、複合辞とは認めにくい表現でも取り上げられている場合がある。

7　各表現の意味・用法の解説については、類義表現との異同が明らかになるよう配慮した。その際に取り上げた類義表現は、複合辞だけに限定せず、助詞・助動詞・形式名詞・連語表現など、広い範囲から求めた。なお、これらの類義表現はもちろん、見出し語の言い換え表現をも含めた、本書中の全表現形式は、巻末の「表現索引」で検索できるようにしてある。

二　本書で使用した記号

1　（　）……見出し語等の表現に付した（　）は、（　）内の要素を付加しなくても可能なことを示す。
　例：「につけ（て）」→「につけ」「につけて」の両方が可能
　　「にかけて（は・も）」→「にかけて」「にかけては」「にかけても」の三通りが可能

〈　〉……解説中の表現に付した〈　〉は、〈　〉内の要素がその直前の語句と交換可能なことを示す。
　例：「に〈へ〉対し」→「に対し」「へ対し」の両方が可能
　　「において〈にあって〉」→「において」の代わりに「にあって」を用いることも可能

2　○……中級日本語教科書・小説・論説等から採録した用例を示す。各出典は用例末尾に（浮）等の略号で明示した。（略号と出典については次項参照。）なお、略号の付記されていない用例は作例である。

a・b・c等……類義表現等を比較対照して解説する便宜上の作例を示す。一つの項目に一例しか示す必要がない場合には、・で代用した。

3　×……**a・b・c**等の作例の右肩に付した×は不成立の文（非文）を示す。

△……文としては成立するが、そこで求められているものとは別の意味にしか解釈できない文を示す。

?……やや不自然な文だが、人によって判断に差が出ると思われることを示す。

↓……参照すべき表現項目のページを示す。

三　用例出典一覧

（　）は本文中に使用した略号を示す

〔中級日本語教科書〕

（MⅡ）国際基督教大学日本語科編『Modern Japanese for University Students Part II』（別冊『Exercises』『Supplementary Material』も含む。一九六六年九月初版、一九六九年四月改訂版）

（早1）早稲田大学語学教育研究所編『外国学生用　日本語教科書　中級』第一部（一九七二年五月）

（早2）同前　第二部
（日Ⅱ）東京外国語大学外国語学部附属日本語学校編『日本語Ⅱ』（一九七三年八月）
（I_1）大阪外国語大学留学生別科日本語研究室編『INTERMEDIATE JAPANESE――中級日本語』
VOLUME 1（一九六八年七月初版、一九七四年十月改訂版）
（I_2）同前　VOLUME 2（一九六八年八月初版、一九七八年六月改訂版）
（中）東海大学留学生別科編『日本語　中級Ⅰ』（一九七九年十月）
（J）JAPANESE LANGUAGE PROMOTION CENTER 編『INTENSIVE COURSE IN JAPANESE; INTERMEDIATE』（"MAIN TEXT" の他、別冊 "NOTE" を含む。一九八〇年七月）
（型Ⅰ）筑波大学日本語教育研究会編『日本語表現文型　中級Ⅰ』（一九八三年四月）

（型Ⅱ）同前『日本語表現文型　中級Ⅱ』（一九八三年四月）

[小説・随筆・論説]

（浮）二葉亭四迷「浮雲」（明治二十年六月、角川文庫　昭和五十三年七月）

（多）尾崎紅葉「多情多恨」前編（明治二十九年二〜六月、『日本現代文学全集5　尾崎紅葉集』講談社　昭和三十八年三月）この場合のみ、全集の本文が旧字体・旧仮名づかいのため、現代表記に改めてから引用した。

（武）国木田独歩「武蔵野」（明治三十一年一月）

（牛）同「牛肉と馬鈴薯」（明治三十四年十一月）

（少）同「少年の悲哀」（明治三十五年八月）

（春）同「春の鳥」（明治三十七年三月）

（右四編、旺文社文庫　昭和四十五年六月）

（野）伊藤左千夫「野菊の墓」（明治三十九年一月、角川文庫　昭和五十九年八月）

（坊）夏目漱石「坊っちゃん」（明治三十九年四月、旺文社文庫　昭和四十年七月）

（ふ）永井荷風「ふらんす物語」（明治四十一〜四十二年、新潮文庫　昭和四十三年十一月）

（刺）谷崎潤一郎「刺青」（明治四十二年十一月、新潮文庫　昭和六十年五月）

（門）夏目漱石「門」（明治四十三年三〜六月、岩波文庫　昭和三十七年二月）

（年）谷崎潤一郎「少年」（明治四十四年六月）

(幇)同「幇間」(明治四十四年九月)

(右二編、新潮文庫 昭和六十年五月)

(阿)森鷗外「阿部一族」(大正四年一月、岩波文庫 昭和四十一年九月)

(硝)夏目漱石「硝子戸の中」(大正四年一月、岩波文庫 昭和五十九年十一月)

(腕)永井荷風「腕くらべ」(大正五年八月〜六年十月、岩波文庫 昭和六十二年二月)

(戯)芥川龍之介「戯作三昧」(大正六年十〜十一月、旺文社文庫 昭和四十一年十二月)

(生)有島武郎「生れ出づる悩み」(大正七年三月、旺文社文庫 昭和四十六年七月)

(都)佐藤春夫「都会の憂欝」(大正十一年一〜十二月、旺文社文庫 昭和四十六年八月)

(伸)宮本百合子「伸子」(大正十三年九月、新潮文庫 昭和六十年六月)

(様)小林秀雄「様々なる意匠」(昭和四年九月)

(現)同「現代文学の不安」(昭和七年六月)

(X)同「Xへの手紙」(昭和七年九月)

(右三編、角川文庫 昭和五十四年五月)

(美)堀辰雄「美しい村」(昭和八年十月、新潮文庫 昭和六十年五月)

(濹)永井荷風「濹東綺譚」(昭和十二年四月、岩波文庫 昭和六十年五月)

(愛)武者小路実篤「愛と死」(昭和十四年七月、新潮文庫 昭和六十一年三月)

(夏)原民喜「夏の花」(昭和二十二年六月、新潮文庫 昭和四十八年四月)

(夫)大岡昇平「武蔵野夫人」(昭和二十五年一月、新潮文庫 昭和五十九年十一月)

(み)幸田文「みそっかす」(昭和二十六年四月、岩波文庫 昭和五十九年五月)

(夜)北杜夫「夜と霧の隅で」(昭和三十五年五月、新潮文庫 昭和五十三年七月)

(砂)安部公房「砂の女」(昭和三十七年六月、新潮文庫 昭和六十年二月)

(立)柴田翔「立ち盡す明日」(昭和四十五年十一月、新潮文庫 昭和六十年一月)

(魔)山本道子「魔法」(昭和四十七年三月)

(老)同「老人の鴨」(昭和四十七年八月)

(右二編、新潮文庫 昭和六十一年一月)

(黄)木村治美「黄昏のロンドンから」(昭和五十一年十一月、文春文庫 昭和六十年三月)

（再）三浦朱門「再会」（昭和五十八年六月、集英社文庫　昭和六十年五月）

［その他］

（助）国立国語研究所報告3『現代語の助詞・助動詞——用法と実例——』（秀英出版　昭和二十六年五月）

追記

「複合辞」という用語は永野賢氏の論文「表現文法の問題——複合辞の認定について——」（『金田一博士古稀記念言語民俗論叢』昭和二十八年、三省堂）に発するもので、そこでは時枝文法に基づいて、複合助詞・複合助動詞・複合接続詞・複合感動詞の四種を「複合辞」と認めている。現在では、特に助詞・助動詞相当連語を「複合辞」と呼ぶのが一般化しており、本書もその立場で永野氏の用語を使わせていただいたことをお断りしておく。

助詞と同様の働きをする表現

A 格助詞の働きをするもの

1 資格・立場・状態・視点を示す

として／をもって／でもって／にとって／からすると／からすれば／からして／からいうと／からいえば／からいって／からみると／からみれば／からみて／からみたら

1 として

「として」は通常資格・立場・名目・部類を表し、上接語に何らかの意味や価値づけをする表現である。

○野々村は三十で、もう小説家として新進というよりも、もっと大家のように僕には思えた。（愛）

○この日初めて民子を女として思ったのが、僕に邪念の萌芽ありし何よりの証拠じゃ。（野）

○趣味としてではなく自己の存在証明として絵をかこうとするのはなまなかなことではない。（再）

○男たちの仕事の話となると、朝子は聞く前から難解なものとして聞く耳を持たなかった。（魔）

連体格には「としての」の形が、丁寧体には謙譲の意を含んだ「といたしまして」がある。

○こういう受け答えも、情報交換の対話ではなく潤滑油としての対話なのである。（早2）

○来週は「暮らしのヒント」の第五回目といたしまして、「衣類の手入れ」についてお送りする予定です。

その他、係助詞「は」「も」をつけて、

○あの人は学者としては立派だが、社会人としてはほめられない。

○その高校野球のエースは、プロの選手としても十分に通用するとの評価を受けた。（日Ⅱ）

のように用いられることもある。↓五六ページ「としては」

なお、厳密に言えば、同じ「として」でも、

○知事は来賓として祝辞を述べた。

のように連用格助詞の役割を果たしている場合と、

○県として対策を講じる必要がある。

○スタイリストに限らず、女性の進出の目だつこの種の職業には見逃せない共通性がある。それは、新しい職業で、まだ収入面で安定していないということ、男性として一生をささげる魅力に乏しいということである。（早2）

のように「が」で置き換え可能な主格助詞の役割を果たしている場合がある。が、後者の例は比較的少なく、また、主格も連用格の一種だという立場に立てば、それほど厳密に区別する必要もないであろう。

2 をもって／でもって／として

「をもって」「でもって」は、動作・作用の行われる状態を表す。状態を示す語をA、動作・作用をBとして、「AをもってB」（あるいは「AでもってB」）とすれば、〝Aという状態にあってBする〟ことを意味している。

○彼は伸子を助け自分の立場を理解しているものの自信を以て振舞った。（伸）

○先天的に人から一種温かい軽蔑の心を以て、若しくは憐愍（れんびん）の情を以て、親しまれ可愛がられる性分なのです。（背）

○「僕も大哲学者になりたい……しかし、僕の願いというのはこれでもない。もし僕の願いがかなわないでもって、大哲学者になったなら僕は自分を冷笑し自分の顔に『偽』の一字を烙印します。」（牛）

○優秀な成績でもって卒業した。

のような例の他に、ある資格・立場を表す

○助教授でもって他大学に赴任した。

といった用法もあり（「をもって」にはない）、この場合は「として」と置き換えても不都合はない。「でもって」と「として」の違いは、Bの位置に要求される述部の性格に現れてくるようである。

×a 上等兵でもって立派な最期であった。……不成立

b 上等兵として立派な最期であった。

「でもって」はBに動作性の述部を要求するため、aのような状態性の述部では不自然になるが、「として」にはそのような制約はない。

3 にとって

判断や評価を成立させる立場・視点を示す表現で、〝〜の身から見て〟の意で主に人物を受ける。稀に無生物も受けるが、擬人法などの特別な場合や、〝〜を中心として考えると〟の意で何かの事物に視点を移してながめた場合に限られる。また、元の動詞「とる」が、他の事物を自己側に引き入れる行為を示すところから、「にとって」は受け手としての立場・視点を表す意識が強いと言えよう。

○芸術家にとって目的意識とは、彼の創造の理論にほかならない。（様）

○同じ漢字を使っていることは、コミュニケーションにとってやはり大変な強味だと思います。（MⅡ）

○自分の頭の上に枝を出している樹木は、生長する樹にとってははらいのけられなければならない。（愛）

○水素（H）とか酸素（O）とかも、工業にとっては非常に大切な物質なのですが……（中）

○「そんな失敗はあなたにとっても不名誉なことだし、研究を指導したわたしにとっても嬉しいことじゃありません。」（J）

連体格の用法は「にとっての」。丁寧体に「にとりまして」が、また、「にとっては」の会話体として「にとっちゃ」がある。

○総選挙は政治界の人々にとっての大切な問題になっている。

○どんなに出来の悪い子供でも、親にとりましてはかわいい子供に変わりはありません。（硝）

○「困ってしまうなあ……ぼくのような勤め人にとっちゃ、予定が半日も狂っちゃ、どえらい損失ですからね……。」（砂）

4 からすると／からすれば／からして／からいうと／からいえば／からいって／からみると／からみれば／からみて／からみたら

ある立場から事物をながめて判断・評価を下すという、話者の視点を表すもので、人物はもちろん、無生物も自由に受けることができる。また、「からみれば」「からみたら」には比較のニュアンスが添えられることもある。

○夫の立場からすれば週休二日制は大いに結構であるが、妻の立場からすれば、せまい家の中で一日中夫がテレビの前にすわっていると、掃除もできなくて困るというわけである。（J）

○仙太郎さんはなんでも私の父とごく遠い親類つづきになっているんだとか聞いたが、つきあいからいうとまるで疎闊（そかつ）であった。（硝）

○年をとっての後の考えから言えば、あァもしたらこうもしたらと思わぬこともなかったけれど……（野）

○三代目は、その性格からいって、没落を大して深刻に考えないたちでしょう。（黄）
○千曲川の川音も不断からみるとずっと近く聞こえた。（MⅡ）
○良介は……朝子から見れば、呆れるばかりの貪欲さであった。（魔）
○たくさんある漢字は、その使い方から見て、大きく六つに分けることが出来ます。（MⅡ）
○去年の自分からみたら、格段の進歩です。

これらは、他の事物に対して働きかけを行うニュアンスがあるため、受け手意識の強い「にとって」とは置き換えにくい。可能なのは、人物を受けて、かつ比較の意識が希薄な場合に限られ、ここでは第六例「良介は……」だけとなる。→三一ページ「からして」／五六ページ「としては」等

2　対象・関連を示す

につい て／につき／に関して／に対し(て)／をめぐって／をめぐり／にかけて(は・も)／にかけると／にかけても／につけ(て)

1 について／につき／に関して

これらは動作や状態等が取り扱ったり関係を持ったりしている対象を指示する機能を果たす。
○宮地老人についてほとんど自分の父親に対するような懐しさをもっているのが……（夫）
○その女の素質と容貌とに就いては、いろいろの注文があった。（刺）
○総会決議事項につき書面をもってご報告申し上げます。
○ゆえに、象徴とは芸術作品の効果に関して起こる問題であって作者の実践に関して起こる問題ではないのである。（様）
○この大学には有名な先生が大ぜいいるが、経済学に関していうなら、まず小林先生の名をあげなければ

ばならない。

「につき」は改まった表現で、主に書きことばで用いられる。また、「については」の会話体として「についちゃ」も使われている。

○「ぼくは、砂のことについちゃ、これでも、ちょっとばかり、くわしいんでね……。」（砂）

「について」と「に関して」の違いは次の二点にまとめることができよう。

①「について」は、動詞「つく」の〃本来関係のなかった事物が他の事物に接触して離れない状態になる〃という性格を引きついでいるため、対象との緊密度が強く、対象を指示するだけでなく、それと限定する意識がある。「に関する」はその字義通り〃かかわりを持つ〃程度なので、対象との関連性を明示するにとどまる。従って、

a その写真について懐しい思い出がある。

b その写真に関して懐しい思い出がある。

を比較した場合、aは写真そのものにまつわる思い出（例えば、写真の所有者や所有状況についてのエピソードなど）を、bは写真と関連して思い出した状況（例えば、写真を撮った人物・場所・時間やその場の雰囲気など）をとらえていることになる。

②丁寧体はそれぞれ「につきまして」「に関しまして」と同様の形を持つが、連体格の用法としては、「について」に対して「についての」、「に関して」に対して「に関しての」「に関する」がある。

○ひとしきり、叔父についての聡子の噂話を聞いたあとで孝策はたずねてみた。（立）

○その事件に関しての様々な資料は、どこかに隠されているらしい。

○私の家に関する私の記憶、総じてこういうふうにひなびている。（硝）

「に関して」の連体格として「に関する」があるということは、「に関して」がもとになる動詞「関する」

の活用性を失っていないことを意味し、その点で本動詞としての用法にやや近い位置にあると言える。このことは、「に関すれば」「に関せず」等が言えそうであることでもわかる。

それに対して、「について」には、もとの動詞「つく」の活用による関連形式がなく、それだけ「について」一語として固まっていることがわかる。このことは、言い換えれば、本動詞としての用法を離れて複合辞として格助詞的機能を担っていることを意味する。「について」は、対象を示す複合辞の中では、最も基本的で複合辞性の高い表現と考えられよう。

▼なお、「について」「につき」「に関して」は、体言を受けるのが一般的であるが、

○山室幾美子を妻に迎えるについて、おばあさんにはどうやら難色があったらしい。（み）

のように用言を受ける例も稀に見られる。しかしこの場合は、「山室幾美子を妻に迎えること」を意味しており、体言相当句とみなすのが妥当であろう。

2 について／に対し(て)

「に〈へ〉対し(て)」は、動作や感情が向けられる対象を指示する機能を果たす。動詞「対する」の〝他のものに向かう、応じる〟意を引きつぐため、目標を示すといった方向性や、相対する人物・事物への反作用性などが示唆されることが多い。「へ対して」の形だとより一層方向性が高まると言えよう。

○今日科学の欺瞞（ぎまん）に対して感謝の意を表してしかるべきであろう。（現）

○刺激に対し感応性がある。（MⅡ）

○その事件のあと、息子にたいしては、心が傷つかないようにと、ユダヤ人の迫害の歴史など説明してきかせたのですが……（黄）

○このような国立の学校に対して、福沢諭吉、津田梅子などは、それぞれ独特の校風を持った私立学校をつくり、自分の経験を生かした教育を行ないました。（中）

「について」と「に〈へ〉対し(て)」は、

a　生徒の疑問について答える。

b　生徒の疑問に対して答える。

のように入れ換え可能なものもあれば、

c　川端文学について研究する。

×d　川端文学に対して研究する。……不成立

×e　警官について抵抗する。……不成立

f　警官に対して抵抗する。

のように入れ換え不可能なものや、

g　息子について説明する。

h　息子に対して説明する。

のように意味にずれが生じるものもある。

一般的に言って、「について」は言語活動や思考活動に関係する語を修飾することが多く、「言う」「話す」「相談する」「想像する」「報告する」などと共起しやすい。連体格「についての」が修飾する体言も、「意見」「説明」「考え」「判断」「研究」などといった語が多く、〈注〉物理的な作用等にはなじみにくいようである。(c・e)これは、「について」に対象と密着してそれを深く掘り下げる意識があることの現れで、その意味では静的な表現と言えるかもしれない。

「に〈へ〉対し(て)」は、方向性・反作用性があるところから、対象より少し離れた地点、または相対する地点で対象をとらえる意識があり、対象を深く掘り下げるのではなく、対象を受け手として何らかの物理的・心理的作用を及ぼすことを意図している。そのため、「反抗する」「反発する」「抵抗する」のような

相手との対立関係を表す語とも共起しやすい。(d・f)

従って、二語の入れ換えが可能なのは、「答える」「反論する」といった対象に作用を及ぼす意味合いの言語活動や、「興味がある」「関心を持つ」「中立を保つ」「不平を持つ」「敬意をいだく」などの心的傾向を表す語を修飾する場合である。(a・b)

また、「について」は対象と密着することから、しばしば格助詞「を」と置き換え可能な文を構成し、「に〈へ〉対し(て)」は対象と離れた地点に立つことから、ほぼ格助詞「に」と置き換え可能である。そこで、g・hのように同じ「息子」を受けても、gでは「説明する内容は息子のことである」の意味で「息子について」は対格(目的格)となり、hでは「説明する相手は息子である」の意味で「息子に対して」は与格となるのである。これは、述部に来る用言の意味内容によって左右されることになる。

なお、「に〈へ〉対して」の連体格の用法としては、「に〈へ〉対しての」と「に〈へ〉対する」とがある。

○長年の念願を果たしたことに対しての満足感からか、少々興奮気味であった。(魔)

○この土地の子供たちは、動いている車に対する自己防衛は充分すぎるほど身についていた。(牛)

○これが母へ対するはかない反抗であったのです。

〈注〉蔦原伊都子「〜について」(『日本語学』第三巻第十号、一九八四年十月)

3 をめぐって／をめぐり

ある物事を中心として、それに関連する周辺の物事を対象として取り上げる機能を果たす。中心の物事を限定的に取り上げるのが「について」、その中心と関連する物事を取り上げるのが「に関して」、それらを取り巻く周辺の諸事を取り上げるのが「をめぐって」と考えることができよう。

○後任社長の人事をめぐって、社内の対立が一段と激しくなった。(J)

○石油に代わるエネルギー源の開発をめぐり、活発な研究が進められている。(J)

連体格の用法としては、「をめぐっての」と「をめぐる」の二種がある。
○一枚の宝くじをめぐってのささいないさかいが、殺人事件にまで発展した。
○外部への唯一の開口部である玄関が共同という場合、〈安全〉をめぐる世界の両極端は、いかなるドラマを繰りひろげるでありましょうか。　（黄）
この「をめぐる」の類似表現として、〃関連する〃〃ゆかりがある〃意の「にまつわる」がある。
○某政治家にまつわる黒い噂が紙面をにぎわしている。
○古墳にまつわるさまざまな言い伝えがその土地には残されている。

4 にかけて(は・も)／にかけると／にかけても

「にかけて(は・も)」は、「について」「に関して」の意味で関係のある事物を対象として取り上げるが、その対象に関して、〃非常にすぐれている〃〃自信がある〃〃ひけをとらない〃〃右に出る者はいない〃などのプラスの評価を述部として要求する点が特徴的である。
○ともかくも昇は才子で、毎日怠らず出勤する。事務に懸けては頗る活発で、他人の一日分たっぷりの事を半日で済ましても平気孫左衛門、難渋(なんじゅう)そうな顔色(かおつき)もせぬが……　（浮）
○数学にかけて自分の上に出る者はいないという自信が見事に裏切られた。
○競泳にかけてもいまだかつて誰にも負けたことはない。
しかし、非常にまれにではあるが、「について」「に関して」と同意の、評価的には中立の立場を示す用例もある。
○「自分の職業以外の事にかけては、なるべく好意的に人のために働いてやりたいという考えを持っています。」　（硝）
一方、「にかけると」も「について」「に関して」の意味で関係のある事物を対象として取り上げるが、その対象に関して、〝うまくない〟〝だめだ〟〝意気地がない〟などのマイナスの評価を述部として要求するようである。この点で「にかけて(は・も)」と好対照をなす。
○京都にいた時分は別として、広島でも福岡でも、あまり健康な月日を送った経験のないお米は、この点にかけると、東京へ帰ってからも、やはりしあわせとは言えなかった。　（門）
○「時に先生は、いかがでございますな、歌とか発句とか申すものは、格別お好みになりませんか。」「いや私は、どうもああいうものにかけると、とんと無器用でね。もっとも一時はやったこともあるが。」　（戯）
また、「にかけても」が取り上げる対象は、「命」「名誉」「信用」「面目」「面子」など限られた語だけで、〝これらを失わないように〟といった意味合いで述部にかかっていく。そのため述部には、決意・覚悟などを表す意志的動作が来ることになる。
○私の信用にかけてもこの仕事はやり遂げなければならない。

5 につけ(て)

〝〜に関連して〟〝〜に伴って〟の意で、ある特定の体言を受けて慣用的に用いられることが多い。
○君は何かにつけてすぐ暗い心になってしまう。　（生）
○何事につけ正確な意味をつかむことに、極度の困難を覚える近ごろなのだ。　（X）
○それにつけても今更のように蘇って来る、この土地ではじめて知り合いになった或る女友達との最近の悲しい別離。　（美）
また、これが用言を受ける場合には、
○少年の思い入ったような態度を見るにつけ、私にはすべてが恐ろしかった。　（生）
のように、「対象」ではなく、「状況・場合」を表すようになる。これについては、別項で詳しく扱っている。→三〇ページ「につけ(て)」

なお、「につけ」が並立助詞的に用いられる場合についてはE1例示**3**「〜につけ……につけ」(一三八ページ)の項に譲った。

3 仕手・仲介・手段・根拠・原因を示す

によって/により/によると/によれば/をもって/でもって/を通して/を通じて/にして/につき

1 によって/により/によると/によれば

これらのもとになっている動詞「よる」は、「因る」「拠る」「縁る」「由る」「依る」等と表記されるが、いずれも基本義は、〝事物・状態・作用等が他の要素を根拠としてそれに基づいて生じる〟ということである。ただ、その根拠となるべき他の要素の性格によって、動詞「よる」の意味も分化してくるのである。従って、「によって」等の表現の場合は、これらがどのような語句を受けるかによっていくつかの意味に分けて考えることができよう。

①受動態動詞が表す動作の主体(仕手・仲介者)を示す。これは、人物を中心として、人物に準ずる事物、生物など、有情性の名詞を受ける場合が多い。もちろん、擬人法等の効果をねらって無生物名詞を受けることもある。

○十六世紀のキリスト教は、主としてポルトガルの宣教師によってもたらされた。(MⅡ)
○強情っ張りのみそっかすは、この事件からオバ公さんによって文子の冠詞として定着された。(み)
○市というのは、業者の取引市場で、会員業者により、活発な売り買いの行われるところである。(早1)

次のような例は、受動態動詞が用いられているが、②の手段・方法に入れるべきであろう。

○それは、そうした孤独の自由が、実は直輔の援助によって支えられているのだという意識だった。（立）

②手段・方法・材料・仲介物を示す。これは、物を中心として、手段・方法となり得る事柄・行為を表す名詞・「〜コト」等を受けるものである。

○時差出勤をすることによってラッシュがいくらか緩和されるだろう。（J）

○元素をつなぎ合わせることによって、新しい化合物をつくり出すことが出来る。（MⅡ）

○消化器系の伝染病も呼吸器系の伝染病も、ばい菌によって次から次へと伝染していくものですから……（日Ⅱ）

○スタンダアルが、その「赤と黒」によって多くのソレリアンの出現を予期したがごとく……（様）

○さて、このたびわたくしどもは、岡部幸二郎様ご夫妻のご媒酌により結婚式をあげることになりました。（早1）

ただ、ここで注意しなければならないのは、主体が自主的に何かを行う際に一時利用するに過ぎない媒介的な道具類を「によって」等で受けることはできない点である。

a　図鑑によって「蠅」を調べた。

×b　図鑑によって蠅をたたいた。……不成立

「によって」は〃〜に頼って〃という意味であるから、何らかの行為を成し遂げるためにその物の性能に頼る、その物に全面的に依存する、といった状況でなければならない。つまり、その物とは、主体に代わって機能を発揮できる存在であることが要求されるのである。媒介物の場合は普通「鉛筆によって書く」と言わずに「鉛筆で書く」と言うように、bも「図鑑で」とすべきところである。

なお「鉛筆によって木の葉一枚一枚の筋に至るまで細かく描く」「ペンでは出せない味を筆によって出

す」等が言えるのは、鉛筆や筆に頼ることによって普通ではできないことを可能にするからと考えられる。つまり、この場合には、鉛筆や筆が、主体に代わって機能を発揮する存在、主体が全面的に依存している存在にまで昇格しているのである。このように、外面的には媒介物に過ぎない物でも主体の内面（精神）ではそれを超えた頼るべき存在である場合には、「によって」等で受けることができる。

③現象や判断の拠りどころ（根拠）を示す。これは、物ではなく事柄を表す名詞を受ける場合が多く、広く抽象名詞や「〜コト」等を受けて、〃〜に従う〃の意味合いを強めている。「によると」「によれば」の形で情報の出所を明らかにする用法も多く見られ、この場合は、文末が、伝聞を示す「という（ことだ）」「とのことだ」「そうだ」等になりやすい。

○こうして、誰にも本当の理由がわからないまま、七年たち、民法第三十条によって、けっきょく死亡の認定をうけることになったのである。（砂）

○それの法律効果は、ほんとうに本人がそれを書いたかどうか、によってきまるのです。（I_2）

○そして、この期間の教育が、中央政府の詳細な指示により、全日本において、全く画一的に行われることは驚嘆に値する。（早2）

○私の記憶によると、町内のものがみんなして私の家を呼んで、玄関（げんか）玄関と唱えていた。（硝）

○主人の語るところによると、この哀れなきょうだいの父親というはひじょうな大酒家（だいしゅか）で、そのために生命をも縮め家産をも蕩尽したのだそうです。（春）

○気象庁の予報によれば、この冬は暖冬になるということだった。（型Ⅱ）

○例えば食事のあとの「デザート」は外来語辞典によれば、かつて「後食（ごしょく）」「尾食（びしょく）」などと訳されたとのことであるが……（早1）

④由来・原因を示す。この場合は、「AによってB」のAの性質のみではなく、AとBとの関係から判断

する必要がある。

a　ウルトラCによって高得点を得た。

のような意志的結果の場合は「由来」を、

b　地震によって壁がくずれた。

のような無意志性の現象や事柄の場合は「原因」を表している。aが②の手段・方法にはいらないのは、〝ウルトラCが結果的に高得点への原動力となった〟という、意志的な行為をした結果に焦点が置かれており、その由来をたどれば「ウルトラC」に行き着くといった意識があるからである。それに対して、

c　ウルトラCによって高得点をねらう。

とした場合は、〝高得点をねらうために意識的に手段としてウルトラCを用いた〟という意味になり、「によって」は手段・方法を表していると判断される。もちろん、①から④は連続的で厳密に区分することは難しいが、③④に比べて②のほうが行為者の手によって意識的に行われた動作（他動詞句が多い）を要求する傾向にあることは言えそうである。

○考策たちが子供をつくることに踏み切ったのは、ひとりの死によってあいた空間を、せめてもうひとりの誕生で埋めてみたいと思う気持が動いたからだったが……（立）

○彼は大学受験に失敗したことによって、すっかり自信を失ってしまった。（J）

○一九四九年、中間子論によって、日本人として最初のノーベル物理学賞を受けた。（中）

○しかし、まもなく徳川幕府の鎖国令により、ヨーロッパとの交通はとだえた。（MⅡ）

▼連体格としては「による」があり、①から④それぞれについて例を挙げると次のようになる。

①○左翼のジャコバン党による恐ろしい恐怖政治に……（MⅡ）

②○電話による子供の悩みごとの相談が最近ふえている。（型Ⅰ）

③○旧民法による最後の推定家督相続人として父の遺産に対して持つ優位を……（夫）

④○ある解説書は風化や水の侵蝕による土の分解を、ごく単純に、軽いものから順に遠くに飛ばされる結果だと説明していた。（砂）

また、丁寧体としては、「によって」には「によりまして」、「によると」には「によりますと」がある。

○統計によりますと、風邪を引く回数は一年間に子供は七・八回、大人は三・四回といわれています。

○先生のお力ぞえによりまして何とか無事に就職することができました。（日Ⅱ）

なお、

○二人の子供の白痴の原因は父親の大酒にもよるでしょうが、母親の遺伝にもよることは私はすぐ看破しました。（春）

のような用法は、動詞「よる」の本来的用法とすべきものである。↓三八ページ「によって／により」

2 をもって／でもって

「もって」は本来、動詞「持つ」の連用形に接続助詞「て」のついた「持ちて」が音便化したものだが、普通は「以て」と表記され、「持つ」の意味は全く形骸化している。

「によって」の持つ四種類の意味のうち、〃手段・方法・材料〃〃由来・原因〃の二つを持っている。

①手段・方法・材料等を示す。

○「今後爆弾には爆弾をもって報ゆるであろう！」（夜）

○どうか弁明をもって始めた一文が……一つの抗議となって終わるように。（現）

○「生命」とは一体何でしょうか。これに対する完全な解答は、非常にむずかしく、今日の科学の進歩をもってしてもなお分からないことなのです。（MⅡ）

○或る日のこと、私は自分の「美しい村」のノオトとして悪戯（いたづら）半分に色鉛筆でもって丹念に描いた。（美）

次の例は、むしろ「根拠」「情報の出所」を表しているといえる。

○父のことばをもってすれば、姉は聡明英敏、しかも性質温雅のゆえに見る人いずれもこれを愛してやまなかったという。（み）

最も広く一般的に用いられる「によって」に比べると、「をもって」はかなり改まった感じを与え、普通の会話などには使えない。「でもって」は格助詞「で」を強めた表現で、「で」のみでも格関係が成立するところに「もって」を付加することでやや重厚な印象を与えようとしているが、「をもって」よりはかなり軽い表現である。「でもって」と「によって」はほぼ入れ換えが可能であるが、「でもって」の場合、「によって」の解説で触れた「媒介的な道具類」であっても受けることができる点が特徴的である。

a 原稿をホチキスでとめる。

b 原稿をホチキスでもってとめる。

×c 原稿をホチキスをもってとめる。……不成立

×d 原稿をホチキスによってとめる。……不成立

②由来・原因を示す。

○昔の武蔵野は萱（かや）原のはてなき光景をもって絶類の美を鳴らしていたように言い伝えてあるが……（武）

○彼は謀反のかどをもって極刑に処せられた。

○彼女がその姿を絵に描いて見たいと言っていただけでもって、その跛（ちんば）の花売りに私の抱いていた軽い嫉妬のようなものは、跡方もなく消え去った。（美）

「によって」と「でもって」はほぼ入れ換えがきくが、「をもって」は改まった文体が必要であるほかに、

二つほど制限がある。まず一つは、

×e　地震をもって壁がくずれた。……不成立

f　地震でもって壁がくずれた。

のように、無意志性の現象や事柄には使えないということ、もう一つは、

×g　漢語をとり入れることをもって、日本語の語彙は非常にゆたかになった。……不成立

h　漢語をとり入れることでもって、日本語の語彙は非常にゆたかになった。

のような「〜コト」型の名詞句は受けられないことである。

▼また、「をもって」には、①②以外に単に格助詞「を」を強めるための用法と言えるものが見られる。

○赤シャツの様にコスメチックと色男の問屋を以て自ら任じているのもある……。（坊）

連体格の用法として「をもっての」「でもっての」があり、丁寧体として「をもちまして」がある。（「でもちまして」は存在しない。）

○おかげをもちまして本日ここに開店へとこぎつけることができました。

↓三六ページ「をもって／でもって」

3 を通して／を通じて

人物や物事を仲立ちとして何かを行うことを表す表現で、「によって」より間接的である。〃〜を経由して〃〃〜を手段として〃の意を表す場合もある。

○アメリカ紳士を通して、地球文明のモラルを火星文明に持ちこもうとする火星シリーズの劇画化に……（再）

○映画を通して都会生活に憧れたこの娘の素朴な夢は……（型Ⅰ）

○由希子を通じて、自分の家へ直輔の姿が濃い影を投げかけることになるのには、孝策は依然として、

強い反発を感じていた。　（立）

○書物を通じて得た知識や情報を……　（J）

「を通して」「を通じて」はほぼ同意で相互の入れ換えが可能であるが、次例を見ると、「を通じて」の使用範囲のほうが多少狭いようである。

a　学生の生態を通して日本の教育を論じている。

?b　学生の生態を通じて日本の教育を論じている。……不成立（?）

連体格の用法としては、「を通しての」「を通じての」がある。

○文通を通して〈を通じて〉の五年間の恋が実った。

4 にして

手段・方法を表す。格助詞「で」で置き換え可能だが、文語的で、受ける語句も限られている。

○自分は一言にして答えることができる。　（武）

○「ローマは一日にして成らず」というたとえ通り、何事も努力なしでは達成できない。

強調を表す副助詞としての用法とも近いため、「一言」「一日」などの最低限を示す語を受けて強調するニュアンスが強い。「によって」との置き換えは不自然で、文体的にも「でもって」に近く、この意味では〝状況・状態〟の用法とも考えられる。↓三一、六四ページ「にして」、四ページ「でもって」

5 につき

名詞を受けて理由を表す。〝により〟〝という理由で〟の意である。

○あとになって患者の家族は、次のようなごく簡単な通知を受取った。

氏名。当該者は死亡につき遺体は火葬にふした、灰を受取ることは許される、云々。　（夜）

○店内改装につきしばらくの間休業いたします。

通知文、掲示物等によく見うけられる表現で、一種の決まり文句となっているため、他の表現との置き換えは不自然である。文語的で改まった印象を与え、会話には用いられない。

4 時・場所・状況を示す

において／にあって／にあたって／に際し(て)／(の)折に／(の)折から／につけ(て)／にして

1 において／にあって／にあたって／に際し(て)

「において」「にあって」は動作や作用の行われる時（機会）・場所・状況（場合）を示すもので、格助詞「で」で書き換えられる。

○文献時代以後においても、ヨーロッパの地図は目まぐるしく塗り替えられてきた。 (J)
○商法においても、戦後に大改正がありました。 (I_2)
○その人はある意味において好男子であった。 (硝)
○わたくしはこの東京のみならず、西洋にあっても、売笑の巷(ちまた)の外、ほとんどその他の社会を知らないといってもよい。 (濹)
○「かかる場合に恋に出あう時は初めて一方の活路を得る。そこで全き心をささげて恋の火中に投ずるに至るのである。かかる場合にあっては恋すなわち男子の生命である」 (牛)
○溝(どぶ)の蚊のうなる声は今日(こんにち)にあっても隅田川を東に渡って行けば、どうやら三十年前のむかしと変りなく、場末の町のわびしさを歌っているのに…… (濹)

「にあたって」「に際し(て)」は動作や作用の行われる時（機会）・状況（場合）を示すもので、格助詞「で」では置き換えられない。

○人生の新しい門出に当たって男性に席を譲るのが女性の平均面である。（早2）
○「今度の事業を成功させるにあたっては、多くの人々の協力が必要である。」（J）
○ロンドン暮しをするにあたって、どんな本を読み、どんな予備知識を得たことが、一番参考になったかというおたずねですね。（黄）
○疎開に際して雑物整理をしたときに……（み）
○大正七八年のころ、浅草観音堂裏手の境内が狭められ、広い道路が開かれるに際して、むかしからその辺に櫛比（しっぴ）していた楊弓場（ようきゅうば）銘酒屋のたぐいがことごとく取り払いを命ぜられ、現在でも京成バスの往復している大正道路の両側にところ定めず店を移した。（濹）
○神が人間に自然を与えるにさいし、これを命名しつつ人間に明かしたということは、おそらく神の叡智であったろう。（様）

「において」「にあって」と「にあたって」「に際し(て)」とではかなり性質が異なるため、以下、二つのグループを比較対照しながら述べていくことにする。（以下、「において」「にあって」を甲群、「にあたって」「に際し(て)」を乙群と略称する。）

①甲群は、動作や作用の行われる場所を示すことができるが、乙群はできない。

a 会議は一〇一室において行います。
×b 会議は一〇一室にあたって〈に際し(て)〉行います。……不成立

②「において」は動詞「置く」が、「にあって」は動詞「在る」がもとになっているため、一定の幅をもたせた時・場所・状況の中に〝～を置く〟〝～が在る〟ことを表している。従って甲群は、瞬間的、変化的な時・場所・状況を示す語句を受けることができない。これに対して、「にあたって」は動詞「当たる」、「に際し(て)」は動詞「際する」と、どちらも〝出会う〟〝直面する〟の意の動詞がもとになって

いるため、乙群は瞬間的、変化的な時・状況・動作や作用（始点・終点等）を示す語句を受けやすく、逆に幅を意識させる語句は受けにくい。

×c 開会において〈にあって〉皆様に一言ごあいさつ申し上げます。……不成立

d 開会にあたって〈に際し(て)〉皆様に一言ごあいさつ申し上げます。

e 調査の過程において〈にあって〉いくつかの事実が明るみに出た。

×f 調査の過程にあたって〈に際し(て)〉いくつかの事実が明るみに出た。……不成立

cは、「開会の式典」のような時間的・空間的な幅が感じられる語にすれば成立する。fは、「調査」のみにすればよいが、この場合、「調査を始める時点」を意識することになるので、述部がこのままではそぐわない。

g 調査にあたって〈に際し(て)〉いくつかの留意点を挙げた。

とでもすれば自然である。

h 年末において〈にあって〉一年を振り返る。

i 年末にあたって〈に際し(て)〉一年を振り返る。

「年末」の語は両群共に受けるが時間的な幅のとらえ方は異なり、甲群（h）は「年の終わりのある程度の期間」を、乙群（i）は「年が改まる少し前」を意識していると考えられる。

③両群とも名詞を受けるのは自然だが、「〜コト」型を受けることはできない。また、乙群は用言を受けることが多いが、甲群は用言を受けない。たとえ用言が状態・継続動詞や進行形の形で状態性・継続性を表していたとしても不可能である。

j 研究活動において〈にあって〉予想される問題点。

k 研究活動にあたって〈に際し(て)〉予想される問題点。

×l 研究活動をすることにおいて〈にあって〉予想される問題点。……不成立

×m 研究活動をすることにあたって〈に際し(て)〉予想される問題点。……不成立

×n 研究活動をするにおいて〈にあって〉予想される問題点。……不成立

o 研究活動をするにあたって〈に際し(て)〉予想される問題点。

×p 研究活動をしているにおいて〈にあって〉予想される問題点。……不成立

×q 研究活動をしているにあたって〈に際し(て)〉予想される問題点。……不成立

j・kは同じ「研究活動」でもとらえ方が異なり、jは「研究活動を行っている間・過程」を、kは「研究活動を始める時点」を意識している。nは、幅を意識する甲群が瞬間・変化を表す用言を受けられないことを示し、qは、始点・終点を意識する乙群が継続中の動作を表す用言の進行形を受けられないことを示している。

④連体格の用法は、「において」には「における」「においての」、「にあって」には「にあっての」、「にあたって」には「にあたっての」、「に際して」には「に際しての」がそれぞれ存在する。丁寧体も、「におきまして」「にありまして」「にあたりまして」「に際しまして」がそれぞれ存在する。なお、「にあたって」に対して「にあたり」という、古く改まった印象を与える形も見られる。

○明治天皇は新政治を始めるにあたり、その方針を五箇条の御誓文として示した。

2 において／にあって

前項では甲群として同列に扱った「において」「にあって」の相違点をここで述べておく。

①「において」は格助詞「で」とほぼ入れ換えができるが、「で」と比べて硬い印象を与えるため、小説類には現れにくい。また、「で」は具体的な時・場所・状況を表す場合に多く用いられ、「において」は抽象的な時・場所・状況を表す場合に多いようである。

②「において」には、格助詞「で」で置き換えただけでは不十分な用法や単に「で」では置き換えられない用法もあり、その適用範囲はかなり広い。

a　大筋においては賛成する。

b　学校規模においては日本一だ。

c　死の恐怖において人間は平等だろうか。

d　生きる限りにおいては悩みは絶えない。

e　自衛の名において他国を侵略する。

右のa・b・cは、「について」「に関して」と類似した、動作・状態の向けられる対象を指示する用法と言える。

○そして、中世のキリスト教文明は、あるいは富において、スケールにおいて、古代文明に劣るかもしれないが……　（再）

のように、〃の点で〃〃の場合に〃の意を表すものもその一種である。↓七ページ「について／に関して」

③「にあって」は、格助詞「で」で置き換えられる①の「において」とのみ類似点が見られるが、「において」よりはかなり制限された用法である。「にあって」の基本的意味は〃〜に身が在って〃であるため、「にあって」が受けている語句の表す時・場所・状況に主体の身（視点）が既に移されていなければならない。例えば、前項の②で挙げた、

f　調査の過程において〈にあって〉いくつかの事実が明るみに出た。

の例文で考えると、「にあって」の場合は、主体が実際に調査の過程に身を置いていて、その調査の進行に従っていくつかの事実が出てきたことを報告しているニュアンスである。ところが、「において」の場合は主体の視点の移動は必要ないので、第三者の調査について客観的な立場で言及する態度である。従っ

て、

g 外交において手腕を発揮する。

h 外交にあって手腕を発揮する。

を比べてみても、gは〃外交という仕事の分野で〃の意で客観的な態度だが、hは〃(主体が)外交という職業についていて〃の意で視点の移動が感じられるのである。さらには、次のように考えることもできる。

i 野において現金を操る。

j 野にあって政権を操る。

この二つは、「において」「にあって」の違いを端的に示している。iは、野(=政権の側に立たないこと、民間)の世界の範囲内で現金を思い通りに動かすことを意味し、jは、自分は野に身を置きながら、それとは逆の政権の世界を思い通りに動かしていることを意味している。従って構文論的に分析すると、iの場合は「野において」が述部「現金を操る」の依って立つ範囲を限定しており、jの場合は「野にあって」と「政権を操る」が対比的に並べられていて、しいて言えば逆接の関係に置かれているのである。こう考えてくると、先に挙げたg・hの場合、gの「手腕」は普通「外交的手腕」でなければならないが、hの「手腕」は必ずしもそうである必要はなく、

h′ 外交にあって事務的手腕を発揮する。

であっても構わないわけである。

以上のようなことが起こるのは、「にあって」が動詞「ある」の意義〃とどまっている〃を濃厚に保っているためである。このように「にあって」は動詞本来の用法に近く、複合辞性が低いため、場所の格表示機能にしか過ぎない次例のような「において」とは置き換えられないことになる。

k　六時から公会堂において市民コンサートを開きます。

×l　六時から公会堂にあって市民コンサートを開きます。……不成立

3 にあたって／に際し(て)

1 で乙群として同列に扱った「にあたって」「に際し(て)」の相違点をここで述べておく。

①どちらも用言を受けることはできるが、どちらかというと「に際し(て)」のほうに受けにくい例が目立つ。

a　入社式に臨むにあたって、社会人としての責任を強く感じた。

?b　入社式に臨むに際し(て)、社会人としての責任を強く感じた。……不自然（?）

②用言を受ける「にあたって」の中には、目的を示す「ために」と置き換え可能なものもあるが「に際し(て)」には見られない。

c　秋の公演を成功させるにあたっては、団員の一致団結が必要である。

×d　秋の公演を成功させるに際しては、団員の一致団結が必要である。……不成立

③名詞を受ける場合、どちらかというと「に際し(て)」のほうが状態性の名詞を受けにくい傾向がある。

e　結婚式にあたって一言お祝いを申し上げます。

?f　結婚式に際し(て)一言お祝いを申し上げます。……不自然（?）

g　結婚にあたって一言お祝いを申し上げます。

h　結婚に際し(て)一言お祝いを申し上げます。

4 (の)折に／(の)折から／にあたって／に際し(て)

「折」は「折り目」の意味で、そこから、時の流れの中で他と区別して区切った〝特別の時・機会・場合〟を表すようになった。

「(の)折に」の用例としては、

○だれかが、何かの折に、実におもしろいこと、真に迫ったことを言ったりすると……　（日Ⅱ）

○昨年お会いした折にいただいたオルゴールは大切にしまってあります。

などがある。類似表現「にあたって」「に際し(て)」との違いは、次のとおり。

①どちらも用言を受けることができるが、「折に」が現在形・過去形（完了形）共に受けるのに対し、「にあたって」「に際し(て)」は現在形しか受けない。

a　今度お宅にお邪魔する折に忘れずに持って行きます。

b　今度お宅にお邪魔するにあたって〈に際し(て)〉何か持っていく物はございませんか。

c　今度お宅にお邪魔した折にゆっくり話を聞きましょう。

×d　今度お宅にお邪魔したにあたって〈に際し(て)〉ゆっくり話を聞きましょう。……不成立

e　先日お宅にお邪魔した折に忘れ物をしました。

×f　先日お宅にお邪魔したにあたって〈に際し(て)〉忘れ物をしました。……不成立

4❶の②で解説したように、「にあたって」「に際し(て)」は動作の始点を強く意識するため、bの述部には「お宅にお邪魔する」以前の準備段階の内容を置いたほうが自然である。試みにaの述部「忘れずに持って行きます」を入れると多少不自然な響きになる。また、c・dは未来完了で、意味的には未来のことであるが形態的には過去形であるため、「にあたって」「に際し(て)」は使用できない。

用言を受ける「折に」とほぼ同義と思われるのは、むしろ「際に」のほうであろう。

g　今度お宅にお邪魔する際に忘れずに持って行きます。

h　今度お宅にお邪魔した際にゆっくり話を聞きましょう。

i　先日お宅にお邪魔した際に忘れ物をしました。

②「にあたって」「に際し(て)」の場合、ある事態に現在直面しているニュアンスが強いが、「(の)折に」

の場合は現在ではなく、〃少し先にその事態が起こった時には〃のニュアンスである。

ｊ 閉会にあたって〈に際し(て)〉学長からお話をいただきます。

ｋ 閉会の折に学長からお話をいただきます。

ｊは閉会時の司会者の言葉と考えられるが、ｋは会合進行上の予定を知らせる言葉で、現在はまだ閉会時には至っていないことがわかる。これも、「の際に」と置き換えればほぼ同義である。

ｌ 閉会の際に学長からお話をいただきます。

▼また、「(の)折から」については、

○いまきみに少しばかり長い手紙を書こうと思うおりからふとこのことばを思い出した。 (X)

○炎暑の折から皆様にはいっそうの御自愛をお祈り致します。 (日Ⅱ)

などがある。「(の)折から」の「から」は格助詞の「から」であるが、意味としては〃〜の時であるから〃と、原因・理由を示す接続助詞と同じ働きを担っている。第一例は原因・理由の意味が希薄で、単に〃〜する時〃と解せるので、「にあたって」と置き換えられる。ただし、「書こうと思う」といった意志形や漠然とした思惟活動を示す語は受けにくいため、置き換えるとすれば、

ｍ いまきみに少しばかり長い手紙を書くにあたってふとこのことばを思い出した。

とするしかない。また、第二例は、手紙の常套句で、原因・理由の意味が生きた表現であるが、同様に手紙に用いられていても、次例のように逆接的に〃〜の時であるのに〃の意を表している場合もある。

○北国の厳寒の折からあなた様にはお変わりもなくお過ごしとのこと。

5 につけ(て)

主に用言を受けて、〃〜に伴って〃〃〜に応じて〃の意で、状況(場合)・時(機会)を示す。「にあたって」「に際し(て)」に近いが、「につけ(て)」は述部に心情表現を伴う点が特徴的である。

○お茶ッぴい連も一人去り二人去りして残り少なになるにつけ、お勢も何となく我宿(わがやど)恋しくなッたなれど……（浮）

○それを見るにつけても・波の反対の側をひた押しに押す風の激しさ強さが思いやられた。（生）

6 にして

いろいろな語について時・場所・状況を示し、格助詞「で」で置き換えることができる。

○五十にしてはじめて登山靴をはいた。

○箇にして要を得た研究報告でした。

状況を示す用法の発展として、ある一つの状況のもとで更に別の状況が加わること、または、ある面と同時に他の面をもあわせ持つことを表す用法もある。〝〜であって同時に〟の意で、接続助詞に近い用法と言える。

○「科学者にして神を信ぜざる者は、真の科学者にあらず」（MⅡ）

○わたくしは東京市中、古来名勝の地にして、震災の後新しき町が建てられて全く旧観を失った、その状態を描写したいがために……（濹）

○人間にしてパンを食わずに活(い)きる事が出来たらどれほど学説と出版物が減るであろう……（ふ）

→二一ページ「にして」

5 起点・終点・範囲を示す

からして／をはじめ／に至るまで／にかけて／を通じて／にわたって

1 からして／をはじめ

共に起点を示す表現であるが、性格はかなり異なる。

「からして」は体言等を受け、〃～から後〃〃～からはじめて〃といった時間的・空間的起点、さらには、〃～をはじめとして〃〃～がまず〃という現状認識における起点を表す。現状認識における起点とは、普通はまず問題にならない（そうあっては困る）事物を起点として取り上げ、全体にわたってそう言えることを強調する用法であるが、逆に言えば、ある範囲の中から特に重要な事物を取り出して示す用法ということにもなる。全体として、「からして」の場合は起点のみを取り出す表現で、終点は全く意識されていないのが特徴である。語調を整えて強調する「して」によって文語的色彩を帯びているが、意味的には格助詞「から」と大差はない。

○そんなことからして一人の少女との奇妙な近づきが始まったりしたので……（美）

○「第一秋からして思ったよりか感心しなかったのサ……。」（牛）

○「このごろ、ドレスからして違うもんね。元々、あのコ脚はきれいなんです。」（再）

また、「からして」には、視点を表す「からすると」「からいうと」「からみて」等と重なる用法もある。

a 外見からしてかなりの資産家らしい。

b 体罰は教育的見地からして望ましいものではない。

bは「からすると」等と同様にみなすことができるが、aには、起点から全体にわたることを強調するニュアンスが残存しており、用法の連続性が感じられる。↓六ページ「からすると」等

なお、「からして」には、動詞「見る」を受けて「見るからして」の形で、「見るからに」と同様の意を表す用法がある。これにも、起点の意識が働いていると考えられよう。

「をはじめ」も時間的・空間的起点と現状認識的起点を示すが、しばしば「まで」と呼応して「～をはじめ……まで」の形で起点から終点までの範囲を明確にする。終点が明示されていなくても、「～をはじめみんな……」のような形で〃その他のもの〃が常に意識されている点が、「からして」との置き換え

を許さない理由となっている。そのため、現状認識的起点の用法では、代表的なものを挙げて〝それを第一のものとして〟取り上げるというニュアンスとなる。

○対岸の小松宮御別邸を始め、橋場、今戸、花川戸の街々まで、もやもやとした藍色の光りの中に眠って……　（暫）

○孤児には珍しいと叔父をはじめ土地の者皆に、感心せられていたのである。　（少）

2 に至るまで／にかけて

終点・限界点を指し示す表現であるが、起点の「から」を用いて「〜から……に至るまで」「〜から……に〈へ〉かけて」の形で、時間的・空間的範囲を明示する場合が多い。

○頭部から足先に至るまで、全身傷だらけであった。

○明治三十七年の春から、三十八年の秋へかけて、世界中を騒がせた日露戦争が……　（暫）

○気高い鼻筋から唇、頤、両頬へかけて見事に神々しく整った、端厳な輪郭……　（年）

格助詞「の」を伴って体言を修飾する場合もある。

○出会いから結婚に至るまでのすべてをお手伝いいたします。

○六世紀後半から八世紀にかけての白鳳期の仏像はガンダーラ様式の影響を受けている。　（型Ⅰ）

○東北自動車道では、帰省ラッシュのため、宇都宮から那須にかけての区間で依然として渋滞が続いています。

「に至るまで」と「に〈へ〉かけて」の違いは、次の三点である。

①「に至るまで」では終点が明確に定められるが、「に〈へ〉かけて」では終点はあくまでも目標地点にすぎず、その付近でさえあればはっきり定められていなくてもよい。これは、「かける」の原義である〝またがる〟という意識から考えても当然と言えよう。従って先の例で「に至るまで」を「に〈へ〉かけて」に

置き換えると、

×・出会いから結婚にかけてのすべてをお手伝いします。……不成立

という不自然な文になってしまうのである。また、「かける」の原義〝またがる〟のニュアンスを端的に示している

○東京の南北にかけては武蔵野の領分がはなはだせまい。（武）

のような用法は、終点を明確にする意識の「に至るまで」にはなじまない。

② 「に〈へ〉かけて」では、時間的・空間的連続性を前提とした範囲をとらえるが、「に至るまで」では必ずしもそうではなく、互いに非連続の個別的なものを順に取り上げながらある地点に至るという範囲のとらえ方もできる。従って、時間的・空間的範囲だけでなく、次例のような、認識的範囲といったものも表現可能になるのである。

○日本はやはり男性の天下である。上は大臣から、下は中小企業の課長に至るまで、女性の管理職は数えるほどしかいない。（早2）

その場合、起点を必ずしも「から」で表すとは限らない。起点とみなされる内容が示唆されていれば十分である。次の例は「〜はもちろんのこと」で起点を表していると言える。

○東京のような大都市における教育はもちろんのこと、地方の中心都市から遠く離れた山間の小さな村々の学校に至るまで、同じカリキュラムで、同じ内容の教育が行われている。（早2）

③ 「に至るまで」は、「至る」の語感から考えても、堅めの文体のほうがなじみやすいが、「に〈へ〉かけて」にはそのような制約はない。↓一二ページ「にかけて(は)」

3 を通じて／にわたって

場所や期間がある範囲全体に及ぶことを表す表現である。

○その基底を成す人間性とでも言うべきものは諸民族を通じてほぼ同一であるらしい事……（MⅡ）

○あらゆる戦線にわたって事態は日ましに迫っていった。（夜）

「を通じて」には、さらにこの用法を一歩前進させた、物事がある期間継続して行われることを表現する用法がある。

○このようなことは人類の歴史を通じていつの時代にも見られたことである。（J）

これをそのまま「にわたって」に置き換えると、多少舌足らずの感が否めない。「〜人類の歴史全体にわたっていつの時代にも〜」と言葉を補って、ある範囲全体に及ぶことを表すほうが自然だが、「を通じて」によるような継続的なニュアンスが出てこない。

「を通じて」の連体格は「を通じての」である。

○日本列島を通じての帰巣本能に駆られた民族大移動も……（J）

なお、「にわたって」の連体格の用法としては、「にわたっての」と「にわたる」とがある。

○年末から年始にわたってのかき入れ時に人手不足が続いた。

○木の葉落ち尽くせば、数十里の方域にわたる林が一時に裸体（はだか）になって……（武）

4 にわたって／にかけて

「にわたって」には、A5 3の用法の他に、起点の「から」と呼応して「〜から……にわたって」となる用法がある。

○期末試験は来る十二月十五日から四日間にわたって行われる。（日Ⅱ）

しかし、これはあくまでも3の用法の枠内にはいるもので、ただ、ある範囲の起点を「から」で示したに過ぎない。むしろここで問題にしたいのは、「に〈へ〉かけて」との違いである。

先の例を「にかけて」に置き換えると、

×a　期末試験は来る十二月十五日から四日間にかけて行われる。……不成立

と不自然な文になる。同じ内容を表現するのならば、「四日間」を「十八日」に代えて、

b　期末試験は来る十二月十五日から十八日にかけて行われる。

とすれば無理がなくなる。つまり、「にわたって」は、ある範囲全体に及ぶことを表すという性質上、時間的・空間的な幅のある言葉を受ける必要があり、逆に、「に〈へ〉かけて」は、終点を指し示すという性質上、時間的・空間的なある一点を受けることが可能であり、しかも原義から見て、起点と終点の双方にまたがるという意識が強いことがわかる。

6　基準・境界を示す

をもって／でもって

■をもって／でもって

何かの開始、終了や限界点を明示する基準・境界の役割を果たす。〃〜を区切りとして〃の意である。

○一月一日をもって所長に就任した。

○母の死をもって私の記憶は突如としてしかも鮮かにはじまる。（み）

○詩の朗読をもって私の本日の講演を終わりたいと思います。

○国語の試験は七〇点をもって合格点とする。

○七時でもって本日は閉店させていただきます。

○五〇人でもって募集を締め切ります。

これらはすべて、格助詞「で」で置き換えることが可能である。

「をもって」「でもって」の違いについては、まず「をもって」のほうがより改まった文体で用いられる

点が挙げられる。

また、

a 四月一日をもって社長になる。

×b 四月一日でもって社長になる。……不成立

c 四月一日でもって社長をやめる。

を見ると、「でもって」は終了は表せるが開始は表しにくいようである。

さらに、「をもって」には丁寧体「をもちまして」があるが、「でもって」には丁寧体がない。（「でもちまして」は存在しない。）

○以上をもちまして昭和六十三年度卒業証書授与式を閉式いたします。

↓一八ページ「をもって／でもって」

7 割合を示す

について／につき／に対して

■について／につき／に対して

〃～に応じて〃 〃～を単位として〃 〃～ごとに〃 〃～あたり〃 といった意味で割合を表す。

○大人一人について二人まで子供の同伴を認めます。

○――英国が王室を維持するのに、年額千四百万ドル（四十二億円）かかるが、英国人一人につき、二十五セント（七十五円）なら、国家統一のシンボルとしては、いぜん、世界で一番格安品である――ということになります。（黄）

○アルバイト一人に対して一日五千円が支払われる。

○求人八人に対して、百人の応募があった。

三語の意味差はほとんどなく、相互に入れ換えが可能である。

連体格の用法については、「について」が「についての」を、「に対して」が「に対しての」「に対する」を持つ。

a　教員一人についての学生数。

b　教員一人に対しての学生数。

c　教員一人に対する学生数。

↓九ページ「について／に対して」

8　対応を示す

によって(は)／により／によったら／によると／によらず

1 によって／により

「AによってB」「AによりB」の形で、〝Aに対応してBが起こる〟という意味で、AがBの状況を左右する条件となっていることを示す。A3 1 ④（一六ページ）で解説した「由来・原因」ほど因果関係が直接的でなく、Aがもととなってその結果ある状態に至る関係を間接的に表現する場合である。従って、Aが必ずBを導くとは限らず、異なる結果が立ち現れる可能性をも示唆している。

○季節によってカーテンをかえます。（日Ⅱ）

○文字で書く場合には意味によって漢字を書き分けるので、混乱はない。（中）

○各面の担当者は、これ（＝集められたニュース）をニュースの価値によって取捨選択し、見出しをつけて新聞原稿にしあげる。（早1）

○ご希望によりまして、宿泊割引券などもおつけしますが、いかがなさいますか。

のように意志的行為が述部に来る場合には、〝Aに対応してどのようなBとするかを決める〟ことになり、AがBの状況を決定する条件となっている。ところが、

○その日の天候によって記録は変化していくものだ。（黄）

○平等だとはいっても、移民の種類によって、職業の別は自然にできあがっているみたいです。（早1）

○百軒の本屋を全部見て回るのはほんとに疲れることである。しかし、慣れてくると、物によってだいたいどの辺の店に行けばよいかわかるようになる。

のような、Aが原因でBがおのずと決まってしまう無意志的な現象の場合には、〝BはA次第だ〟〝BはAに対応して決まってくる〟の意味となり、さらに、

○日によってひどく状態の異なる病人だったからである。（夜）

○日本の一年の総降水量を調べてみると、年により場所により違うが、大体は一六〇〇ミリである。（MⅡ）

○この様に民族により行動の社会習慣的型が異なるから……（MⅡ）

のように、決定ずみの事実として、〝AごとにBが異なる〟というまちまちの状況を示すことになる。

連体格の用法には「による」がある。

○でも場面による文体の違いのようなことは、ほかのことばにもあるんじゃないでしょうか。（J）

○その四季と天候による変貌は、彼のいつも見倦（あ）きぬ眺めであった。（夫）

「によって」を固着した一語ととらえる意識の現れとも言える連体格「によっての」は、対応を示す用法の連体格としては一般的ではない。

2 によっては／により／によったら／によると／によらず

1で述べた対応の用法の発展として、様々な種類や可能性の中からある場合を想定し、その場合に対応して何かが起こることを表す用法がある。この場合、「によっては」等が受けるのは、「相手」「場合」「所」「見方」等、様々な種類・可能性を内包した一般名詞で、想定したはずの「ある場合」は明示せず、それに対応して生じた事態のみを明示する。

○考えようによっては、貧乏暮しも気楽でいい。（J）

○いくらいい辞書だといっても、値段によっては売れないこともある。（J）

○職業音楽家の十人に七人は女性、楽団によっては、楽員の大部分が女性で、特にバイオリン奏者の進出が目だつ。（早2）

○場合により粒があまり大きくない時には……（MⅡ）

○場合によると、急にそっぽをむいて、知らん顔をしてしまう。（立）

○「日ニヨリマストアタリノ山々ガ浮キアガッタカト思ワレルクライ空ガ美シイ時ガアリマス。」（生）

これらは、「ある場合で〈に〉は、〜である」「〜という場合もある」と言い換えることが可能で、例えば、第三例は次のように書き換えられる。

a ある楽団では、楽員の大部分が女性である。

b 楽員の大部分が女性という楽団もある。

この用法が更に発展したものとして、「ことによると」「ことによったら」がある。これは〝そうなる可能性が多少ある〟という意味を表すが、「こと」以外の名詞を受けることなく形が固着して、慣用的に用いられる。辞書によっては既に一語の副詞と認めている。

○「たとえてみればそんなものなんで、理想に従えば芋ばかし食っていなきゃァならない。ことによる

と馬鈴薯も食えないことになる。」（牛）

○ことによったら、そう呟いた猛夫自身、そこがはっきりと判って呟いた訳ではなかった……。（立）

また、「例によって」という慣用表現もあるが、これはある場合を想定するのではなく、いつもの場合を想定するものなので、それに対応して生じる事態も予想がつくといったニュアンスになる。

○秋山は例によって彼女のいうことをなんでも真面目にとったから……（夫）

○叔父の直輔は、孝策のところへ本当に電話をかけてきて、例によって、磊落（らいらく）な調子で、どこまで本気でどこから冗談か判らぬような詫び文句を並べ……（立）

さらに、否定形「によらず」を用いた表現もある。ある場合を想定することを否定するため、逆に〝それとは限らず〟〝それとは定めず〟の意味となる。

○この、何事によらず新しい情報は細大もらさず吸収しようとする意欲が……（J）

これは非限定を表す副助詞的な用法とも考えられるので、別項で扱うことにする。↓七〇ページ「によらず」

9　同格を示す

との／という／といった／ところの

■1 との／という／といった

上の語または文を「と」で指示し、それが下の語を同格の関係や内容を説明する関係で修飾することを表す、連体格助詞性の表現である。

○それほどの武蔵野が今はいかがであるか、自分は詳しくこの問に答えて自分を満足させたいとの望みを起こしたことは実に一年前のことであって……（武）

○校長先生や担任の諸先生方にもお話し致しましたところ、喜んで参加しようとの御返事を頂きました。

○「伝道師のうちに北海道へ行って来たという者があるとすぐ話を聞きに出かけましたよ。」（日Ⅱ）
○だんだん気心が知れて見れば、別にどうしようと云う腹があるのではなく……（牛）
○よろこびをかくしきれないといった歓迎ぶりが、まずなによりも有難く思われた。（帯）
○一人きりにはなりたいし、そうかと言ってあんまり知らない田舎へなんぞ行ったら淋しくてしようがあるまいからと言った、例の私の不決断な性分から……（砂）

三語はほぼ入れ換えがきくが、第三例については「との」「といった」が、第五、六例については「との」がはいりにくいようで、次のような異同が認められる。（美）

①三語の中では「という」の使用範囲が最も広く、体言でも用言でも自由に受ける。同格や内容説明というのが基本的な意味だが、用法を細分すると、名づけ・言い換え・婉曲・伝聞・引用・未知（よく知らない事物を取り上げる）・感嘆（事物がプラスの意味でもマイナスの意味でも並はずれた状態であることを強調する）などに分かれる。

a　バランスファンドという貯蓄がなかなかお得ですよ。〈名づけ〉
b　結婚という最も決断を必要とする問題が目の前にあった。〈言い換え〉
c　今度のプロジェクトに賛成できないという人は遠慮なく言ってほしい。〈婉曲〉
d　彼の奇行には近所の人も迷惑しているという噂だ。〈伝聞〉
e　その製品の製造・販売を中止せよ、という命令がはいった。〈引用〉
f　米山さんという方からお電話がはいっていますが。〈未知〉
g　姉は四百名中一番という成績で卒業した。〈感嘆〉

「とかいう」「とでもいう」の形で、助詞が挿入された表現も見られるが、感嘆の用法には使いにくいようである。「とかいう」は不確実、「とでもいう」は仮定のニュアンスをつけ加えることになる。

○彼は名前しか知らぬツジヤマとかいう男に興味を抱いたし……　（夜）

○わたしの耳にはこの「三月になるわネェ。」と少し引き延ばしたネエの声が何やら遠いむかしを思い返すとでもいうように無限の情を含んだように聞きなされた。（濹）

②「との」は堅い文体に好まれるだけでなく、使用上かなりの制限がある。①のaからgのうちで「という」との入れ換えができるのはd・eのみであることからもわかるように、「との」は伝聞・引用の場合にしか用いられない。これは、「との」が体言を受ける場合でも同じで、

h　彼女は美人で才媛との評判だ。

では「美人で才媛」の部分が伝聞として把握されていると考えられる。そのため、「との」の後には伝聞の内容を受けやすい「返事・噂・評判・評価・意向・意見・考え・命令・注意・報告」といった名詞が現れることになる。

③「といった」は「という」の用法のそれぞれについて、種類・例示のニュアンスをつけ加える。①のeの場合、「その製品の製造・販売を中止せよ」が「命令」のすべてであると考えられるが、

i　その製品の製造・販売を中止せよ、といった命令がはいった。

では、命令は他にもあったが、そのうちの一つが「その製品の製造・販売を中止せよ」であったこと、もしくは、正確に「その製品の製造・販売を中止せよ」と命令を受けたのではなく、命令の意図を要約すればそうなるということを示唆しているのである。従って、

j　エース、トップ、ポートフォリオ、バランスファンドといった貯蓄がなかなかお得ですよ。

のように、複数の種類を並立してかつそれだけに限らないことを言外に含める形——副助詞「など(の)」に近い——で用いられることも多い。また、「とかいった」(不確実)「とでもいった」(仮定)という助詞

の挿入された形が見られる点は「という」と同様である。

○地質調査にはクリノメーターとかいった器械が必要だそうです。

○やっと笑うのを我慢しているとでも言ったような意地悪そうな眼つきをして……（美）

▼なお、「という」「といった」には、数詞について意味を強め明確化する用法もある。これは先に①で挙げた「という」の用法のうち、gの「感嘆」の延長上にあるものと考えられる。予想をはるかに上回ったり下回ったりした数を受けることで、単なる同格ではなく、〝〜にも及ぶ程度の〟〝〜にしか過ぎない程度の〟といった副助詞的な意味を添加している。前者の場合には、「何万もの人々」というように「もの」との言い換えが可能である。

○「十何年という間わが子のように思ってきたこともただ一度の小言で忘れられてしまったかと……」（野）

○しかし、それらも、直径 1/8m.m. という、流動する砂の法則には、ついにうちかつことが出来なかったのだ。（砂）

○今この瞬間にも何千といった生命が失われているのだ！

↓六二ページ「という／といった／といって」

2 ところの

用言の叙述を受け下の体言に続けて、上の語句が連体修飾語であることを明示する働きを持つ。古くから漢文訓読体で用いられていたが、欧文の関係代名詞の直訳体としてその使用が助長された。これを用いても意味的には何ら影響はないが、文体的にはいかにも勿体ぶった堅い言い回しになるため、普通はあまり用いない。

○このはなやかな一幅の画図を包むところの、寂寥たる月色山影水光を忘るることができないのである。

○すこし長い放心状態の後では、しばしば私にやってくるところの一種独得の錯覚であった。

（少）
（美）

B 係助詞の働きをするもの

1 定義を示す

とは／というのは

■とは／というのは

「とは」は定義・命題などを示す際の常套句である。「というのは」に置き換えると、堅さがほぐれ、親しみやすい印象になるが、「定義」という感覚が希薄になるおそれがある。文末には「(の)ことだ」「(という)ことだ」「という意味だ」等が現れやすい。

○世捨て人とは世を捨てた人ではない、世が捨てた人である。 (様)

○砂とは要するに、砕けた岩石のなかの、石ころと粘土の中間だということだ。 (砂)

○もともと馬場下とは高田の馬場の下にあるという意味なのだから…… (硝)

○戒というのは、仏教で、僧たちが、守らなければならない規律のことです。 (中)

○「米国」というのは、「アメリカ」を漢字で「亜米利加」と書いたことに由来するものである。 (J)

○「このホテルはアルベルゴ・バルベリーニ。アルベルゴというのはイタリア語でホテルなんだな。」

2　主題化を示す

とは／というのは／といえば／というと／といったら／とくると／ときたら／となると／となれば／になると／となっては／に至ると／に至っては／かといえば／かというと／としては／にしてみては／にしてみれば／としても／にしても／にしたって／にしろ／にしては／といっても／といえども／には／におかれましては

1 とは／というのは

「何か」を主題として取り上げる機能を果たす。特に「とは」が用いられるのは、前出の語句を引用したり問い返したりする場合や、そのまま引用しなくても文脈上に流れる思想を別の言葉でまとめて主題化する場合が多い。

○「かってに驚けと言われました綿貫君(わたぬきさん)は。かってに驚けとは至極おもしろい言葉である。しかし決してかってに驚けないのです。」（牛）

○「この大学では、悪い意味での鳥なき里のこうもりですから……」

「悪い意味でとは？」（再）

○地下鉄がダイヤ通りに動かないほど人手が足りないとは、なるほど病める国だなあと感心します。（黄）

最後の例の「とは」は、単なる主題化ではなく、期待はずれ・驚き・感嘆などの感情を表現する述部を伴って、それらの感情を誘発した事柄を主題化しているものである。より端的な例としては、

○茶は飲んでしまい、短冊はなくしてしまうとは、あまりと申せば……とまたはがきに書いて来た。（再）

などが挙げられる。これらの述部が省略されると、「期待はずれ」などを表す「とは」の終助詞的用法となる。↓一四一ページ「とは」

「というのは」にも、「とは」と同様に引用や問い返しなどの用法はあるが、期待はずれなどの特別な感情を表現するには不十分である。

○うちに財産はないが、どんなに貧乏しても、大学だけは出してやる。その代り、大学を出たら、その翌日から自分で食うのだぞ、というのは、毎晩、一合の晩酌をかたむける時の、彼の父の口癖であった。（立）

○「家族はいくたりだ。」

「三人。」と答えた。……

「三人というのは奥さんとだれだ。」（遷）

「というのは」は「とは」と比べて、評価的傾向がなく中立に近い。そのため、「とは」には見られる「期待はずれ」などを表す終助詞的用法がないのである。次の例は単なる倒置用法とみなすべきであろう。

○ああ、こいつだな、彼女がモデルにして描きたいと言っていた跛（ちんば）の花売りというのは！（美）

むしろ、「というのは」の用法として重視すべきなのは、次のような例であろう。

○以上さかなの流通機構であるが、この間一刻も目の離せないのが、商品としてのさかなの宿命である。すなわち、さかなというのは、工業的量産品と異なり、一つ一つ品質が異なっている。（早1）

○「ちょっとねえ、編集費というの、多いんじゃない？」

「いやね、編集費というのは、いささかやむをえない面もある。」（再）

一見定義のようにも見えるが、今さら定義するまでもない周知の事項が取り上げられている。これは、その事項の本質に基づいて、ある観点から説明を加えるもので、「というものは」の用法と近い。「〜というのは……(という)ものだ」の形で使われることも多く、「ものだ」の本質を示す用法と関連の深いこともわかる。

また、情報の出所を示す言葉と共に用いて伝聞を表すこともある。

○先生からうかがったのですが、リーさんが突然帰国するというのは本当ですか。　（型Ⅱ）

さらに、婉曲的にぼかしながら事柄を取り上げる用法もあり、この場合はあらゆるものを主題化できる。

○歴史の知識としてはわかっても、どうもピンとこないというのは、わたしだけのことではなく……　（黄）

このような「というのは」は、「とは」との置き換えができない。

「とは」「というのは」には前節（B１）で述べたように「定義」を示す用法があるが、定義を示すためにある術語を取り上げることも主題化の一種と考えれば、本書であえて「定義」と「主題化」を別立てにした意図が問われねばならない。

a　年休とは年次休暇の略である。

b　年休とはうらやましい。

c　年休とは、どこかにご旅行ですか。

「定義」を示す用法とは、取り上げた事物・用語の内包する意味内容を説明するものであるから、純粋にその事物内部で完結する知的記述にとどまり、そこから派生される感情的側面には無縁の立場をとる。(a)それに対して、「主題化」を示す用法は、取り上げた事物から当然引き起こされる感情的側面に言及することができるため、事物に対する感想・疑問・想像・評価等が述部に現れることになる。（b・c）

ただし、同じ「主題化」といっても、次項（B２❷）で述べる「といえば」類と「とは」「というのは」

の性格はかなり異なる。「とは」などの場合は、取り上げた事物と直接的に関連する内容が述部に要求されるが、「といえば」の場合には、その事物をきっかけに幅広い範囲からより間接的な事項をも取り出すことができる。従って、cは、年休の申請をした相手に年休の使用目的を尋ねるという場面を想定できるが、

d 年休といえば、どこかにご旅行ですか。

の場合は、年休申請時の発話というより、あとで年休についての話題が出たのをきっかけに相手が年休を申請していたことを思い出し、〝そういえば(年休をとるらしいが)どこかに旅行でもするのか〟の意で問いかけたものと考えたほうがよいと思われる。

e 年休といえば、課長は今日も年休をとっているけど、本当に仕事をする気があるのかな。

になると、「年休」は「年休をとっている課長」のことを思い出すきっかけにすぎず、発話の意図は課長の怠慢を批難することにあると言えよう。↓次項「といえば/というと/といったら」

2 といえば/というと/といったら

〝〜を話題にすれば〟〝〜に言及すれば〟の意で、題目を提示するときに用いる。その場の誰かが既に話題にしていたり、自分が心の中で思い浮かべていたりした事柄を積極的に自分から引き取って題目化し、それをきっかけに関連事項を述べていくといった表現である。

○私の病気といえば、いつもきまった胃の故障なので……(硝)

○終るっていえば、相撲もあしたで終りですね。(J)

○大風というと、この辺のは、そりゃすごいんですよ……(砂)

○岩波書店の本というと、表紙に、農夫が種をまいている絵の小さなマークがついているのじゃありませんか。(I_2)

○大木が何本となく並んで、そのすきますきまを また大きな竹やぶでふさいでいたのだから、日の目を拝む時間と言ったら、一日のうちにおそらくただの一刻もなかったのだろう。（硝）
○その花に群がる蜜蜂といったら大したものです。（美）
「といえば」「というと」は、題目提示の複合辞としては、特別な意味の付加されていない、最も無色透明で代表的な表現である。最後の例の「といったら」は、感嘆・驚きなどの感情を誘発した事柄を題目化しているもので、それだけ話者の感情が強くこめられている。述部が省略されると終助詞的用法になるが、これは「といえば」「というと」には見られない用法である。↓一四一ページ「といったら」

「といえば」と「というと」の相違点については、次のようにまとめられる。
①「というと」はそれに続く述部に密接につながっていくニュアンスが強く、「といえば」はそこでいったん切れて、一息おいてから述部を続けるニュアンスが強い。
a　マンションというと七・八階もある立派な建物を想像するかもしれませんが、私の所は三階建ての、アパートに毛が生えた程度のものですよ。
b　マンションといえば、佐藤さんが中野に手頃な物件を見つけたと言っていましたよ。
これは、「というと」のほうが主題化した事物と直接的に関連する内容の述部をとりやすいことを意味しており、この点で、前項（B 2 **1**）の「とは」「というのは」に近づく。「といえば」はむしろ間接的な内容の述部をとりやすいため、主題に対する評価・判断を表すような場合には「というと」のほうが自然である。
c　映画鑑賞というと大げさですが、月に一、二回映画を見に行くだけです。
d　映画鑑賞といえば大げさですが、月に一、二回映画を見に行くだけです。
cの「というと」は、〝もし～のような言葉を使えば〟といった意味で用いられている。↓前項「とは／

というのは」

②「というと」には、相手の言った言葉を確かめるために反復するという用法があるが、「といえば」にはない。

○「高橋さんからお電話がありましたよ。」

「高橋さんというと、あの旅行会社の人ですか。」

ここで「といえば」を使うと、高橋さんに関連する別の内容を提出するニュアンスとなって、この場面および述部にそぐわない。なお、反復といっても同語反復とは限らない。

○「部長に折り入ってお願いしたいことがあるのですが。」

「頼みというと、君の後任のことかな。」

敬語を省き、「願い」を「頼み」に代えている点に注意したい。

③「といえば」には、「AといえばA」の形で同じ言葉を繰り返す用法がある。これは、〝Aと言おうとすれば言うこともできる〟〝Aと言おうとすれば言えないこともない〟の意で、〝しかしAと言うほどでもない〟という否定のニュアンスが裏にあることを示唆しているもので、「というと」にはない用法である。

○この学校は設備がそろっているし、教授陣も申し分ないが、授業料がかなり高いことが不満といえば不満だ。

○彼は頭が切れるといえば切れるが、特に目立った秀才というわけではない。

3 とくると／ときたら

ある事物を題目として取り立てる機能を果たす。移動動詞「くる」の原義を引いているため、「とくると」には、話題の展開がある点に及ぶのを見計らってこちらがその話題を引き取るといった姿勢が感じられ、**2**で述べた「といえば」「というと」に比べて消極的・受け身的と言えよう。「ときたら」のほうには、不満・非難・自嘲などの気持ちがこめられることが多く、これも述部が省略された終助詞的用法を持つ。

↓一六六ページ「ときたら」

○「クリスマスとくるとどうしても雪がイヤというほど降って軒から棒のような氷柱(つらら)が下がっていないとうそのようでしてねェ。」(牛)

○そいつの前足ときたら、まるで部厚い鞘をかぶせたようにもっこりとしていて、黄味がかっていた。(砂)

○わたしたちときたら、部屋をみせてもらったとき、鍵の有無なんて、まったく意識にのぼりませんでした。(黄)

4 となると/となれば/になると/となっては

ある事物を題目として取り立てる機能を果たす。他の題目提示の複合辞と違うのは、取り立てた事柄が内包している条件・資格などを想起した上でそれに判断を下すといった意図が強くこめられている点である。単に話題を提供して関連事項を述べるというのではなく、取り上げた事柄の本質に関わる緊密な有縁性がその述部に要求されるため、「というと」などとの置き換えは許されない。

a 医者というと、あなたの息子さんも医学部志望でしたよね。

×b 医者となると、あなたの息子さんも医学部志望でしたよね。……不成立

c 医者となると、相当の学費を覚悟しなくてはなりませんね。

bが不自然なのは、「医者」が内包している条件などとは有縁性の薄い事柄が述部で述べられているからである。

○やはり西洋へ行くとなると相当忙しかった。(愛)

○病院の医師や専門職には、インド人をよく見かけますが、大学の教員となると、イギリス人のほかに

は、ユダヤ人が目立つくらいでしょうか。（黄）

○「安死術となればそれは色んな問題がありますよ。」（夜）

○現代人と交際する時、口語を学ぶことは容易であるが文書の往復になるとすこぶる困難を感じる。（遷）

○僕ら二人はもとより心の底では嬉しいに相違ないけれど、この場合二人で山畑へゆくとなっては、人に顔を見られるような気がして大いにきまりが悪い。（野）

○今となっては、名前もはっきりとは思い出せない……（立）

また、「というと」「とくると」などと違って強調の係助詞「も」の挿入が可能で、「ともなると」「ともなれば」の形で用いられることがあるのも特徴的である。

○休日ともなると、この夫婦は一日中庭の手入れにかかりっきりだった。（魔）

○社員なら……を提出する義務があるが、株式の六割を持つ社長ともなれば、その点、気楽なものである。（再）

「となると」などの表現は、動詞「なる」の原義〝変化の結果ある状態に達する〟を引いて、題目として取り立てた事物よりも程度の軽い事物をいくつか経た上で題目の事物に到達したといったニュアンスを感じさせる。それが最も顕著に表れているのは最後の例であろう。

5 に至ると／に至っては

ある事物を題目として取り立てる機能を果たす。特徴的なのは、動詞「至る」の原義通り、段階的に事物をとらえながら、最終的にある段階・状況・地点に到達したという意識があることである。その点で「となると」などとも近いが、こちらのほうが段階性・終着性の意識が強い。

○古典派はその制作の範型を……に求めた。浪漫派に至ると、彼の範型はすでに……（現）

○「哲学でも宗教でも、その本尊は知らぬことその末代の末流に至ってはことごとくそうです。」（牛）
○孫にいたってはもうおばあさんも年を取っていなさったから、よほどお手柔かなお取扱をいただいたわけである。（み）

6 かといえば／かというと

疑問文を受ける形で、提示された疑問に対する答えを述べる時の前置きに用いる。〃～の原因・理由・わけを述べれば〃の意味を表す。

○なぜ休講にしたかといえば、それは出張だったからです。
○どうして日本の雨はポテンシャルが高いかと言うと、日本は山が多く、河川が短いからです。（MⅡ）

7 としては／にしてみては／にしてみれば／としても／にしても／にしたって／にしろ

立場・視点の意識から主に人物を題目として取り立てる機能を果たす。〃誰それの身になって考えると〃〃誰それの立場で言うと〃の意味である。

○彼女としては、健二が闇米の世話をしたり、薪を割ったりしてくれたお礼に、時々お愛想をいっただけのことである。（夫）
○もっとも単純な歌、それでも彼等にしてみてはようやくのことで覚えた歌なのである。（夜）
○わたしにしてみれば、済んだことはいいじゃないの、これから気をつければ、と思えるのでした。（黄）
○おれとしても気が楽だ。（X）
○彼女の両親にしても、彼女が親戚の家から短大に通えるのなら安心だろう。
○女にしたって、とんだ厄介者をくわえこんだというだけのことになる。（砂）
○部長にしろ、所詮は宮仕えの身、自分の首があぶなくなるようなことはしないさ。

「としては」「にしてみては」「にしてみれば」は、係助詞「は」で代用させても、立場・視点の意識が希薄になるだけで、意味・構文上支障はない。また、第二例の場合、この「にしてみては」は視点を示していると考えることもでき、その意味で、格助詞の働きに近づく。事実、立場・視点を示す格助詞性の「にとって(は)」と置き換えが可能である。↓五ページ「にとって」

「としても」「にしても」「にしたって」「にしろ」は、係助詞「も」で代用させることができる。またこれらの表現は、逆接的に後にかかっていくニュアンスがあり、特に、最後の例では顕著に見られる。従って、これらが用言を受けることで逆接の接続助詞としての機能を担うようになる事実も、この延長上にとらえることができよう。↓一一四ページ「としても」など

なお、「にしても」「にしたって」「にしろ」には、人物以外の無生物を題目として取り立てる機能もある。

○今度の仕事にしても、社員にまかせると、お座なりの仕事しかしない。

○ジョギングにしたって、適度に行わなければ体のためによくない。 (再)

○(佃は)容貌にしろ、それは美しき男性という範疇から遠いどころではない、燈下の反映の下で見たより一層陰気であった。 (伸)

8 としては/にしては

「としては」には、格助詞的な「として」の資格・立場を示す用法を発展させた形で、ある資格・立場を題目として取り立て、現実の姿がそれにふさわしくないことをほのめかす用法がある。これは、「として」に係助詞「は」が付加されただけの、格助詞的な機能を果たす「としては」とは区別され、「としては」全体が一語化して特別なニュアンスを分担している。↓三ページ「として」

a 一介の平社員としては破格の出世だったに違いない。

b　彼は一八〇センチという長身だが、バスケットボール選手としては小柄なほうらしい。

つまり、aは、「平社員」の立場には十分すぎるぐらいの待遇を受けているというプラスの意味での不均衡を、bは、「バスケットボール選手」の資格にはむしろ不十分な身長しかないというマイナスの意味での不均衡を示しているのである。

「としては」に類似した表現として「にしては」があり、

○彼の言葉づかいはこういう職人にしてはむしろ丁寧なほうであった。（硝）

のように用いられる。このような「AにしてはB」の表現では、Aという立場に対して当然期待されるであろう評価が先にあって、Bがそれから大幅にはずれるか全く逆であることを示していることが多い。従って、そこには話者の感情が色濃く反映され、文脈によっては皮肉や非難を含んだものと受け取られる可能性もある。

c　一介の平社員にしては破格の出世だ。

d　一流のデパートにしては品数が少ない。

言い換えれば、先の「AとしてはB」が、Aという資格・立場から求められる姿とBという現実の姿とのずれを客観的に描写しているのに対し、「AにしてはB」は、Aという立場から当然予想される姿を一つの基準として、その予想とはかけ離れた現実の姿に対してBと評価を下しているもので、自ずと主観的な表現になりやすいのである。

○化粧をしているのかもしれないが、浜の女にしては、珍しく色白だった。（砂）

○この辺は都心にしては静かなほうだ。（J）

○ネクタイこそサラリーマンにしてはしゃれすぎていたが、地味な背広を着て、ヘアスタイルも芸術家風ではない。（再）

なお、この「にしては」は「のわりには」と置き換え可能である。

e 残業のわりにはずいぶん早かったのね。

また、「としては」と「にしては」の相違点としては、接続助詞的な機能があるか否かについても言及する必要がある。

×f 一介の平社員であるとしては破格の出世だ。……不成立

g 一介の平社員であるにしては破格の出世だ。

先のa・cに用言を補ったこの二例を見ると、「としては」は用言を受けることができない、すなわち、接続助詞的な機能を持たないことがわかる。「にしては」は用言を受けるので接続助詞的な機能を持つが、どこまでが係助詞的機能でどこからが接続助詞的機能かという境界を厳密に引くことは難しい。なぜなら、接続助詞の場合でも体言を受けることがあるし、用言を受ける場合でも、その用言を実質的には体言相当と見たほうがよい例もあるというように、こういった機能は連続的なものだからである。特に複合辞の場合は、前接する語句に対して寛容的であるため、形態上の体言・用言の違いはあまり決め手にならないという。[注]そこで本書では、便宜的に、体言を受ける「にしては」は係助詞、用言を受ける「にしては」は接続助詞とみなすことにし、それぞれ別の項目を立てて扱っている。↓一二四ページ「にしては／わりに／わりあいに」

〈注〉 戴宝玉「複合助辞『にしても・にしろ・にしたところで』——接続助詞と限定助詞との関連——」(『日本語教育』六二号、一九八七年)

9 にしても／にしたって／としても

三語とも、用言を受けて逆接の接続助詞の機能を果たすほうが一般的であるが、前項8で述べた方針に従い、体言を受けている場合を係助詞として取り扱うことにする。係助詞の場合も、〃ある立場を仮定の

題目として取り立て、その立場から当然予想される評価とは逆の判断を下す(仮定)〃用法と、〃既に確定しているある立場を題目として取り立て、一応は承認しながらも、その立場から当然予想される評価とは逆の判断を下す(確定)〃用法とがある。

○「おまえの母さんはわたしの著古(きふる)しばかりを着ていた。それはいくらじみな世の中にしてもあまりくすみ過ぎていたけれど、著物は著る人によるものだ。」(み)

○「おれはお妾さんにできた子だから、ほんとの年はわからない。」「四十にしても若いね。髪の毛なんぞそうは思えないわ。」(遷)

○それにしても小器用な国民だ、猿真似にしたって堂に入ったものだ。(夜)

○月収二十万としても二人で生活するのは大変だ。

第二、四例は仮定、第一例は確定、第三例は仮定・確定の両方に解釈可能である。第三例の場合、仮定の解釈では〃たとえそれが猿真似だと仮定しても〃の意味、確定の解釈では〃それは猿真似ではあるが、しかし〃の意味となる。↓五五ページ「としても／にしても／にしたって」

10 といっても

先に話題として出された言葉を再度提示して、それについて詳しい説明を加える時に用いる。「といっても」は逆接の接続助詞の機能も有することから、単なる題目提示ではなく、その言葉の与えるイメージと現実に意味している事柄とのずれを逆接的にとらえる働きをしている。つまり、「〜A。Aといってもb」の形で用いるとすれば、〃さっきAと言ったが実際はそれほどの程度ではなく、せいぜいBぐらいだ〃〃Aと言ったがAの中にもB程度のものがある〃〃Aと言ったがすべてがAというわけではない〃などの意味を表すことになる。

○二人の子供が喚声をあげて、飛び込みを競いあっていた。飛び込みといっても……水の中へ飛び下り

るだけのことで……（魔）

○僕が今忘れることができないというのは、その民子と僕との関係である。その関係といっても、僕は民子と下劣な関係をしたのではない。（野）

○「合法的な断種についてなのですからね」「合法的といっても悪いものだってあります。」（夜）

○さて次は「芸術のための芸術」という古風な意匠である。古風といってもやたらに古風なものではない……。（様）

→一一七ページ「と(は)いって(も)」

11 といえども

名詞を受けて、〝たとえ〜であったとしても〟の意で取り立てる表現である。連体詞「いかなる」「どんな」を伴うことが多く、極端な内容を表す名詞を提示して、〝それほどの〜でも……できない〟と強調して述べる表現である。

○いかなる権力者といえども、一国の法律を自分一人の意志で変えることはできない。（J）

○恐らくは乞食といえども、彼にお時儀をする気にはならないでしょう。（暫）

○この素朴な論法の前には、いかなる近代法といえども現実に譲歩せざるを得ないという……（J）

○いかなる極悪人といえども、やはり彼も人の子だ、子供への愛情は断ち切れなかった。（J）

最後の例では、〝彼が極悪人であること〟が既定の（確定した）事実としてとらえられているようである。

12 には／におかれましては

尊敬の対象となるべき人物を取り上げて、動作・状態等の主体であることを示す機能を果たす。係助詞「は」で取り上げるよりも間接的になり、それだけ尊敬の度合いも高まることになる。他に、「におかせられては」等もある。

○天皇陛下には、午前十時三十分、皇居を御出発。

○校長先生におかれましては、ますます御壮健の由、何よりのことと存じます。

（助）

C 副助詞の働きをするもの

1 強調を示す

という／といった／といって／として／にしても／にして／のあまり(に)／のかぎり／のこと(で)／ことに(は)／ことは／とばかり(に)／んばかり

1 という／といった／といって

①「これという」「これといった」「これといって」の形で下に打消の語を伴い、特に取り立てて問題とすべきことのないことを表す。

○これという事態の進展もないまま、話し合いは中断された。（魔）

○この地方の風俗にも生活にも一年中、これといった変化はない。（生）

○一年じゅうこれといってする仕事もなく……（硝）

○そのほかにこれと言って数え立てるほどのものはほとんど視線にはいって来ない。

②「といって」には、疑問詞「どこ」「どれ」「なぜ」等を受けて下に打消の語を伴い、場所・事物・理由などを不定の形で提示しながらそれを否定する用法がある。

○「どこといって特に行きたい所はありません。」

○「何故と云って理由は無いけれど、僕の性質なのだから。」（多）

③「という」には、「AというA」の形で、上下に同じ名詞を用いて意味を強める用法がある。〝Aと呼ばれるものは全部〟〝すべてのA〟〝Aこそは〟の意である。

○林という林、梢という梢、草葉の末に至るまでが、光と熱とに溶けて……（武）

○この国では下女だの女工だの貧しい女という女は、その場の出来心で能く醜業を営むというが……（ふ）

○「ほんとに民子さん、きょうというきょうは極楽のような日ですね。」（野）

↓四一ページ「との／という／といった」

2 として

「（だれ）一人」「一つ」「一日」などの語について下に打消の語を伴い、全面否定を強調する用法である。〝例外なく〜ない〟〝……といえども〜ない〟の意である。

○そのくせ一人として自分らの船をそっちのほうへ向けようとしているらしい者はなかった。（生）

○彼には、誰ひとりとして、久し振りに自由なこの晩に、呼び出して酒をくみかわしながら、話をしたいと思う相手はいなかった。（立）

○思わずともの事思出すにつけて場内のもの一ツとして悲惨ならざるは無い。（ふ）

○息子が行方不明になってこのかた、一時（いっとき）として心安まる日はございません。

↓三ページ「として」

3 にしても

「一つ」などの名詞を受けて、ある状況のほんの一部を取り上げて評価を下しながら、それ以外の場合にもそれと同等またはそれ以上の評価がなされる可能性のあることを言外にほのめかす表現である。「をとっても」「に限っても」と言い換えることができる。
○ドイツ軍は圧倒的なものとして映っていたのである。たとえば……独軍のパレードひとつにしてもあまりに威圧にみちたものではなかったか。（夜）
○空襲の話ひとつにしても自分と外界とのずれが感じられ……
○部屋の飾りつけ一つにしても、その家の女主人のこまやかな心遣いが表されていた。（夜）
また、次のような強意の「にしても」は、逆接の接続助詞の意味合いを多少残した表現で、主題化を示す係助詞的な「にしても」にも近いと考えられる。↓五八ページ「にしても」
○ほんの少しにしても、都会に背を向ける若者が出てきているんだな。（J）
○砂丘に村が、重なりあってしまったのだ。あるいは、村に砂丘が重なりあってしまったのだ。いずれにしても、苛立たしい、人を落着かせない風景だった。（砂）

4 にして

名詞や副詞を受けてその意味を強める表現である。ある状況を強調するのが普通で、「にも」で置き換えることができる。
○何も試しだと文三が試験を受けて見た所、幸いにして及第する……。（浮）
○美人秘書を伴った優雅な海外生活の夢は、一瞬にして吹っ飛んでしまった。（早2）
○貴族の第一子には、生まれながらにして爵位がつき、女の子はレディという称号つきで呼ばれます。（黄）
○からだを洗うなどという一些事は、毎日の流れのうちにおのずからにして親から子へ受け渡されるはずの、ことさらならぬものであるらしい。（み）
稀に、次例のように主格を強調する場合も見られる。

○このへんの一種いうべからざる愉快な感情は、経験ある人にして初めて語ることができる。（野）

↓二一、三一ページ「にして」

5 のあまり(に)／のかぎり／のこと(で)

これらは形式名詞「あまり」「かぎり」「こと」の用法で、名詞や副詞を受ける必要から「の」を介したに過ぎず、複合辞とは認めにくいが、常に一続きで用いられるという点を考慮してここで一括して扱うことにする。

「のあまり(に)」は感情や状態を表す名詞を受け、それらの程度が著しく高まった結果、何らかの事態や行為が生じたことを表現するもので、〝たいへん～ので〟の意である。受ける名詞はプラス評価のものもマイナス評価のものも可能である。

○老人は亢奮（こうふん）のあまり頻りに咳払いをし、弱々しく震える細い声を強いて張りながら云った。（伸）

○私は嬉しさのあまり家へ帰ってからも（姉が買ってくれたナイフを）しまって置くことができず、堅そうな敷居を削ってみたり柱も彫ってみた。（み）

○放心のあまりに現在そのものの感じがなくなり……（美）

○それは単に退屈のあまりに彼がしてみたことどもではあったが……（都）

「のかぎり」は、「力」「命」などその程度に限界がある名詞を受け、〝その範囲内のすべてで〟〝～の限界まで〟〝ありったけの～で〟の意で、全体としてある行為を副詞的に修飾する表現である。

○三尺もある大きな庭石へ（径三寸ぐらいの球を）力のかぎり投げつけたところ、砕けもせず鈍音とともに弾んだそうである。（み）

○老人たちを、力の限りしあわせにして行くほかない……（型Ⅱ）

○命のかぎり精一杯生きぬくことが、私の残された使命であると信じます。

「のこと(で)」は副詞を受けてその意を強調する表現である。

○(結婚祝の贈り物は)いっそのこと実質的な旅行クーポンということに決まった。(早1)

○貴兄はもちろんのこと、御両親も、さぞお喜びになられたことと思います。(日Ⅱ)

○明は自分と同じ苦しみと誇りを持つ女と、やっとのことでめぐりあえたと思った。(再)

○もっとも単純な歌、それでも彼等にしてみては、ようやくのことで覚えた歌なのである。(夜)

文末に立つと「のことである」の形になる。

○しかし、消費者としては、少しでも安いさかなを望むのは当然である。まして、生産者である漁師がそれほどもうけていないと聞けば、なおさらのことである。(早1)

6 ことに(は)

感情・感動を表す形容詞・形容動詞の連体形や動詞に過去・完了の助動詞「た」などがついた形を受け、その感情を事実として強調する表現である。前置き的に、または挿入句的に用いられる。話し手の意志とは無関係に生じた事態について述べている点が特徴的で、プラス評価・マイナス評価両方の場合が可能である。

○「ありがたいことには僕に馬鈴薯の品質(がら)がなかったのだ。」(牛)

○この間、わたしの家の近くに大火事があったが、幸いなことに類焼を免れた。(J)

○不思議なことには、森の中から、一つの歌の声が上がったのです。(MⅡ)

○子供が急に熱を出したので医者に見せようと思ったが、困ったことに今日は日曜日でどこも休診だ。(J)

○日本人の九十九%は学校教育を受けており、しかも驚くべきことに、彼らはあの複雑な、気の狂いそうな漢字と、さらに二種類の異なる文字で書かれた言語を、とにかく読むことができるのである。

（早2）

7 ことは

「AことはA」の形で、上下に同一または同意義の名詞＋「だ」・形容詞・形容動詞・動詞を用いて意味を強める用法である。〃一応Aであることは確かだが、しかし〜〃の意で、一旦ある事実を肯定はするが、その後にそれとは矛盾する事柄が続くことを意識した表現である。逆に言えば、後に矛盾した事柄が続かざるを得ないぐらい、先の事実が不十分なもの、本来あるべき姿とは多少異なるものであることを強調する表現ということになろう。

○「一応医者であることは医者なのですが、牛や馬を診察するのが専門でしてね。」

○山嵐は強いことは強いが、こんな言葉になると、おれよりはるかに字を知っていない。（坊）

○果物は好きなことは好きだが、毎日食べたいというほどではない。

○「早起きをしたことはしたんですが、支度に手間取って遅くなってしまいました。」

8 とばかり(に)／んばかり

「とばかり(に)」は、〃言葉では言わないがいかにもそうであると〃〃そうであるかのように〃の意味合いで、ある状況を強調する表現である。

○入江の奥より望めば舷燈(げんとう)高くかかりて星かとばかり、燈影低く映りて金蛇(きんだ)のごとく。寂漠(せきばく)たる山色月影(えい)のうちに浮かんであたかも画(え)のように見えるのである。（少）

○「で、こっちはチャンスとばかり、スカートをそーと持ち上げたけど、全然わからない。」（再）

○「エ、あなたが！」
　ピエトロが、これは意外とばかりに口を開けて眉をつりあげた。（再）

○かかって来いとばかりに身構えた。

「ん〈ぬ・ない〉ばかり」は、〃今にも〜しそう〃〃今まさに〜しようとする〃〃〜していると言ってもいい〃という将然状態で、ある状況を強調する例示表現である。「ばかり」の限定の意味に由来する表現で、〃表面は〜しないだけで実質的には〜したも同じ〃の意から、〃まるでそうであるかのように〃といった「とばかり(に)」に近い意味合いが生じたと考えられる。しかし、「とばかり(に)」が名詞や引用句をそのまま受けるのに対し、「ん〈ぬ・ない〉ばかり」は動詞の未然形を受けるという違いがある。従って、

a「私きれいでしょ。」とばかりにしなを作って見せた。

を「ん〈ぬ・ない〉ばかり」で言い換えるには、「言う」などの動詞を補って、

b「私きれいでしょ。」と言わんばかりにしなを作って見せた。

と表現することになる。

○「ヨウ！ ヨウ！」と松木はおどり上がらんばかりに喜んだ。（牛）

○彼らは死に対して喧嘩をしかけんばかりのせっぱつまった心持ちで出かけてゆく。（生）

○いつのまにやら、村の漁師らしい老人が一人、肩をすりつけんばかりにして立っているのだ。（砂）

○（則子は）そんなに気をもむくらいなら、日本にいる別の画家を探した方が、と言わんばかりだったが、明は実はそう考えないでもなかった。（再）

○巡査はだまれと言わぬばかり、わたくしの顔をにらみ……（濹）

○稍(やや)身丈(せい)の高い以前の女は自分の手を取らぬばかりにして、「あたいの宅(とこ)へお出(い)でな。すぐ其処(そこ)だよ。」（ふ）

○音を立てないばかりに雲は山のほうから沖のほうへと絶え間なく走り続ける。（生）

──→三一二ページ「んばかり」

2　限定・非限定を示す

に限って／に限り／ならでは／に限らず／によらず／を問わず

1 に限って／に限り

名詞を受けて特にそのものだけを限定し、〝〜だけは〟〝〜だけ特に〟の意を表す。「に限り」のほうが本来の動詞「限る」の用法に近い。

○「何故貴君(あなた)、今夜に限ってそう遠慮なさるの。」（浮）

○こんな瞬間に限っていつでも決まったように私の念頭に浮かぶのは君のあの時の面影だった。（生）

○うちの子に限ってどろぼうなんてするはずがない。（日Ⅱ）

○ベルリンに専門委員会がおかれ、被殺者の後見人の了解を得、医学上法学上の統制をうけた場合にかぎり、安死術の認可は与えられる。（夜）

○午前十一時までにご来店のお客様に限り、百円のコーヒーを六十円で差し上げます。（日Ⅱ）

2 ならでは

名詞を受けて〝〜でなくては(できない)〟〝〜以外には(できない)〟〝ただ〜だけが(できる)〟の意で慣用的に用いられる。

○これも貴族ならではのこと、わたしなどでは、絶対にこうはまいりますまい。（黄）

○ロシア料理のボルシチを食べている隣で日本そばをすすっているといった光景が同じ店内で見られるというのも、和洋中の食文化が混在した日本ならではの観がある。

○ここに移り住んで来たからには、この地方ならではの研究をしようと意気込んでいます。

限定といっても、〝貴族でなくてはできない〟（第一例）のように、「ならでは」の中に〝〜できない〟という否定要素まで内包している点が特徴である。本来古語では「〜ならでは……ず」のように打消表現と呼応した形で用いられていたが、後に来る打消表現が表に現れない形でその後用いられるようになった。

3 に限らず／によらず／を問わず

三語とも非限定を表すが、それぞれニュアンスが異なり、相互に自由に入れ換えることはできない。「に限らず」は「に限って」「に限り」の否定形で、様々な名詞を受けて非限定を表す最も一般的な形である。〃あるものだけに限定せず、その他のものにも視野を広げる〃という点で添加の意味合いを帯びることも多く、その場合、「ばかりか」「だけでなく」等との置き換えが可能である。↓次項「ばかりか」

○スタイリストに限らず、女性の進出の目だつこの種の職業には、見逃せない共通性がある。（早2）

○「おまえのみに限らず女は大抵そう（＝気の毒）だ。」（み）

○この「丁寧」の敬語は、敬意を表す場合に限らず、話にかどが立たないように、相手との間に一定の距離を置いて、言葉を和らげるのにも用いられる。（日Ⅱ）

「によらず」は〃どの〜に対しても区別をつけないで一様に〃〃どんな〜でも皆〃の意である。そのため、受ける名詞は、「何」「だれ」「どこ」等の不定称の代名詞がついたものに限られる。

○この、何事によらず新しい情報は細大もらさず吸収しようとする意欲が……（J）

○兄は酔っぱらうと、だれ彼によらずけんかをふっかけようとするのです。

不定称の代名詞では限定する対象が特定できないため「に限らず」を用いることはできないが、「を問わず」なら置き換えることができる。

「を問わず」は〃〜に関係なく一様に〃〃〜を問題にせず〃の意を表す。受ける名詞は、「男女」「内外」「表裏」「前後」「公私」「昼夜」などの相補関係にある熟語が多い。「によらず」と同様、不定称の代名詞を受けることもできる。

○社会には、昼となく夜となく、国の内外を問わず、数かぎりなくいろいろな事件が起きている。（中）
○買物に便利なので、日曜、週日を問わず、非常ににぎわっている。（中）
○資格の相違を問わず、一定の枠によって、一定の個人が集団を構成している……（J）
相補関係にある熟語とは、〝そのどちらの区別なしに〟の意味で、けっきょく両者を総合したもの、〝その他〟の生じる余地のないことを意味するため、〝あるものだけに限定せずその他のものにも視野を広げる〟意の「に限らず」で言い換えることはできない。「によらず」は理屈の上では可能だが、自然な表現とは言い難い。

3　添加を示す

ばかりか／に限らず／のみならず／どころか

1　ばかりか／に限らず／のみならず

「ばかりか」は、名詞を受けて事物がただそれだけに限られず他にまで及ぶことを表す。「AばかりかB」の形でより程度の軽い事物Aをまず挙げ、〝Aだけではなく、さらにその上により重いBまで加わる〟の意で程度を引き上げる発想である。Bには「も」「まで」「さえ」「だって」等の副助詞が伴いやすい。
○「己(おれ)ばかりか坊ちゃんだって知りゃしないぜ。」（年）
○医者の命令ばかりか、病気の性質そのものが、私にこの絶食を余儀なくさせるのである。（硝）
○彼は同窓会の幹事で、会の準備ばかりか、司会もたった一人でやった。（日Ⅱ）
○そこには作者の鋭敏な色感が存分にうかがわれた。それればかりか、その絵が与える全体の効果にもしっかりとまとまった気分が行き渡っていた。（生）
類似表現として「Aに限らずB」「AのみならずB」があり、ほぼ同様の文脈で用いられるが、「AばかりかB」と違って、ABの間に程度の軽重という差は特別ないようである。

○学期末になると、学生に限らず、先生も相当疲れて来ます。（MⅡ）

○外国人に限らず、日本人にも、漢字を正しく書くことはかなりむずかしいです。（MⅡ）

○小鼻のみならず口許（くちもと）にまで痙攣（けいれん）のような恐しい線が出て……（ふ）

なお、

○岩内港は、さしたる理由もなく、少しも発展しないばかりか、だんだんさびれてゆくばかりだったので……（生）

のように用言を受ける「ばかりか」は接続助詞とみなし、別項で扱うことにする。↓一三二ページ「ばかりか」

2 どころか

名詞を受けて、事物がその程度にとどまらず、より重大なレベルにまで及ぶことを強調する表現である。「AどころかB」の形で、やや重い事物Aを挙げた後により一層重大でAを頭から否定するようなBを結論的に提示する場合や、相手の言ったAを否定してそれよりはるかに程度の高い事物Bこそ真実であると主張する場合などに用いられる。聞き手の常識や予想からは大きくはずれた事物を〃実はBなのだ〃と提示する結論意識が強く、裏には〃Aくらいのことではすまされない〃という気持ちが伴っている。

○自分は夏子の出しものが近づくに従って楽しみ処か、苦しみになった。

○「今度の転校生、ブスどころかとびきりの美人だよ。」（愛）

○「現代の日本人は、自分自身の過去については、もう何も知りたくないのです。それどころか、教養ある人たちはそれを恥じてさえいます。」

○「君はウイスキーをのみますか。」

「ウイスキーどころか、ビールも飲めません。」（I_1）

最後の例については、酒の強さから言うとA（ウイスキー）のほうがB（ビール）よりレベルが高く、「AどころかB」のABの関係にそぐわないように見える。しかし、下に否定表現がくることによって、〝酒が飲めないレベル〟の比較、つまり、A（ウイスキーが飲めない）よりB（ビールが飲めない）のほうがレベルが高いことになり、矛盾はなくなる。

もっとも、このように考えるのは複雑でわかりにくい。そこで、次のように説明したほうが実用的であろう。すなわち「AどころかBも～ない」と否定形式の場合は、ABの軽重の関係は逆転し、程度の重いAを〝もちろん～ない〟と否定した上で、それよりさらに程度の軽いBさえ打ち消すといった構図になるのである。例をいくつかつけ加えておこう。

○「一万円持っていますか。」　　　　　　　　　　　　　　　　　　　　　　　　　　　　　　　　　　(I₁)
　「一万円どころか、五十円も持っていません。」

○私はピアノを五年も習ったのに、ソナチネどころかバイエルもひけない。

また、Aを否定するのではなく、さらに程度の高いBをつけ加える意識で用いられる場合もある。

○一ぱいどころか五はいも飲みました。　　　　　　　　　　　　　　　　　　　　　　　　　　　　　(I₂)

○彼はフランス語どころかラテン語やギリシャ語まで勉強しているらしい。

○「田中君のように大学の成績が悪くては、いい所に就職するのはむずかしいでしょうね。」　　　　(J)
　「いやあ、それどころか卒業できるかどうかもあぶないくらいですよ。」

この場合なら、「ばかりか」で置き換えて、

・一ぱいばかりか五はいも飲みました。

とすることもできるが、ニュアンスに多少のずれが生じる。つまり、「一ぱい」に対する評価という点で、「どころか」を用いたほうは、〝一ぱいなんて生易しいものではない〟〝とんでもない〟と否定的にとらえ

ているのに対し、「ばかりか」のほうは〝一ぱいだけではなくその上〟という意識であり、否定的とは言えずむしろ中立に近い。一般に「どころか」と「ばかりか」の違いはこの点にあり、「どころか」がAを否定して、または否定的にとらえてBを前面に出す発想であるのに対し、「ばかりか」はAを認めた上で、さらにBをつけ加えるという純粋に添加の発想なのである。

なお、

○その所有する株券も反古(ほご)どころか逆に出費さえかけるようになった…… (夫)

のようにAは名詞でもBは用言である場合や、

○モーレー社長は、吉川の(倉庫のような)会社を見て、バカにするどころか、すっかり感心してしまった。 (再)

のようにABともに用言の場合もあるが、後者の「どころか」については接続助詞とみなして別項で扱っている。↓一二六、一三二ページ「どころか」

4 除外を示す

をよそに

■**をよそに**

ある事物を直接関係のないものとして自分の意識や視野から除外する表現である。〝〜を無視して〟〝〜をかえりみずに〟の意味で用いる。

○住民の不安をよそに、そこに石油工場の建設が進められている。 (日Ⅱ)

○その日も霧雨にけぶるビル街の風景をよそに、銀行本店七階の自分の机で、新着雑誌の目次のチェックをしていた佐室孝策のところに…… (立)

○マリーは、世間の尊敬と賞賛をよそに、飾り気一つない、粗末な黒い服を着て、毎日、研究所に通った。（日Ⅱ）

5　不適合を示す

に(も)なく／ながらに

■に(も)なく／ながらに

「に(も)なく」は名詞を受け、〃(ふだんの)〜にふさわしくなく〃〃(ふだんの)〜からは想像しにくいように〃の意で、その名詞の内容とは適合しない状況が下に来ることを表す。

○夏子は既に来て居た。いつもになく日本の着物を着て居た。（愛）

○今年は例年になくキャベツが豊作で……（J）

○老婦の写真にフト眼を注めて、我にもなくつらつらと眺め入った。（浮）

○口程にもなく両親に圧制せられて……（浮）

「ながらに」は副助詞「ながら」（接続助詞・接尾語とする説もある）に格助詞「に」がついた形で、主に人物を示す名詞を受けて、〃〜なりに〃〃〜のわりには〃の意を表す。

○子供ながらにしっかりした態度で、長い時日をかけて観察していたらしい。（み）

「ながら」は逆接の意を含んでいるため、それを受ける名詞は、その下に来る状況にとって本来不足と判断される対象でなければならない。そのため、

×a　大人ながらによく考えて行動した。

のような文は成立しないのである。

しかし、「に(も)なく」ほど不適合を前面に打ち出すのではなく、不適合であればあるだけその対象に

対する評価が逆に高まることになるのが「ながらに」の特徴である。従って先の例では、「子供」に対して〃さすがにえらい〃といったプラス評価が与えられているが、それを、

b 子供にもなくしっかりした態度で、長い時日をかけて観察していたらしい。

と変えると、〃子供らしくなく、かわいげがない〃〃こましゃくれた子供だ〃といったマイナス評価が感じられるようになってしまう。

また、「ながらに」が用言を受けた、

○もう目の前には岩内の町が、汚く貧しいながらに、君にとってはなつかしい岩内の町が、新しく生まれ出たままのように立ちつらなっていた。（生）

の例もあるが、これは逆接の接続助詞とみなすべきであろう。

なお、

○例えば、氏・素性といったように、生まれながらに個人に備わっているものもあれば……（J）

の「ながらに」は〃〜のままの状態で〃の意味、

○きょうだいは二人ながらに、この人たちに親しみをもたなかった。（み）

の「ながらに」は〃そのまま全部〃〃共に〃〃皆〃の意味で使われており、本項の「ながらに」とは区別する必要がある。

6 不明確を示す

と(も)なく／とやら

1 と(も)なく

名詞や動詞を受けて、不確かなためそれとはっきり指示、限定できない状態であることを表す。〃〜

という こともなく〟"〜というわけでもなく〟の意である。
名詞を受ける場合は、不定称の代名詞や不定の接頭語がついたものに限られる。「へ」「から」などの助詞を伴うことも多い。
○堤の上にも家鶏の群が幾組となく桜の陰などに遊んでいる。（武）
○二かかえも三かかえもあろうという大木が、何本となく並んで……（硝）
○私も大体いや気がさしているのだから、双方でいつとなくよした。（み）
○それら（＝野ばら）の白い小さな花のように、何処へともなく私から去っていった。（美）
○瞬間二人はどっちからともなく抱きあって、接吻した。（愛）
また、
○罪人たちは何百となく何千となく、まっ暗な血の池の底から、うようよとはい上がって、細く光っているくもの糸を、一列になりながら、せっせと登って参ります。（日Ⅱ）
のように「〜と(も)なく……と(も)なく」の形で並立助詞的に用いて、不確かな状態を強調することもある。さらに、
○社会には、昼となく夜となく、国の内外を問わず、数かぎりなくいろいろな事件が起きている。（中）
○天からともなく地からともなくわき起こる大叫喚。（生）
のように「昼夜」「天地」といった相補関係にある名詞を受けることも多く、この場合には〝一日中〟〝あらゆる所から〟の意で、不確かな状態ではなくそのもの全体を強調する用法となる。

動詞を受ける場合は、動作や思惟活動を表す、状態性ではない動詞の終止形を受けて、その動作が取り立てるほどではない、特に意図したものではないという状況を描写することになる。
○兄は弟の方を見い見い誰に言うともなく言った。（美）

○自分は思うともなく、強いて厳かな容体を作り、殊更に品位を保とうと力めるらしい博士連の顔を思浮べた。（ふ）

○僕はしばらく（畑に）立っていずこを眺めるともなく、民子の俤を胸中にえがきつつ思いに沈んでいる。（野）

○老人は、うなずくともなく、そのまま彼に背を向けて、藁草履の爪先を蹴るようにしながら、のろのろと稜線にそって引返して行った。（砂）

2 とやら

格助詞「と」に副助詞「やら」がついた形で、話し手にとってもそれとはっきり指示、限定できないような不確かな名称・事柄を取り上げる際に用いる。話し手にはわかっているのに、不明を装ってぼかす気持ちで用いられることもある。

○「政夫さんは皹の薬に『アックリ』とやらを採ってきて学校へお持ちになるの……」（野）

○今まで聞えていたあの音楽は、人なき部屋にピアノとやらが自然に動いて、微妙な響きを発したのかとも怪しまれる。（年）

○祖父が十五の時に書いた小説を、さる大作家が激賞したとやらの話が残っている。

「とやら」には伝聞の意味合いが添えられることが多く、最後の例は殊に顕著である。

なお、文末に置かれて〝とかいう（ことだ）〟の意で伝聞を表す「とやら」は、終助詞とみなし、別項で扱った。↓一七一ページ「とやら」

D　接続助詞の働きをするもの

一　時間的関係

1　同時性を示す

や否や／が早いか／そばから／とたん(に)／(か)と思うと／(か)と思えば／(か)と思ったら／(か)と(思う)間もなく／(か)とみると／(か)とみれば

❶ や否や／が早いか／そばから／とたん(に)

〝〜するとすぐに〟〝〜とほとんど同時に〟の意で前件と後件がほぼ同時に起こることを示す表現で、「や否や」「が早いか」「そばから」は動詞の連体形を、「とたん(に)」は完了の助動詞「た」を受けるのが一般的である。「や否や」は〝〜か〜ないかのうちに〟の意味で、後件の行為や事態が前件の成立を時間的に追いかけるようにやってくるという意識がある。

○民子は一町ほど先へ行ってから、気がついて振り返るやいなや、あれっと叫んで駆け戻ってきた。(野)

○妹芳子は女学校を卒業するやいなや活動女優の花形となった。(濹)

○「ニューヨークで商店の売子をしていた時分には、一週間に一度も画筆(えふで)を取る事さえ出来なかったの

が、フランスへ来るや否や、凡(およ)そ画家のあこがれる夢と云う夢は一時に実現された。」（ふ）

○（清は）おれの来たのを見て起き直るが早いか、坊っちゃんいつ家(うち)をお持ちなさいますと聞いた。（坊）

○僕の飛び乗るが早いか、小舟は入江のほうへと下りはじめた。（少）

○岩手のわんこそばと言えば、客がわんの中味をすすり込むそばからたすきがけのお姉さんがお代わりを投げ込む、といった光景が目に浮かんでくる。

○彼は自宅へ用事で帰ったとたん、上空に小さな飛行機を認め、つづいて三つの妖しい光を見た。（夏）

○私がひょいと頭を持ち上げた途端に、そこには……昔馴染(なじみ)の桜の老樹が見上げられた。（美）

「そばから」が完了の助動詞「た」を、「とたん(に)」が動詞の連体形を受ける例も稀に見られる。

○私はこの頃物覚えが悪く、聞いたそばから忘れていくという感じだ。

○おれは正気に返って、はっと思うとたんに、おれの鼻の先にある生徒の足を引っつかんで、力まかせにぐいと引いたら……（坊）

これら四表現の基本的意味は〝前件と後件の同時性〟ということで、前件と後件の主体は同一でも異なっていても構わない。ただ、同一主体の場合なら、前件が起こった瞬時あとに後件が起こるといった、やや継起的な解釈をするのが普通だが、異なる主体の場合は完全に同時という解釈も可能であろう。また、この点は接続とも関係していて、動詞の連体形（現在形）を受ける「や否や」「が早いか」「そばから」は〝同時〟に近いが、普通完了の助動詞「た」を受ける「とたん(に)」は、前件が既に完了済みという意味合いを持つため、やや継起に近い時間関係を示すと思われる。

また、これらの前件では、ある一時点を特定する必要があるため動作性・変化性の動詞を要求する。従って、

×a　彼がそこに存在するや否や私の胸は高鳴った。……不成立

のような状態性の動詞を受けることはできない。特に「や否や」「が早いか」「そばから」は瞬間的な動作を受けることも多く、助詞「や」だけを用いて、

b　花束を受け取るや、すぐさま唇に押しつけた。

と表現することも可能である。

さらに、現実に起こった事実を描写する点が特徴で、一般習慣的・必然的な現象や潜在的かつ未成立の動作（意志・命令・推量など）が後件に置かれることはない。

×c　食べ終わるや否やおなかが一杯になる。〔一般習慣的・必然的現象〕……不成立

×d　食べ終わるや否や勉強を始めよう。〔意志〕……不成立

×e　食べ終わるや否や勉強を始めなさい。〔命令〕……不成立

×f　食べ終わるや否や勉強を始めるはずだ。〔推量〕……不成立

これは、これらの形式における同時性ということが、話し手の主観的な観察、判断によって表されるためである。

g　食べ終わったらすぐに勉強を始めなさい。

h　食べ終わると同時に勉強を始めよう。

g・hが成立するのは、「〜たらすぐに」「〜と同時に」などが話し手の判断なしに客観的に、同時性というものをとらえているからである。〈注〉また、

×i　食べ終わるや否や勉強を始めなかった。……不成立

のような否定形が後件に置かれることもなく、「というわけではない」等を用いて文全体を否定した、

j　食べ終わるや否や勉強を始めたというわけではない。

の形のみが可能なだけである。

なお、四表現のうちでは「そばから」だけが異質で、一回きりの動作ではなく、同一主体や異主体によって同じ動作がかなりの回数繰り返し行われている場合にしか用いられない。従って、

k 食べ終わるそばから勉強を始めた。

は、同一主体や複数の異主体の反復動作を描写したものであり、同一主体の一回きりの動作をこの形で表現することはできない。

〈注〉森山卓郎「〜するやいなや／〜するがはやいか」(『日本語学』第三巻第十号、一九八四年十月)

2 (か)と思うと／(か)と思えば／(か)と思ったら／(か)と(思う)間もなく／(か)とみると／(か)とみれば

〝〜するとすぐに〟〝〜とほとんど同時に〟の意で前件と後件がほぼ同時に起こることを示す表現で、動詞の連体形や完了の助動詞「た」を受ける。前者を受けた場合は「や否や」「が早いか」と、後者を受けた場合は「とたん(に)」とほぼ同様の意味合いになると言ってよい。「と思うと」「とみると」など「と」で始まる形式は独白などの引用句を受けることもできる。

また、特徴として、前件と後件は同一主体でも異主体でも構わないこと、前件には動作性・変化性の動詞が置かれること、一般習慣的・必然的現象や潜在的かつ未成立の動作、および否定形は後件に現れないことが挙げられるのは、前項で述べた「や否や」等と同様である。ただ、「(か)と思うと」「(か)とみると」等のほうが、「思う」「みる」の語でわかるように、描写の姿勢として話し手の主観(あくまでも話し手がとらえたに過ぎない〝同時性〟)を前面に押し出す形をとっているため、客観的な態度を貫く「と同時に」等からは一層遠ざかる結果となる。

○野々村の妹は立ち上ったかと思うと、皆の前に走って来て、実に立派に宙がえりをうった。 (愛)

○その時、急に頭上の空が暗黒と化したかと思うと、沛然(はいぜん)として大粒の雨が落ちて来た。（夏）

○一念が電(いなずま)のように僕の心中最も暗き底にひらめいたと思うと僕は思わずおどり上がりました。（牛）

○ひゅうと風を切って飛んで来た石が、いきなりおれの頬骨へあたったなと思ったら、後ろからも、背中を棒でどやしたやつがある。（坊）

○午後になったと思う間もなく、どんどん暮れかかる北海道の冬を知らないものには……（生）

○あの時、兄は事務室のテーブルにいたが、庭さきに閃光(せんこう)が走ると間もなく、一間あまり跳ね飛ばされ……（夏）

○水上が突然薄暗くなるかとみると、雲の影が流れとともに、またたく間に走ってきて自分たちの上まできて……（武）

なお、「かと思うと」「かと思えば」には、

○右から攻めてくるかと思うと、左から来る。左を用心していると、右から来る。（型Ⅱ）

といった対比を示す用法もある。これは別項で詳述する。↓一二八ページ「かと思うと／かと思えば」（逆接対比）

2　継起を示す

うえ(で)／すえ(に)／あげく(に)／ところ(が)／まま(で)／なり(で)

1　うえ(で)／すえ(に)／あげく(に)

形式名詞「上」「末」「挙句（連歌・俳諧の最後の句から〝最後に行きついた（好ましくない）結果〟の意）」を中心とした表現で、過去・完了の助動詞「た」を受けて、「Aしたうえ(で)Bする」「Aしたすえ(に)Bする」「Aしたあげく(に)Bする」の形をとり、ABの継起をとらえる役割を持つ。助詞「の」

を介して、「Aした」に相当する動作性の名詞を受けることもできる。

「うえ(で)」は、〃AしてからBする〃〃AしたのちにBする〃〃Aした結果をふまえてBする〃の意で、Aの行為をすることを前提としてBの行為に移ることを表現するため、自己や他者の未来における意志的な行為（予定・決意など）にも用いることができる。
○午後にでも電話で御都合を伺った上で、おわびかたがたお宅へお伺い致したいと存じます。（日Ⅱ）
○「ソノー気心が解らんから厭だというなら、エー今年の暮れ帰省した時に逢ッてよく気心をみぬいた上で極めたら好かろうといって……」（浮）
○どこか求職の口があるという話をした上で、そのために入用だから是非とも夏羽織を一枚欲しいと言った。（都）
○そして、吉川と相談の上で、明が選んだ画家というのが古賀なのだった。（再）
○申し後れましたが、本人は二十五歳の男性ゆえ、お含みの上よろしくお願い申し上げます。（早2）
「すえ(に)」「あげく(に)」は、〃Aしたあと最終的にBした〃〃Aしたあとやっと(のことで)Bした〃の意で、既に起こった事実の前後関係を描写するものであるから、未来のことを表現することはできない。また、ABが抵抗なく継起したのではなく、〃紆余曲折を経ながら心ならずもAしたあと、結果的にBするに至った〃の意味合いを含むため、自己や他者が最初からABの継起を意図していたような場合には用いられない。特に「あげく(に)」は、「挙句の果て」という表現にも見られる通り、AB共に本意ではない行為を余儀なくされた場合が多い。
○自分の不注意から眼の前で子供を死なせてしまった呵責に、とり殺されそうなぐらい苦しんだすえ、自分から逃れる出口を見つけたのだ。（魔）
○撮影隊の連中がカメラを据えて、三、四人で協議のすえカメラの位置が動く。（老）

○それでもてれずに悪戦苦闘の末、何とか通り抜け……（早2）

○しばらく迷ったあげく、番人に訊き、伸子は一つの人気ない陳列室に入った。（伸）

○三日三晩、死体と火傷患者をうんざりするほど見てすごした挙句、Nは最後にまた妻の勤め先である女学校の焼跡を訪れた。（夏）

○「ほら、ちんちん。……お預けお預け」などと三人は勝手な芸をやらせられた揚句、「ようし！」と云われれば、先を争ってお菓子のある方へ跳び込んで行く。（年）

「うえ(で)」のほうが客観的・中立的な姿勢を保った表現で、用法も広い。従って、「すえ(に)」「あげく(に)」を「うえ(で)」に置き換えるのは可能だが、その逆は不可能である。ただし、置き換えた場合には、「すえ(に)」「あげく(に)」の持つ独特な価値意識が薄れ、単にABが継起した事実を記述しているに過ぎない中立的な表現になってしまう。

2 ところ(が)

形式名詞「ところ」を中心とした表現で、過去・完了の助動詞「た」を受けて「Aしたところ(が)Bした」の形をとり、ABの継起を記述する。〃AしたらBした〃の意で既に起こった事実の前後関係を描写するが、1で扱った表現のような〃AをふまえてB〃といったAB間の論理的なつながりは薄い。むしろ、〃Aしてみたら、たまたまBになった〃の意でAには単なるきっかけや前置きが入りやすい。

○その日の夕方、日高六郎さんに会ったところ、人工衛星打ち上げを伝える夕刊を示して、「荒さん、いかがですか。」といわれた。（型Ⅱ）

○きのう彼の家に行ったところが、彼はひじょうに喜んでくれました。（I2）

従って、

○そのようなことがあってから、おばあさんに入学式の招待状を出したところ、さっそくご祝儀を持っ

てお祝いに来てくださいました。（中）

のようにＡＢで主体の異なる場合も多く、また、

○主な金は叔父が出してくれるとした処が、金はあるに越したことはないので、売れる原稿も友達が世話してくれたりして、いつもより倍以上書かされた。（愛）

○（大野は）とうとう親と当人に結婚を承諾させてしまった。やれやれと思っていたところ、不意に富子はどうしても大野と一緒になるのは嫌だといい出し……（夫）

のように逆接接続助詞「が」で置き換え可能な文脈を構成する場合さえ見られる。↓一一三ページ「ところが」

3 まま(で)／なり(で)

形式名詞「まま（〃なりゆきにまかせること〃〃当面の状態に何ら修正を加えないこと〃の意）」および接続助詞「なり」を中心とした表現で、過去・完了の助動詞「た」を受け、「Ａしたまま(で)Ｂする」「Ａしたなり(で)Ｂする」の形をとる。

①Ａで示した動作が成立した後、予期される状態に進展せずＡのままで完結し、次に予想外の動作・作用Ｂが起こることを表す。Ａには瞬間的な動作が入る。

○巡査は……派出所へ連れて行き立ち番の巡査にわたくしを引き渡したまま、いそがしそうにまたどこかへ行ってしまった。（濹）

○彼女は出そうとしていた手紙を卓上に忘れたまま亢奮して部屋を出た。（伸）

○「いらっしゃい」孝策は、由希子の挨拶にそう答えたまま、一瞬、その印象に心を奪われて、立止った。（立）

○久しぶりで偶然私の旧家の横に出た。……まだ生き残っているのかしらと思ったなり、私はそのまま通り過ぎてしまった。（硝）

○僕は顔を洗ったなり飯も食わずに、背戸の畑へ出てしまった。（野）

○「信ちゃん、何かして遊ばないか」と、たまたま私が声をかけて見ても、「ううん」と云ったなり、眉根を寄せて不機嫌らしく首を振るばかりである。（年）

「まま(で)」のほうは動作の結果の状態が後に残るような瞬間的動作(「引き渡す」等)を受けやすく、「なり(で)」のほうは〝一瞬〜しただけで〟の意で、その時だけの単発的な瞬間動作（「(ふっと)思う」等）を受けることが多い。この「なり(で)」に類似した表現として接続助詞「きり」がある。

○こう言ったきり権兵衛は腕組みをして顔をしかめた。（阿）

②Aで示した動作の結果の状態が続いていて、それを止める動作や予期される動作が起こらないこと(B)を表す。Aには動作の結果の状態が継続されるような性質の動詞が入る。

○文三は差し俯向(うつむ)いたままで返答をしない。（浮）

○中年の男は、不動の姿勢をとったまま微動だもしなかった。（夜）

○「砂がついたまま、ほったらかしにしておいたら……」（砂）

○万里は、孝策が左手に下げたまま忘れていた洋菓子の箱を見ていた。（魔）

○担任の女先生は腰かけたなりで何もいわずにいたが……（み）

③Aで示した動作の結果の状態が続いている間に、Bで示す別の動作・事態を迎えることを表す。

○聡子は、顔を伏せた。そして次の瞬間、顔を伏せたまま、突然激したように、低く抑えた声で、口早に言った。（魔）

○私は……そのまま仰向けに寝て、手を胸の上に組み合わせたなり黙って天井を見つめていた。（硝）

この用法は〝Aした状態でBする〟という並立・付帯状況とも考えられるが、時間的にはA—Bの順に継起することを考慮して参考までにここに入れておいた。時間的前後関係とは離れた、「まま(で)」「なり

(で)」の並立を示す用法については別項でも詳述している。↓一三一ページ「まま(で)／なり(で)」

3 相関を示す

に従い／に従って／につれ(て)

■に従い／に従って／につれ(て)

動詞の連体形を受けて「Aするに従い〈に従って〉Bする」「Aするにつれ(て)Bする」の形をとり、Aの動作・作用・変化の進行に対応してBの動作・作用・変化が進行することを表す。時間的にはAがBより多少早く生じることになる。〝〜に応じて〟〝〜とともに〟の意である。

○人間は年をとるに従い、早く起きて早く寝るようになります。（MⅡ）

○その子は大きくなるにしたがって、だんだんきれいになりました。（型Ⅰ）

○機嫌買いな天気は、一日のうちに幾度となくこうした顔のしかめ方をする。そして日が西に回るにしたがってこの不機嫌はつのってゆくばかりだ。（生）

○二度目、三度目の誕生日をむかえるにつれ、万里は逆に、むしろ癇の強い、こじれやすい性質が目立ってきた。（立）

○政治の改革が進むにつれて、それに不満を持つ者が多くなりました。（MⅡ）

○（書物は）おれたちが刻々に変わっていくにつれて刻々に育っていく生き物だ。（X）

○かの遠くの燈火はこの愉快な心地の弥増すにつれ、夜の次第に暗くなるに従い、一ツ一ツふえて来て……（ふ）

なお、AがBの原因・理由の性格を帯びている場合については、二「順接条件」3「因果関係」（一一一ページ）の中で扱っている。

二 順接条件

1 仮定を示す

かぎり(は)／ことには／ては／とすると／とすれば／としたら／(よ)うものなら／(よ)うことなら／ものなら

1 かぎり(は)

動詞「限る」の名詞形「限り」は、時間的・空間的な、または、数量・程度の限界、限度、終わりを表し、そこから、形式名詞として〃その範囲内のすべて・限界まで〃の意を表すようになった。その用法が更に発展すると、〃その事柄においてだけ〃の意が加わり、活用語の連体形を受けて接続助詞的に用いられ、後件に対する前件の時間的・空間的範囲や数量・程度の範囲を限定して示すようになる。〃〜するあいだは〃〃〜するうちは〃の意で、仮定条件と確定条件（因果関係）があるが、ここでは仮定条件の例を挙げておく。↓九九ページ「かぎり(は)」

「かぎり」は単独で用いられる、

○「今後は宙がえりのことはあなたが私のことを先生と言わないかぎり言わないことにします。」（愛）

○お巡りさんでさえも、よほどのことがないかぎり、見ず知らずの人に行き先を尋ねたりはしないものである。（早2）

のような例が多いが、「かぎりは」の形で係助詞「は」が強調の意を添えている例も多い。

○政道は地道(じみち)である限りは、とがめの帰する所を問うものはない。（阿）

○帆の自由である限りは金輪際(こんりんざい)船を転覆させせないだけの自信を持った人たちも、帆を奪い取られては途

方に暮れないではいられなかった。　（生）

2 ことには

否定の助動詞「ない」を受けて、「〜しないことには」の形で〝もし〜しなければ〟の意を表す仮定表現である。

○ここで何か手を打っておかないことには、後で始末がつかなくなるに違いないのだ。

○少しでも多くの人の協力を求めないことには、この計画も水の泡になってしまうだろう。

のように接続助動詞に用いられるのが普通だが、

○とにかく、早く行かないことには。

と、後件を省略した終助詞的な形で〝〜しなければどうにもならない〟という気持ちを表現することもある。

「ことには」の特徴としては、後件に必ずマイナスの事態が置かれる点が挙げられる。〝〜しなければ（一層）悪い事態が生じるだろう〟という意識による表現であるから、

a　今遊ばないことには後で遊べなくなる。

とは言えるが、

×b　今遊ばないことには計画通り勉強ができる。

とは決して言えない。

3 ては

接続助詞「て」＋係助詞「は」の形で動詞の連用形を受ける表現である。ガ・ナ・バ・マ行の五段動詞を受ける場合は、撥音便の関係で「では」となり、くだけた会話表現では「ちゃ（あ）」「じゃ（あ）」となることが多い。順接の仮定条件の他、確定条件、反復を示す用法があるが、それぞれについては該当項目

を参照されたい。↓九五、一三〇ページ「て〈で〉は」

順接の仮定条件を示す用法では、望ましくない結果を導く点が特徴的である。

○まことに親のこころだ。民子に弁当を拵えさせては、自分のであるから、お菜などはロクな物を持って行かないと気がついて、ちゃんとお増に命じて拵えさせたのである。　(野)

○先生に聞えては都合の悪いかずかずの覚えをもっている。　(み)

○なるべく太陽を背にしないことも、必要な心得の一つだろう。太陽を背にしては、自分の影で、昆虫どもを驚かせてしまうことになる。　(砂)

また、倒置用法と言える、

○「居たければ、如何(どう)だい、当分来ていては。」　(多)

のような例もあれば、

○「おいてきぼりにされては大変だ！」　(伸)

のような使い方もあり、これから後件が省略されると、

○「イヤイヤ滅多な事を言い出して取り着かれぬ返答をされては」ト思い直して……　(浮)

に見られる、〝〜したら困る、大変だ〟の意の終助詞的用法となる。

なお、活用語の連体形を受けて順接の仮定条件や確定条件を示す「では」という形式があるが、これは断定の助動詞「だ」の連用形「で」に係助詞「は」がついたもので、本項の「て〈で〉は」とは別物である。例えば、

○僕がめそめそしておったでは、母の苦しみは増すばかりと気がついた。　(野)

のような明治時代の古い言い回しで、現代語表現ではない。現代では、「のでは」と言うべきところであろう。

○また、主観をまじえて書いたのでは、公平を欠くおそれがある。（中）

4 とすると／とすれば／としたら

〃～と仮定する〃意の「とする」に接続助詞「と」「ば」および完了の助動詞「た」の仮定形「たら」がついた形である。活用語の終止形を受けて、〃もしそれが本当だと仮定すれば〃〃もしそれが正しい場合には〃という仮定条件を表す。三形式はほぼ同様に用いられるが、「とすれば」は〃前件で述べた事柄が仮に正しいとした場合には〃という、かなり懐疑的な発想であり、「としたら」は会話体になじみやすい表現であると思われる。三形式が確定条件を表す場合については別項を参照されたい。↓九七ページ「とすると／とすれば／としたら」

○第三次世界大戦が起こるとすると、大変な問題ですね。（MⅡ）

○美しくないという女は、どこかいじけてしまうものだ。いじけないとすれば、論理や道徳で武装してしまう。（再）

○たとえ、虫のかたちをかりてでも、ながく人々の記憶の中にとどまれるとすれば、努力のかいもあるというものだ。（砂）

○もし、これ以外の振動も音として知覚出来るとしたら、私たちの音の世界は、大いに面目を異にするだろう。（MⅡ）

○地球よりもずっと前に生物が発生した星があったとしたら、そこの生物は、現在のわたしたちよりも、はるかに高度の文化をもっていることであろう。（日Ⅱ）

これらの表現は、〃もしそうだとすれば〃と責任を前件にあずけてしまう態度であるため、次例のように〃逆に前件の内容がまちがっていた場合には、当然後件の内容も成立しなくなるが〃との含みを持つ場合も生ずる。

○今日久しぶりで訪問する気になったのが、そういう生活に倦きたためだとすると、彼もまだ少しは見込みがある。(夫)

また、事実とは反対の仮定をして、〃実際はそうでなかったからよかった、また悪かった〃と話し手の感情を言外に示す、

○われわれ日本人が、とてつもなく無防備である自覚と、対照的なユダヤ人についての知識がなかったとしたら、わたしたちのロンドン滞在はもっと波乱の多いものだったろうと想像します。(黄)

のような反実仮想の用法も見られる。

なお、稀に、名詞を直接受ける例、

○「とにかくあの本の原始社会の記述が事実とすると、どうしても一夫一婦制は不合理になりますね。」(夫)

もあるが、断定の助動詞「だ」が省略されたものであろう。

「としたら」には、丁寧体として「と致しましたら」の形がある。

○もし万一、(糸が)途中で切れたと致しましたら……自分までも、元の地獄へ……落ちてしまわなければなりません。(日Ⅱ)

5 (よ)うものなら/(よ)うことなら/ものなら

意志・推量を表す助動詞「(よ)う」に形式名詞「もの」と断定の助動詞「だ」の仮定形「なら」が続いた形として「(よ)うものなら」がある。これは前件で極端な場合を仮定し、〃前件がひとたび実現したならば、事の成り行き上大変なことになる〃という意味を表すため、後件には必ず望ましくない事柄が置かれる。話し手の感情が強く打ち出される表現である。活用語の未然形を受ける。会話体の「(よ)うもんなら」も見られる。

○女の人が買物に行って「これくれ」とでも言おうものなら、何という女かと思われるだろう。（MⅡ）
○日本人はとかく（秘書の）家族のことまで知りたがるが、（アメリカで）うっかり聞こうものなら、へそを曲げられる。（早2）
○もし長泣きでもしていようなものなら、おばあさんの方でさっさと、どっかあっちの方の聞えない処へ行ってしまうので、これは大不機嫌の証拠である。（み）
○「官員の口てッたッて……有りャァよし無かろうもんならまた何時かのような憂（つら）い思いをしなくちゃァならないやァネ……」（浮）

また、事実とは反対の仮定をして、〃実際はそうでなかったからよかった〃という気持ちを言外に示す、反実仮想の用法もある。

○「もう一ヶ月もおくれて上陸しようものなら、こんな素晴らしい歴史的光景なんか一生見られなかったことになる。」（伸）

また、「(よ)うものなら」と関連して、形式名詞「こと」を用いた「(よ)うことなら」がある。「(よ)うものなら」が広く動詞・形容詞等を受けるのに対し、「(よ)うことなら」はある限られた動詞につくに過ぎず、意味的にも全く異なった、願望を示す慣用表現に近づいている。

○なろうことなら、一生おそばにお仕えしたい気持ちです。

「(よ)うことなら」に近い表現と言えば、むしろ「(よ)う」を除いた「ものなら」が挙げられる。これは、主に可能を意味する動詞の連体形を受け、前件で実現困難な事柄を提示した上で、その実現を希望したり期待したりする表現である。しかし、〃実際には実現しないだろう〃という話し手の予測が暗示されているため、文脈によっては皮肉や反駁をこめた表現にすることも可能である。既に一語の接続助詞と認めている辞書類も多い。

○もし金力(かね)で自由になるものならば、如何なる艱難(かんなん)をしてなりとも、それだけの金額(かね)で積んで、再びお類をこの世に活(いか)したいと念(おも)う。（多）

○「親のお葬式に子供は是非行かなくっちゃならないんだから、裸で行けるものなら行っといで。」（み）

○「やれるもんならやってみてほしいね。」

最後の例は、相手に何かの実現を勧める場面ともとれるが、文脈やイントネーションによっては〝相手がやれないことを見越してこちらから強く出る〃といった喧嘩腰のせりふと見ることもできる。

2　確定を示す

ては／とすると／とすれば／としたら／てみると／てみれば／てみたら

1　ては

接続助詞「て」＋係助詞「は」の形で動詞・形容詞の連用形を受ける表現である。ガ・ナ・バ・マ行の五段動詞を受ける場合は、撥音便の関係で「では」となり、くだけた会話表現では「ちゃ(あ)」「じゃ(あ)」となることが多い。順接の確定条件以外に、仮定条件や反復を示す用法がある。↓九〇、一三〇ページ「て〈で〉は」

順接の確定条件を示す用法でも、望ましくない事態を招く既定の条件を提示する点が特徴的である。

○「お民さんのような温和(おとな)しい人を、お母さんのようにあァいって叱っては、あんまり可哀そうですわ。」（野）

○こんなに外来語がたくさんはいってきては、伝統的な日本語が失われてしまうのではないかといって心配する人がいる。（J）

○「急がば回れ。」とさとされ、「話し上手の聞き下手。」と憎まれ口を聞かされては、普通の言葉以上

に、聞く耳にはこたえたにちがいありません。（日Ⅱ）

また、倒置用法と言える、

○「すばらしいとは云えないでしょう、こう暑くては。」（魔）

のような例もある。さらに、確定条件を提示する意識が強まると、「からには」「以上(は)」のような、理由を取り立てて提示する用法に近づく。

○どうしてきょうだいでこうも違うものかなど嘆息まじりにやられては、なおさら素直に聞かれない。（み）

○人目を恐れるようになっては、もはや罪悪を犯しつつあるかのごとく、心もおどおどするのであった。（野）

○そこまで言われてはだまって引き下がるわけにはいかない。

ただ、「からには」「以上(は)」と違って、前件には受け身や自然成立的な事柄を、後件にはなるべく客観的描写に近い表現を要求する。従って、意志的な内容を示す前件や義務・意志・推量等話し手の態度を明確に打ち出す後件とは共起しにくい。

a　わざわざ呼び出すからには、いやみの一つも言われる覚悟はしてある。

×b　わざわざ呼び出しては、いやみの一つも言われる覚悟はしてある。……不成立

c　ここまで来たからには、本当のことを言いましょう。

×d　ここまで来ては、本当のことを言いましょう。……不成立

しかし、前件を受け身表現にさえしておけば、話し手の判断をかなり明確に打ち出す表現が後件に置かれても成立するようである。

e　そこまで言われては、だまって引き下がるべきではない。

f そこまで言われては、だまって引き下がってはいられないはずだ。

2 とすると／とすれば／としたら

これらは活用語の終止形を受けて仮定条件を示すことが多いが、〃その事実をふまえると〃〃その事実から判断すると〃の意で確定条件を示すこともある。↓九二ページ「とすると／とすれば／としたら」

○たしかに、部屋はあったが、床はなかった。……この部屋が使えないとすると、女は一体、どこで寝るつもりなのだろう?（砂）

○この計画は我々しか知らないことなのだから、事前に敵に知られていたとすれば、この中のだれかがもらしたことになる。（J）

○でも、あれ（＝円形競技場）が一度消滅すれば、二度と取戻せない貴重な過去の文化遺産であるとすれば、国としては保存しないわけにはまいりますまい。（黄）

○今まで待っても返事がないとすれば、彼は引き受けてくれる気がないのだろう。（J）

○私の生れたときに父は三十八歳……毅然たる伜(せがれ)の姿を描いたのは無理からぬ壮年の思いであろうのに、与えられたものは姉に劣る数等(すうとう)の私であったとしたら、いりもしないやつ云々(うんぬん)のことばが駟(し)もまた及ばぬ早さでひとの耳に駈けつけたとしても、これもまた無理ならぬ人情のゆくえである。（み）

3 てみると／てみれば／てみたら

動詞の連用形を受ける「てみる」は、〃ためしに〜する〃の意で、ある目的のためにその動作を試みに行うことを表す。従って、意志性の動作動詞を受けた時にはじめてこの意味が生じることになる。「てみると」「てみれば」「てみたら」の中には、このような「てみる」に接続助詞「と」「ば」および完了の助動詞「た」の仮定形「たら」がついただけのものがあり、

○日中の最高気温を調べてみると、鹿児島は三一・八度であるのに……（MⅡ）

○侵入してきた大陸諸民族をざっとおさらいしてみますと、ケルト人、ローマ人……　(黄)
○考えてみれば……の大義名分が自分にあるとも思えなくなってくるのだった。　(立)
○「埋まった家の、天井板をはがしてみたら、中からキュウリでも出来そうな、よく肥えた土が出てきたって……」　(砂)
○「やっと夜が明けて、風がおさまってから行ってみましたら、小舎ごとすっぽり、跡形もなくなっちまっていて……」　(砂)

のように用いられている。これは、単に「と」「ば」「たら」の用法を示しているに過ぎないので、本項における考察対象ではない。

確定条件を示す「てみると」「てみれば」「てみたら」とは、「てみる」単独では受けられない無意志性の動詞や自然現象を表す動詞を受ける表現形式である。人間の無意志性の行為を受けた場合はその結果の状況を、自然現象を受けた場合はその事態が成立した時点の状況をとらえ、〝その状況が成立した時に〟の意で、後件が実現する、あるいは明らかになるための前提を前件が提示することになる。

○だんだん慣れてみると、やはり少し濁った流れが平野の景色にかなって見えるように思われてきた。　(武)
○昨夜の興奮と苛立ちも、夜が明けてみると、まるで嘘のようだった。　(砂)
○だんだん気心が知れて見れば……「桜井さん」「桜井さん」と親しんで来ます。　(尋)
○物語は米国の南北戦争当時南軍の大尉が不思議なことに、ある夜、目がさめてみたら、火星にいた、という想定ではじまる。　(再)

次例は、動詞「聞く」が意志・無意志の両面を持つことから、試行の意の「てみる」と確定条件の「てみると」のどちらにも受け取ることができる。しかし、「なるほど」「詳しく」「いよいよ明らかになりました」の語句から、〝相手が積極的に話すのを受け身的に聞く〟という状況がうかがえるため、無意志性動詞を受けた確定条件の「てみると」と考えたほうがよかろう。
○なるほど詳しく聞いてみると、姉も弟も全くの白痴であることが、いよいよ明らかになりました。（春）

なお、「てみれば」には、前提から一歩進んで前件後件の因果関係にも言及しようとする用法があり、「からには」「ので」等と置き換えられる。
○ことに権兵衛殿はすでに髻（もとどり）を払われてみれば、桑門同様の身の上である。（阿）
○「勇という嗣子（あととり）があって見ればお勢はどうせ嫁に遣らなければならぬが……。」（浮）
○そして、奥さん自身が、アウシュビッツを生きのびた人であってみれば、家の中の物音、道路の人影におびえる老いたるアンネ・フランクの胸の動悸がきこえるのです。（黄）

3　因果関係を示す

からには／からは／以上(は)／うえは／かぎり(は)／だけに／だけあって／ばかりに／もので／ものだから／ものを／ため(に)／おかげで／せいか／に従い／に従って／につれ(て)

1 からには／からは／以上(は)／うえは／かぎり(は)

「からには」「からは」は活用語の終止形（文語を受ける場合は連体形）を、「以上(は)」「うえは」「かぎり(は)」は活用語の連体形を受け、理由を取り立てて提示する役割を果たす。前件の事柄や立場が成立したという前提に立った場合、当然次に述べるような事態がそれを超えて展開していくべきだという判断を表すことになる。ある状況の成立が決定的となったので、その上で取るべき態度や心構えを後件で述べるという発想であるため、後件には、義務(「べきだ」「なければならない」等)・確定的意志(「つもりだ」等)・推量(「はずだ」「に違いない」等)・禁止(「てはいけない」等)・強い断定が多く現れる。また、修飾語句も、「二度と再び」「だれ一人」「絶対に」といった強調や限定を表すものが多用される傾向にある。

○「鴨猟によく行ったの、撃ちとったからには食べなくちゃってわけで、いろんなことをして食べてみたわ。」 (老)

○複数の人間が共同生活を営むからには、そこには秩序が必要である。 (型Ⅱ)

○一旦生死(ひとたびしょうし)の手を分ったからは、類(=妻)は二度と再びこの世には帰らぬ人…… (多)

○こうなり果てて死ぬるからは、世の中にたれ一人菩提を弔うてくれるものもあるまい…… (阿)

○アメリカ人を使う以上はアメリカの習慣に従うのが原則、そこへ日本を持ち込んではいけません。 (早2)

○海にむかっている以上は、当然下り坂でしかるべきではあるまいか。 (砂)

○ここまで来た以上(は)、あとにはひけません。 (I_2)

○日本に来たうえは、一日も早く日本の習慣に慣れるつもりだ。

○「生きる余席のある限りはどうあっても生きなければならぬ。」 (生)

これらは意味的にほぼ同様に用いられるが、微妙な異同が認められる表現もある。例えば「からは」は、文語的で古めかしい印象を与える点を除けば「からには」と同義と思われているが、実際には、現代語の書き言葉としてはあまり使われていない。先に挙げた「からは」の例は、一つは明治時代、一つは大正時代の文学作品のもので、特に後者は、江戸時代(寛永十八年頃)の武家の女たちの言葉として書かれているのである。現代における使用領域から言うと、むしろ民謡や流行歌に「からは」が多く使われているという調査もあり、〈注〉この点が「からには」とは違った特色であろう。また、「からは」と「からには」の使われている文を比較すると、「からは」のほうが短文で前件後件の因果関係が直接的であるとも指摘されている。

「以上(は)」は「からには」等より用法が広く、本項で述べた理由を取り立てて提示する用法の他に、

○「あなたの許諾を得ない以上は、たといどんなに書きたい事がらが出て来ても決して書く気づかいはありませんから御安心なさい。」（硝）

のように単なる確定条件を示すと思われるものもある。

「かぎり(は)」は〝〜するあいだは〟の意で、後件に対する前件の時間的・空間的範囲や数量・程度の範囲を限定して示すのが本来の用法である。↓八九ページ「かぎり(は)」

○風が吹き、川が流れ、海が波うっているかぎり、砂はつぎつぎと土壌の中からうみだされ、まるで生き物のように、ところきらわず這ってまわるのだ。（砂）

〈注〉遠藤織枝「〜からは／〜からには」（『日本語学』第三巻第十号、一九八四年十月）

2 だけに／だけあって

「だけに」は活用語の連体形および体言を受け、前件で述べた事実から当然生じると思われる結果が後件であることを示している。

○もと豊国国貞の風を慕って、浮世絵師の渡世をしていただけに、刺青師に堕落してからの清吉にもさすがに画工（えかき）らしい良心と、鋭感とが残っていた。（刺）

○（信一を）眼の前に置いて見ると、さすが良家の子息（むすこ）だけに気高く美しいところがあるように思われた。（年）

のように、〝その事柄・身分にふさわしく〟の意を表すのが基本だが、そこから、〝〜なのでなおさら〟〝〜であるからなおのこと〟の意に発展し、前件（理由）を強調して示すようになった。これが、「だけ

に」特有の用法とされているものである。

○自然主義小説を志しているだけに渚山はそんな些細な事実をうまく摑んで軽妙に話すのであったが……（都）

○外国語を話すことの気楽さは、言葉のニュアンスがよくわからないだけに、思ったことを平気で言えることだ。（再）

○自分の仕える政府を侮（あなど）っていただけに、利殖の道はうまかった。（夫）

○一方、SFはいわば架空世界の作品だけに、いくら文字で表現しても読者にはイメージとしては伝わりにくい。（再）

○人間相互の信頼と友情をこれらのけやきが受けついでいるように思えてなりません。それだけに、けやきの木は、私にとって希望の木になっているのです。（中）

また、「だけあって」は「だけのことはある」の接続用法で、後件の事実が当然生じると思われる理由づけを前件に求める表現である。活用語の連体形および体言を受けて、〝やはり（だから）〟〝さすが（だから）〟の意を表す。

○「それにしても、百貨店というだけあって、なんでもそろっていますね。」（早1）

○信州あたりを旅行して、わずかの停車時間にホームでかきこむそばの味は、さすが本場だけあって格別だ。（早1）

○父親が儒者のなれの果てだけ有ッて、小供ながらも学問が、好きこそ物の上手でできる。（浮）

「AだけにB」と「AだけあってB」の違いは、ABの関係のとらえ方の差によって生じる。「AだけにB」は、話し手の判断を超えた客観的事実Aをまず認め、そのようなAがあるからこそ、それが原因となってなお一層Bという特殊状況が際立ってくる、と話し手の主観的判断を下すものである。さらに言えば、

Aを条件とするかぎりBが特殊状況として付きまとうことになり、A条件が強まればBはますます特殊性を増すという相関関係を取る。一方「AだけあってB」は、その発想が逆で、まずBという客観的事実を認めた上で、Bの根拠となり得る事柄Aを話し手の判断で主観的に選び出すといったものである。そして、Bを支える要因であるAに、さらにふさわしい状況としてBを再び眺めるわけである。従って、ABの関係によっては、

a　昔からの旧家だけにしきたりが厳しい。

b　昔からの旧家だけあってしきたりが厳しい。

のように「だけに」「だけあって」の入れ換えが可能なものもあれば、

?c　昔からの旧家だけに古めかしい。

d　昔からの旧家だけあって古めかしい。

のように不可能なものもある。a・bの場合は、「昔からの旧家」だからなおさら「しきたりが厳しい」(a)とも、「しきたりが厳しい」のはなぜかというと「昔からの旧家」だからだ(b)とも考えられるため、両方とも成立する。ところがc・dの場合は、「古めかしい」のはなぜかというと「昔からの旧家」だからだ(d)は自然だが、「昔からの旧家」だからなおさら「古めかしい」(c)というつながりは、あたり前すぎてかえって不自然である。「昔からの旧家」である以上当然付きまとう特殊状況、その条件が主体を金縛りにするような何かをBとして後件に立てる必要があり、その意味でaの「しきたりが厳しい」なら適当と言えるのである。↓二八八ページ「だけのことはある」

3 ばかりに

活用語の連体形を受けて、〃ただその程度のことが原因となって〃の意で好ましくない理由を強調して示す表現である。それだけが原因で良くない結果、あるいはたいしたことのない結果になった場合を取り

上げ、それについて話し手が後悔したり残念に思ったりしている気持ちを表している。
○僕から言いだして当分二人は遠ざかる相談をした。……二人が少しも隔意なき得心(とくしん)上の相談であったのだけれど、僕の方から言い出したばかりに、民子は妙に鬱(ふさ)ぎ込んで、まるで元気がなくなり、悄然(しょうぜん)としているのである。（野）
○郊外に家を建てたばかりに、往復三時間二十分もかかる。（型Ⅱ）
○一人の人間として、自分が愧(は)じ卑しむ行為をも、それが夫だというばかりに共犯者になることは、伸子に堪え難かった。（伸）
○母がいないばかりに「躾」という枷を私は感謝なく受取らねばならなかった。（み）

4 もので／ものだから／ものを

「もので」「ものだから」は活用語の連体形を受け、「AものでB」「AものだからB」の形で前件が後件の原因・理由になっていることを婉曲的に示す。予定外・不本意などの個人的な理由を強調する場合が多く、会話の中で言い訳などによく用いられる。その場合、Bは文脈上自明のものとしてあえて言わずに「Aもので」「Aものだから」で言いさすこともできる。なお、「もので」は既に一語の接続助詞とみなしている辞書類も多い。接続助詞の「ので」に近いが、命令・禁止・勧誘などには使えない。「ものだから」のほうが前件を強調する意味合いが強いようである。会話体に「もんで」「もんだから」、丁寧体に「ものですから」「もんですから」がある。
○「彼はうちのジュゼピーナをボルゲーゼ美術館のビーナスより美しいと讃めたもので、すっかり、あいつのお気に入りになったのだ。」（再）
○「庭へ羊歯(しだ)を植えて置くようにと言われたんですが、何処へ植えろとおっしゃったんだか、すっかり忘れてしまいましたもんで……」（美）

○「おい、お前も己も不断あんまりお嬢様をいじめたものだから、今夜は仇を取られるんだよ。」（年）

○「もうがまんがなんねえ。」と言って、君は今まで堅くしていたひざをくずしてあぐらをかいた。「きちょうめんにすわることなんぞはあねえもんだから。」（生）

○「あのう、それ、私のなんですけど……」

「あ、すみません。私のによく似ていたものですから。」（型Ⅱ）

○そのへんまでまいりましたもんですから、ちょっとお寄りしました。（J）

また、「ものを」は逆接確定条件を示す用法が一般的であるが、稀に順接確定条件（因果関係）を示す場合がある。

○「それだけ真剣に言ってくれるものを、無視はできないでしょう。」

ただ、これは、形式名詞「もの」としての機能が保たれている用法、あるいは、逆接との連続性を強く感じさせる用法とも言えるため、理由を示す表現としては、むしろ「を」を除いた「もの」のみのほうが自然であろう。

○「毎日お茶を飲む暇もないくらい忙しいんですもの、遊びになんて出られません。」

→一二二ページ「ものを」

5 ため(に)

形式名詞「ため」とは、ある働きが対象にとって利益をもたらす場合、その利益のことを指すが、それが対象にとっての利益関係へと移り、利益をもたらす目的へと転じて、さらに、行為や作用の原因へと変わっていった。従って、接続関係を構成する「ため(に)」についても、目的と原因・理由の両面を考えなければならない。「ため(に)」は活用語の連体形を受けるが、助詞「の」(稀には「が」)を介して名詞を受けることもできる。

①目的を表す。前件に目的を置き、後件で述べる事柄を行う目的は前件を成立させることであるという関係を示す。

○「己はお前をほんとうの美しい女にする為めに、刺青の中へ己の魂をうち込んだのだ……。」（刺）
○わたくしは彼女(かのおんな)たちと懇意になるには――少なくとも彼女たちから敬して遠ざけられないためには、現在の身分はかくしている方がよいと思った。（濹）
○彼自身の才能を信じてその才能の完成のために一生を尽くそうと決心をした渚山は……（都）
○夜陰に一同寄り合っては、ひそかに一族の前途のために評議を凝らした。（ふ）
○僕は何のために徳二郎がここに自分を伴うたのか少しもわからない。（少）

多少古い言い方だが、活用語の連体形を助詞「が」で受けている例もある。

○「この問は必ずしもその答えを求むるがために発した問ではない。」（牛）

第二例の「懇意になるには」は、「懇意になるのには」とも言い換えられ、目的を示す「連体形＋(の)に」の例であるが、その他にも、「連用形＋に」で目的を示す形式などがある。

a 町の歴史を調べるためにこの本を読もう。
b 町の歴史を調べるのにこの本が便利だ。
c 町の歴史を調べに図書館に行く。

「連用形＋に」(c)は後件に移動動詞を要求する点、前件と後件が密接に結びついて一体化している点などが特徴的で、a・bの文脈で用いることはできない。「連体形＋(の)に」は「ため(に)」と同様に用いられることも多いが、後件に状態や性状を表す動詞・形容詞・形容動詞が置かれやすく、

×d 町の歴史を調べるのに歩き回る。……不成立

のように移動動詞の目的を直接的に表すことはできない。(dは、「ため(に)」「連用形＋に」なら成立す

る。）「連体形＋（の）に」はむしろ〝〜の場合に〟と考えたほうがよいかもしれない。「ため（に）」は最も使用範囲が広く制限も少ないが、後件には意志性の動詞が必要とされる。従って、bの文脈で「ため（に）」をそのまま用いると不自然であるが、係助詞「は」を補って、

e　町の歴史を調べるためにはこの本が便利だ。

とすれば構わない。

②原因・理由を表す。前件が後件で述べる事柄の原因・理由であることを示している。

○北海道第一と言われた鰊の群来が年々減ってゆくために、さらぬだに生活の圧迫を感じてきていた君の家は……年々貧窮に追い迫られがちになっていった。（生）

○光尚も思慮ある大名ではあったが、まだ物慣れぬ時の事で、弥一右衛門や嫡子権兵衛と懇意でないために、思いやりがなく……（阿）

○交通が不便なため、土地の値段はあまり高くないそうだ。（型Ⅱ）

○亢奮のためにうっかりしていた伸子は……（伸）

○「私は今持っているこの美しい心持ちが、時間というもののためにだんだん薄れてゆくのがこわくってたまらないのです。」（硝）

○これは当然の事としても、それがためにニュートンを罪人呼ばわりするのはあまりに不公平である。（J）

▼以上のように「ため（に）」は目的と原因・理由の両面に用いられるが、文脈以外に両者を区別する構文的特徴がいくつか考えられる。まず、係助詞「は」を補った「ためには」は、目的を取り立てて示す役割を果たすもので、文末に義務・当然・必要等の表現を要求するため、原因・理由には使えない。

f　英会話をマスターするためには、毎日少しずつでも勉強を続ける必要がある。

×g　英会話をマスターしたためには、海外でも不自由しないですむようになった。……不成立
h　勝利のためには努力を惜しまない。
×i　勝利のためにはおごり高ぶっている。……不成立
同じ語句を受けた場合には、
j　結婚のために退職する。
だけでは目的なのか原因・理由なのかはっきりしないが、
k　結婚のためには退職する必要がある。
とすれば、目的であることが明確になるわけである。
次に、目的を表す「ため(に)」は意志的な動作・変化動詞を受け、単なる状態を表す形容詞や形容動詞は受けないのに対し、原因・理由を表す「ため(に)」は意志性の動作・変化動詞はもちろん、状態動詞・形容詞・形容動詞と広い範囲の語句を受けることができる。動詞の過去形を受ける（過去・完了の助動詞「た」を受ける）ことが多いのも特徴である。
l　自転車に乗れるようになるために毎日練習しています。〈目的〉
m　自転車に乗れるようになったために毎日通学が楽です。〈原因・理由〉
×n　きれいなために着飾る。〈目的〉……不成立
o　きれいなためにちやほやされる。〈原因・理由〉
nは、変化動詞「なる」をつけて
p　きれいになるために着飾る。
とすれば目的を表すようになる。「美しいために──→美しくあるために」「涼しいために──→涼しくするために」等も同じである。

q　多量の水を使うために貯水しておく。
r　多量の水を使うために水不足になる。
s　仕事を忘れるために一人で旅に出る。
t　仕事を忘れるために上司に叱られる。

では、q・sが目的を、r・tが原因・理由を示している。これらは文脈で判断可能だが、動詞の性質を分析すると、q・sは意志性の動作・変化動詞、rは継続・反復的な一般現象として客観的に眺めた場合の「使う」、tは無意志性の「忘れる」というように、先の原則とは矛盾していないことがわかる。
さらに、「の」を介して名詞を受ける場合には、一般的に、動作性名詞は目的、状態性名詞は原因・理由と大きく考えることができるが、先のjのように両方に解釈できる場合も多く、文脈で判断せざるを得ない。しかし、

u　仕事のためにいろいろと資料を集める。〈目的〉
v　仕事のために毎晩帰りが遅い。〈原因・理由〉

といった場合は、文脈だけでなく、

×w　仕事があるためにいろいろと資料を集める。……不成立
x　仕事があるために毎晩帰りが遅い。

のように、状態性の動詞表現に変換可能か否かによって原因・理由を表すか否かの見当をつけることができる。

6 おかげで／せいか

形式名詞「おかげ」は、神仏の助けという意味から発展して、他から受けた力ぞえの結果を意味している。従って、活用語の連体形を受けて接続助詞的に用いられる「おかげで」は、他からの恩恵が原因・理

由となって（前件）、後件のような望ましい事態が成立したことを示す表現となり、話し手の感謝の気持ちが伴うことになる。助詞「の」を介して名詞を受けることもできる。

○ある母親は、「子供達が洗濯や買物などの家事を手伝ってくれるおかげで、安心して仕事に打ちこめるのです。」と述べている。（型Ⅱ）

○田中さんに毎日教えていただいたおかげで、テニスが上手になりました。（型Ⅱ）

○季節風のおかげで、我が国では、一年を通じて四季の移り変わりがきわだっています。（日Ⅱ）

「おかげで」をプラス結果とすると、その逆のマイナス結果は、

○「あなたが急に休んだせいで私にまで仕事が回ってきてしまったのよ。」

○奥さんのお父さんもお母さんも、おばさんも誰も、みんなナチスのせいで死にました。（黄）

と「せいで」で表し、さらに前項の「ため(に)」はプラス、マイナスどちらの場合にも用いられる表現と考えることができる。↓一〇五ページ「ため(に)」

ところが、「おかげで」には次のような用法もある。

○「夜おそくまでおしゃべりしたりしていたおかげで、あまりねむれなかったんです。」（型Ⅱ）

○「またあたしを打(ぶ)つんだね。いいよ、打つなら沢山お打ち。この間もお前のお蔭で、こら、こんなに痣(あざ)になってまだ消えやしない。」（年）

○「本当に、砂のおかげで、ふとんまでがこんなにじとじとと、しめっぽくなっちまって……」（砂）

これは、プラス結果の「おかげで」をマイナス結果の「せいで」の意味で用いているもので、そのまま「せいで」を用いるより皮肉・非難のニュアンスが強まり、話し手のマイナス感情を強調することになる。

「せいか」も活用語の連体形、または助詞「の」を介して名詞を受け、前件を原因・理由として後件が成立することを表す。形式名詞の「せい」には、当人の責任なのに他者にそれを押しつけるといった責任

転嫁の意味合いがあり、「せいで」とするとそれが断定的に打ち出されるが、「せいか」の形だと、幾分ぼかされて、責任の所在が多少曖昧になる。〝原因・理由が何であるか断定はできないが、多分そのことであろう〟という意識で、前件の望ましくない事柄が原因で後件の望ましくない事態が成立したことを述べる表現である。

○いわば凋落(ちょうらく)の感じのようなものが、僕自身が病気だったせいか、一層ひしひしと感じられてならなかったのですが……　(美)

○地面のうねりで、見とおしがわるいせいか、同じような風景が、際限もなくつづくのだ。　(砂)

○いかにも元気のない風で夜のせいか顔色も青白く見えた。　(野)

しかし、「せいか」の用法はかなり広く、

○彼はそれで六銭とられたせいか、ようやく催促を断念したらしい態度になった。　(硝)

のように「彼」はともかく話し手自身にとってはむしろ望ましい結果が生じた場合や、

○それぞれに異なった角度から光線を受けていたせいか、見る度毎に、その顔は変化していた。　(美)

○白粉(おしろい)をつけていないせいか、そのほてった頰の色が著しく私の目についた。　(硝)

のようにマイナス結果という意識は既に無く、単に原因・理由が特定できないことを示しているに過ぎない場合もある。さらに、

○さまざまな人の気配もして、気のせいか、昼間よりもむしろ活気が感じられた。　(砂)

といった慣用的な言い方で、〝自分だけの感じ方かもしれないが〟と断わりを述べた上で、後件の断定を避ける用法も見られる。

7 に従い／に従って／につれ(て)

動詞の連体形を受けて、前件が原因・理由となって後件が生じることを示す。前件の動作・作用・変化

の進行に対応して後件の動作・作用・変化が進行するといった関係にあるが、単なる時間的な相関関係にとどまらず、因果関係が生じているものである。

○人間の文化が進行し変化するに従い、これまでに作られた文字では、複雑な世の中の事柄を表現することが困難になって来ました。（MⅡ）

○「字がだんだん複雑になり殖えるに従って、種々な物語が書けて来たというわけね。」（伸）

○都市の人口が増え、その区域が広がるにつれて、野菜の産地はだんだん遠くへ移っています。（型Ⅰ）

前件・後件ともに変化動詞、変化を示す表現が用いられている。

↓八八ページ「に従い／に従って／につれ(て)」

三　逆接条件

1　仮定を示す

までも／ところが／ところで／としても／にしても／にしたって／にしろ／にせよ／(よ)うが／(よ)うと

Ⅰ までも

主に打消の語の連体形を受けて、〝〜にしても、しかし……〟〝〜としても、せめて……〟の意を表す。前件に多少程度の重い事柄を提示し、それを否定しながら、それより程度の少し軽い事柄を後件に出して、後件ぐらいのことは言えると主張する表現である。

○郊外電車で郊外に向かう人たちは、アングロ・サクソンとは断定できないまでも、有色人種抜きの白

人ばかりの集団なのでした。　　　　　　　　　　　（黄）
○たとい、あやまらないまでも恐れいって、静粛に寝ているべきだ。　（坊）
○家から火事を出すとか、家から出さないまでも類焼の災難に会うとか……　（生）
○たしかに客種はちがっていて……上流とはいわぬまでも、たしかに、お金と暇に裏打ちされた人たちに、ちがいありません。　（黄）

2 ところが／ところで

過去・完了の助動詞「た」を受けて未成立の事柄を条件として仮定し（前件）、それが無意味・むだなこと、役に立たないこと、予期に反したことに終わってしまうという話し手の意見を後件で主張するもので、〝たとえ〜しても〟の意を表す。

○だめだ。待ったところがもう君は来やしない。　（生）
○どんなに考えたところが、此先の楽は無いばかりか……　（多）
○縄梯子には、自分で立つ力はない……たとえ、手に入れたところで、下からかけるわけにはいかないのだ。　（砂）
○いくら詳細な案内記を丁寧に読んでみたところで、結局ほんとうのところは自分で行って見なければわかるはずはない。　（J）
○「たといお前が何かをしているとしたところで、それが値打ちのあることかどうか芸術なり文学なりのことを知らない私には一切解らない。」　（都）

後件には断定・推量が多く現れ、意志・希望・命令などの表現は置かれない。話し手の主観がかなり強いため、自然現象の描写など、客観的な姿勢が要求される文脈で用いると不自然になる。

a　雨は、降ったところで一ミリ程度でしょう。

こういった場合は、「ても」のほうが適切である。

b　雨は、降っても一ミリ程度でしょう。

なお、「ところで」の前件に既成立の事柄が置かれる場合は、逆接確定条件として本用法の延長と考えられるが、「ところが」の前件が既成立の場合は条件関係を構成せず、単なる継起（きっかけ・前置き）を示すようになる。

c　こんなに本を買ったところで読めるわけがない。

d　こんなに本を買ったところが一晩で丸焼けになってしまった。

→八五ページ「ところ(が)」、一一八ページ「ところで」

3 としても／にしても／にしたって／にしろ／にせよ

「としても」は活用語の終止形、その他のものはすべて連体形（形容動詞は語幹）を受け、ある未成立の事柄を条件として仮定する表現である。一歩譲ってその条件を認め、それとは相反・矛盾する、非連続的な後件が次に展開することを示す。〝（～ではないと思うが）たとえ～であると仮定しても〟の意である。

○たとえ私が詩人であったとしても、私は私の技巧の秘密をだれに明かしえよう。（様）

○「仮にその白痴女が一人前の女となったのを認めるとしてもだね、もし彼女が子供を生めて、その子が高度の白痴じゃないとどうして言える？」（夜）

○生活に苦労はあったにしても将来成すあらんとするところの方がいいと、親きょうだいの意見に反して進んで来たのだ。（み）

○たとい別に御沙汰がないにしても、縛り首にせられたものの一族が、なんの面目あって、傍輩に立ち交わって御奉公をしよう。（阿）

○家を買うにしたって都内ではとても手が出ないし、郊外から二時間以上かけて通勤するのも気が重い。

○ドイツ婦人の評に、東京は「新しい都」ということがあって、今日の光景ではたとえ徳川の江戸であったにしろ、この評語を適当と考えられる筋もある。（武）

疑問詞「どこ」「どれ」「だれ」「何」や連体詞「どの」「どんな」などを前件に伴うことも多い。

○この男の家はどこにあったか知らないが、どの見当から歩いて来るにしても、道普請ができて、家並みのそろった今から見れば大事業に相違なかった。（硝）

○あの人がどんなにその問題で困っているにしろ、私には関係のないことだ。（MⅡ）

○日本人独得のメンタリティを〈日本教〉と呼んだりするのも、その正体は誰であるにせよ、一応、イザヤ・ベンダサンというユダヤ人が、外側から日本を観察して定義した形になっています。（黄）

○何の業どの道を行くものにもせよ、おのれの筋金を伝えて世に問うものをもった、毅然たる侔の姿を描いたのは……（み）

最後の例は体言「もの」を受けている形になっているが、実質的には用言相当の語句を受けているとみなし、接続助詞として扱った。↓一一九ページ「としても／にしても」など

4 (よ)うが／(よ)うと

推量の助動詞「よう」「う」に接続助詞「が」または「と」のついた形で、活用語の未然形を受け、起こり得る場合を前件で仮定した上でその条件に拘束されずに後件が成立することを表す。〝たとえ～したとしても〟の意である。

○まわりの人に何と言われようが、そんなことを気にする必要はない。

○みんなが入る浴場だから、だれが入ろうと、相手の邪魔をしに入るわけではなく、まして失礼でもない。（早2）

○彼もまたどんなに馬鹿にされようと、腹を立てるではなく……（肘）

「よう」「う」に接続助詞「とも」がついた「(よ)うとも」の形もある。
○何事があろうとも、兄弟分かれ分かれになるなと……　(阿)
○それは虹のように、人々がそこに何色の色を見ようとも、本来連続した帯でしかない。　(再)
↓一三九ページ「～(よ)うが…(よ)うが／～(よ)うと…(よ)うと」

2 確定を示す

からといって／とはいえ／と(は)いって(も)／とはいうものの／とはいいながら／とはいい条／ところで／ところを／としても／にしても／にしたって／にしろ／にせよ／に(も)かかわらず／くせに／くせして／ものの／ものを／にしては／わりに／わりあいに

1 からといって

前件の根拠から考えて普通に下される判断が常に正しいとは言えないことを示す。〃ただそれだけの理由で～することはない〃〃いくらそうであっても～しては困る〃の意で、後件には、「とは限らない」「わけではない」等、話し手の否定的な判断や批判を加える表現が置かれやすい。活用語の終止形を受ける。

○昔人間がそうであったからといって、現在そうでなければならない根拠は少しもないのである。　(夫)
○暑いからといって、氷など冷たい物をやたらに飲んだり食べたりすることは禁物です。　(日Ⅱ)
○日本人だからといって、すべて日本文化について知っているわけではありません。　(型Ⅱ)
○「落胆したからと言ッて心変りをするようなそんな浮薄な婦人(おんな)じゃァなし……」　(浮)

「からとて」「からって」も同様である。

○「淋しいと云ったからって、旅の淋しさとか、ホームシックなぞとはまるで違う。」（ふ）

2 とはいえ／と(は)いって(も)／とはいうものの／とはいいながら／とはいい条

前件が事実であることを認めた上で、それとは相反・矛盾した後件が成立することを示す。〃〜だけれども、しかし〃〜は本当だが、実は〃の意で、いったん事実として容認したものの内容を吟味し、改めて問題点を指摘する意識も働いている。

○小学校でも、よく適応しているとはいえ、言葉が不自由であることは、この子にとってどんなに大きな負担でしょう。（黄）

○無理無理に強いられたとはいえ、嫁にいっては僕に合わせる顔がないと思ったに違いない。（野）

○平等だとはいっても、移民の種類によって、職業の別は自然にできあがっているみたいです。（黄）

○「ラジウムを見つけたといっても、まだ、だれにもその実物を見せてくれないではないか。」（日Ⅱ）

○「しかしなんぼ叔母甥の間柄だと言ッて面と向かって意久地なしだと言われては、腹も立たないがあんまり……」（浮）

○この小説は、読んだことがあるとはいうものの、二十年も前のことなのでどんな筋かよく覚えていない。（J）

○（断種の）胚芽からやがて精神病者の安死術が、いや恐るべき焚殺が生じてきた過程は……われわれの理性を越えるとはいうものの、反面当然であり自然な道すじであったかも知れない。（夜）

○「これを思うと知らざることとはいいながら、大大変（おおたいへん）のさなかにおっかさんに苦慮をおかけ申し……。」（み）

○英語の先生とはいい条、実は一緒におやつを食べたり鬼ごっこをして遊んでくれる人だったのである。（み）

次例は用言を受けてはいるが、機能としては主題化を示す係助詞に近いと思われる。
○歩くといっても、人間のようにゆっくり一歩ずつ歩くのとはちがう。（中）
→五九ページ「といっても」、一二二ページ「ものの」

3 ところで／ところを

「ところで」は過去・完了の助動詞「た」を受けて既成立の事柄を条件として示し（前件）、それが無意味・むだなこと、役に立たないこと、予期に反したことに終わってしまうという話し手の意見を主張する。〝既に〜したが、しかし〟の意である。
○労働力として役立たないとなれば、おれを砂の壁の中に閉じこめてみたところで、なんの意味もないわけだ。（砂）
○「生命」が何であるか分からないのに、生命の有る無しで生物・無生物の区別をつけてみたところで、何の意味もない。（MⅡ）
○泊り客がスコップをにぎったところで、べつにどうということはあるまい。（砂）
次例のように主題化の係助詞に用いられている場合もある。
○ここではすべて人間的なものは抹殺され、たとえば屍体の表情にしたところで何か模型的な機械的なものに置換えられているのであった。（夏）
「ところを」は活用語の終止形を受けて、成立寸前の事柄を表す前件が、その事態の自然な進展を何かに妨げられて、予期に反する事態を表す後件に結びついたことを示す。これは、前件の状況にある時に後件の状況が重なったり介入したりすることをとらえた、
○「郵便函を見に行って帰ってくる処を兄に見つけられたのです。」（愛）
や、前件の状況だけで後件の起こらない、

○「きょうは、お忙しいところを、たいへんありがとうございました。」（早1）

などと連続的な用法である。→三一三ページ「(する)ところ」

○もうすこしで優勝するところを、ミスして負けました。（I_2）

○がけから落ちるところを、運よく助かりました。（I_2）

4 としても／にしても／にしたって／にしろ／にせよ

「としても」は活用語の終止形、その他は連体形（形容動詞は語幹）を受け、ある既成立の事柄を条件として提示する表現である。一歩譲ってその事実を認めた上で、それとは相反・矛盾する、非連続的な後件が次に展開することを示す。

○たくさんの書物が伝わったとしても、それですぐさま日本語が自由に書きあらわせるようになったというわけでもなかった。（MⅡ）

○もちろん本人の目的は京都観光にあるとしても、案内する暇がなく、どうしたものかと迷っております。（早2）

○寿命で死ぬは致し方ないにしても、長く煩(わずら)っている間に、あァ見舞ってやりたかった。（野）

○彼を罠にかけようという下心が、まるで無かったとは言えないにしても、あれは案外、生活の必要からきた、ごく日常的な習慣だったのかもしれないのだ。（砂）

○「月十五万の給料では、今のように独身でいるにしたって生活は楽じゃない。」

○直接の利害関係はないにしろ、あの二人がどこか裏でつながっていたことは確かだ。

○三十余年の歴史を有する病院は昔のままに存立していたのだ。もとより戦時下の窮迫はあったにせよ、それはひっそりと……十年一日のごとくうずくまっていたのである。（夜）

これらの表現は、〃一歩譲ってその事実を認める〃ことが特徴で、〃その事実を認めるのは本意ではない

が〝〝仕方なくその事実を認めるが〟といった意識が伴っている。従って、
a いろいろ問題があるにしても、伝統は残すべきだ。
の場合は、〝伝統を残すことに問題はない〟という本意が先にあったが、周囲の議論を受けて一歩譲り、〝伝統を残すことにいろいろと問題はあるかもしれない〟と認めた上で、〝それでも、やはり伝統は残すべきだ〟と主張する話し手の意識の流れが感じられる。ところが、
b いろいろ問題があっても、伝統は残すべきだ。
c いろいろ問題があるとはいえ、伝統は残すべきだ。
とすると、〝伝統を残すことに問題がある〟ことを話し手が最初から認めている意識になる。

↓一一四ページ「としても／にしても」など

5 に(も)かかわらず

①「Aに(も)かかわらずB」の形で、Aの状況から当然想像される結果（C）があるのに、それとは違う結果Bが生じることを表す。常識的で本来あるべき姿と言えるCに反するため、Bは非常識で正当でないものとなり、時には反抗の意味合いがこめられることもあるが、必ずしもマイナス評価だけではなく、プラスの意味で普通からずれていることをも表す。活用語の連体形、形容動詞の場合は語幹を受けるが、助詞「の」を介した「のに(も)かかわらず」の形も併用されており、こちらは形容動詞も連体形を受ける。「元気にもかかわらず／元気なのにもかかわらず」のようにである。体言は、「の」を介さない「に(も)かかわらず」だけが受けられる。

○秋山は色が黒く瘦せて、ひどい近眼であったにもかかわらず、道子にはなぜか愛すべき男と映った。（夫）

○私は彼女の顔をまともから眺めるようになったのにも拘わらず、彼女の顔がなおも絶えず変化してい

るのに愕いた。（美）

○ところが、国際法で規定しているにかかわらず、この言葉（＝「中立」）は、具体的な問題にぶつかると、どうもはっきりしない。（MⅡ）

○人手が足りないにもかかわらず……どこもかもぴかぴかに磨きたてられていた。（夜）

○回りが静かなのにもかかわらず、いつもと違う場所なので、ちっとも眠れない。（MⅡ）

○昨日はご多用中にもかかわらずわざわざご引見くださり、まことにありがとうございました。（早2）

②「ABにかかわらず」の形で、〝AでもBでも関係なく〟の意を表す。肯定否定の表現、相補関係にある熟語（「大小」「晴雨」「昼夜」等）、体積・質量・速度・温度などの量に関係のある語句などを受ける。

「にかかわらず」だけの用法である。

○お酒を飲む飲まないにかかわらず、会費は同じにする。（日Ⅱ）

○実は多少にかかわらず蒐集保有欲をもっている。（み）

○「尊敬」の敬語は、話し相手のいかんにかかわらず、話題にのぼるものが尊敬すべき人である場合に、使われるのであるが……（日Ⅱ）

6 くせに／くせして

名詞「くせ（癖）」（＝無意識に行う片寄った言動）を中心にした表現で、活用語の連体形、および「の」を介して体言を受ける。前件から予期されることに反する事柄が後件として起こることを、前件の主体に対する非難や反発の気持ちをこめて示すものである。接続助詞「のに」に近いが、構文的には、前件・後件が同一主体であること、自然現象や無生物は主体にしにくいことなど制約が厳しく、意味的にも、〝前件からみて後件はあるべき状況ではない〟といった非難や軽蔑の気持ちが強い。

○耳をすましてみた。もとより老人の聞いているのは架空の幻聴なのだとわかっているくせに、そうせ

ずにはいられなかったのだ。（夜）
○まともなことばにはいくらでも言いのがれを用意しているくせに、ぼんの瑣細（ささい）な冗談口に気を腐らせる人々には……（X）
○商人の娘で、不動産業者ともなるとえらいもので、会計など習ったこともないくせに、たちまち帳簿の問題点を見抜く。（再）
○法律の書生なんてものは弱いくせに、やに口が達者なもので……（坊）
○「自分はハガキ一枚くれなかったくせして、人にばかり手紙を寄こせと催促するんだから。」
○七ツ八ツの小わっぱのくせに、自らをよしとする根性というものは生れながらにして持っているとでもいうのか……（み）
○ローマという街は人口三百万の都市のくせに、公共交通機関としてはバスとタクシーしかない。（再）

↓一五九ページ「くせに／くせして」

7 ものの／ものを

「ものの」は活用語の連体形を受け、前件の内容を一応は認めながら、改めて吟味すればそこに問題があることを示す。ほとんどの辞書類が既に一語の接続助詞とみなしている。

①前件の事柄を一応認めた上で、それとは対応しない、相反・矛盾した後件が次に展開することを示す。前件の事柄を一応認めるという態度であるため、「書きはする」「書くことは書く」「書くには書く」等の消極的表現を受けることが多い。
○相当に古風な建物で、病院として造りなおしてはあるものの、中世紀の僧院といった感じがつきまとっていた。（夜）
○何となく頭が重いので新刊の文学雑誌をば開きはしたものの、読むのではなく、唯（た）だページを繰って

いる中(うち)……　(ふ)

○行先の見当だけは、一応ついていたものの、その方面からそれらしい変死体が発見されたという報告はまるでなかったし……　(砂)

○人に話すように書けばいいものの、その話す様に書くことが大変むずかしい。　(MⅡ)

「と(は)いうものの」「ようなものの」の形で用いられることも多い。

○あそこへ行くのに、道が分からなければ交番で聞けばいいとはいうものの、その交番がどこにあるのか分からないから困る。　(MⅡ)

○「ああ仲が好いのは仕合わせなようなものの、両方とも若い者同志だからそうでもない、心得違いが有ッてはならぬから……。　(浮)

また、「〜からいい(よかった)ようなものの」の形で、前件とは反対の事態が万一生じていたらどうなるかを後件で示す用法もある。

○「見つからなかったからいいようなものの、ちょっとでも顔を見られていたら、大変な騒ぎになるところですよ。」

②「とはいうものの」の形で体言を受け、その事物にもいろいろな種類や場合があって、一つにまとめて論じることはできないことを表す。

○一口に新橋の芸者とはいうものの、其中(そのなか)には天(てん)から切(きり)まである事を知っているので……　(腕)

○法学部の学生とはいうものの、司法試験を目指している学生から、六法さえ開いたことのないような学生まで、多種多様であると聞く。

この場合は動詞「言う」の実質的意味がまだ保たれていると判断されるため、本節**2**で挙げた「とはいうものの」(一一七ページ)とは別個に、「ものの」の用法として扱った。

▼「ものを」も活用語の連体形を受け、前件の事実とは相容れない内容の後件が成立することを示す。不平、不満、うらみ、非難、あるいは残念な気持ちといった話し手の主観を強くこめた表現である。既に一語の接続助詞とみなしている辞書類も多い。

○妻(さい)は彼の命であったものを、彼は今その妻に死なれたのである。（多）

○そのまま黙っていればいいものを、結局正直に白状してしまった。

のように前件は既成立の事柄を受けることが多いが、

○その平生から考えたら、叱りつけそうなものを、何故叱りもせぬのであろう。（多）

のような未成立の事柄を受けることもある。

↓一〇四、一五八、一七三ページ「ものを」（順接因果、非難・理由終助詞）

8 にしては／わりに／わりあいに

「にしては」は、条件と結果とを比較し、結果が予想や標準を上回るか下回るかしたことを表すものである。「割り」「割合」は、一方の程度に応じた他方の程度を示し、そのつり合い度を問題にすることから、「わりに」「わりあいに」の形で「にしては」と同様の意味を表すようになった。ともに活用語の連体形を受けるが、「にしては」は形容動詞の場合その語幹しか受けず、また、形容詞も受けにくい。動詞の場合でも「にしては」は原則として前件・後件が同一主体に限られ、「わりに」「わりあいに」にはその制限がないため、動詞ならすべて入れ換えられるというわけでもない。従って、

○生産者としての漁師も、末端消費者が高いと思う割りには、もうけていないのである。（早1）

のような前件・後件異主体の例を「にしては」で表現することはできないのである。ただし、

・母親が受験に熱心でいるにしては息子があまりに無関心すぎる。

のように前件・後件を対比の関係で並べる場合には、異主体であっても構わない。また、意味的には「に

しては」のほうが予想・標準と結果との差をより大きく——多くは相反するものとして——とらえるため、与える響きが強くなる。

○彼は十年も日本にいるにしては日本語が下手だ。（J）

○この字は子供が書いたにしては上手だ。（J）

○メガホンをつかっているのかもしれない、距離感があるわりに、はっきりした声が、緊張を破った。（砂）

○あの学生は、熱心な割りに、勉強がよく出来ません。（MⅡ）

○のれんの古い割りには、味は大したこともない店もある。（早1）

○心の上澄み（うわず）は妙におどおどとあわてている割合に、心の底は不思議に気味悪く落ちついていた。（生）

最後の例のように前件・後件が異主体の場合には、対比の意味合いが強くなる。

↓五六ページ「にしては」

3　対比を示す

のに対し(て)／どころか／かわり(に)／かと思うと／かと思えば／かとすれば／と同時に

1 のに対し(て)

活用語の連体形を受け、「Aのに対し(て)B」の形で性質の大きく異なる——時には正反対の——ABを対比しながら示す。ABの主体は異なることが多い。

○人間の場合には……知識が積み重ねられていくのに対して、チンパンジーでは知識がいっこうにたくわえられず……進歩のあとが見られないのである。（型Ⅱ）

○今までの漁業はいかに能率的に漁獲高を増すかということに重点が置かれていたのに対し、これからは、いかに効果的に増殖するかにより大きな関心が向けられるべきである。（J）

○ヨーロッパでは夏湿度が低いのに対し、日本では湿度が低いのは冬である。（MⅡ）

なお、対比を示す係助詞「は」を使って対比する事物を取り立てている場合がほとんどである。

○彼の妻は彼が駄々っ子のようなことを言っているのに対して、それを慰めでもするように、この家にだって日のあたっている時間があるということを聞かせた。（都）

は用言を受けているが、動作・感情の向けられる対象や相対する事物への反作用性を示す格助詞的用法と考えられる。↓九ページ「に対し(て)」

2 どころか

活用語の連体形を受け、「AどころかB」の形でAを完全に否定して、それとは正反対、もしくはかなり隔たりのあるBを取り上げる表現である。

○古賀は日本で修士課程をすますとすぐローマに来た。最初の一年は大学院に入るどころか、イタリア語の勉強で精一杯だった。（再）

○効を奏するどころか反対にひどいことになった。（み）

○約束の時間に遅れてはいけないと思ってタクシーに乗ったら、道がひどく混んでいて早く着くどころか、かえって十五分も遅刻してしまった。（J）

○花のミイラは、すでに何の花か見わけがつかないどころか、およそ花とは見えないほど変り果てた姿をしていた。（魔）

○のどが痛くて、ごはんを食べるどころか水も飲めないのです。（I_2）

同様の趣旨で次のような表現もある。

○「あとで先生が怒っていらっしゃりはしないかと気になりましたわ。」「怒るどころですか。本当に助かって、あんなに痛快に思ったことはありませんでした。」（愛）

→七二、一三二ページ「どころか」

3 かわり(に)

活用語の連体形を受け、「Aかわりに B」の形で用いる。

① 〃AしないでBする〃の意で、Aを否定してBを成立させることを示す。

○音楽会に行く代わりに、ステレオのレコードを3枚買う方がいいです。（MⅡ）

○彼は看護婦を呼ぶ代りに、自分で病棟まで高島を送ってゆくことにした。（夜）

○ある日私は……本郷四丁目の角へ出る代わりに、もう一つ手前の細い通りを北へ曲がった。（硝）

○彼は多くの人を好く代(かわ)りに、唯この二人を好いたのであるから……（多）

② 〃Aする代償にBする〃〃Aするが、しかし同時にBする〃の意で、性質の大きく異なる――時には正反対の――ABを両方成立させながら対比的に示す。

○公平な「時」はだいじな宝物を彼女の手から奪う代わりに、その傷口も次第に療治してくれるのである。（硝）

○もし僕が八歳の時父母とともに東京に出ていたならば……少なくとも僕の知恵は今より進んでいた代わりに僕の心はヲーズヲース一巻より高遠にして清新なる詩想を受用し得ることができなかっただろうと信ずる。（少）

○会う人は少ないかわりには、会ったら心からなる談話を交換したいと希っただけである。（現）

○遠くて不便なかわりに静かだ。（J）

次のようにＡＢの主体が異なれば、対比の意味合いが際立ってくる。

○悪寒はやんだ代りに高い熱と痙攣（けいれん）が起った。（伸）

○明くる日学校へ行って見ると……仙吉は相変らず多勢の餓鬼大将になって弱い者いじめをしている代り、信一は又いつもの通りの意気地なしで、女中と一緒に小さくなって運動場の隅の方にいじけている気の毒さ。（年）

この用法の場合、ＡＢの動詞等の性質によって、同時にＡＢが生起して並立状態になっていたり、Ａが消滅した上でＢが生じ交替した形になっていたりなど、様々である。

▼①②の用法差は文脈によって生じるものであり、Ａに同じ語句を入れても、

a　英語を教えてやるかわりに国語を教えてやろう。（〃英語は教えない〃……①）

b　英語を教えてやるかわりに日本語を教えてもらおう。（〃英語は教える〃……②）

と両方が可能なのである。

4 かと思うと／かと思えば／かとすれば

動詞の連体形や完了の助動詞「た」を受け、「Ａかと思うとＢ」「Ａかと思えばＢ」「ＡかとすればＢ」の形で、性質の大きく異なる――時には正反対の――ＡＢが時を隔てず立て続けに起ることを表す。

○赤ん坊はわからない。今までニコニコしていたかと思うととつぜんはげしくなきだす。（型Ⅱ）

○電車は黄色い車体を悠長に日に照しながら、少し走ったかと思うとガタン、またガタン、こうるさく一丁目毎に止りながら進む。（伸）

○野やら林やら、ただ乱雑に入り組んでいて、たちまち林に入るかと思えば、たちまち野に出るというようなふうである。（武）

○今うららかな花の園にいるかとすればたちまち湧き起る黒雲に大雨到るありさま……（み）

次のようにＡＢの主体が異なれば、対比の意味合いが際立ってくる。

○丁度この座敷のような御殿の奥庭で、多勢の腰元と一緒にお姫様が蛍を追っているかと思えば、淋しい橋の袂で深編笠の侍が下郎の首を打ち落し、死骸の懐中から奪い取った文箱の手紙を、月にかざして読んでいる。（年）

これは絵本の内容を描写した記述であるから、ＡＢそのものに時間的先後はない。〝〜と思う〟という話し手の認識時点の先後なのである。次の例も同様だが、既に時間の意識はなく、性質の大きく異なる——時には正反対の——ＡＢを対比しながら示す用法となっている。これは、「のに対し(て)」と置き換え可能である。

○日が暮れるとすぐ寝てしまう家があるかと思うと夜の二時ごろまで店の障子に火影を映している家がある。（武）

○……のように同音を重ねたものがあるかと思えば……のような対句形式のものもあり……のように、音数の重ねかたで調子を整えたものも、少なくありません。（日Ⅱ）

↓八二ページ「かと思うと／かと思えば」

5 と同時に

活用語の終止形を受け、「Ａと同時にＢ」の形で一つの事物の両面性ＡＢ——時には正反対の性質を有する——を対比的に示す。ここでは時間的前後関係の意味における同時性は全く問題とされない。「一方で」等と言い換えることができる。

○然し一方では重宝がられると同時に、いくらお金があっても、羽振りがよくっても、誰一人彼に媚(こび)を呈したり、惚れたりするものはありません。（幇）

○英米の大学や病院の人事はこういうふうに動くものであり、能力次第で次々とよりよいポストに移れ

ると同時に、業績が上がらなければ居づらくなるという厳しいものである。（黄）

これらはＡＢが逆接的関係にあるが、次例のように順接的で添加を示す場合も見られる。

○よい品物を作ることに努力すると同時に、値段を安くすることも考えている。（日Ⅱ）

四　平接関係――反復・並立・添加

ては／まま（で）／なり（で）／うえ（に）／ばかりか／どころか

1 ては――反復

動詞の連用形を受けて、前件・後件の一連の動作・作用が何度も反復されることを示す。ガ・ナ・バ・マ行の五段動詞を受ける場合は、撥音便の関係で「では」となり、くだけた会話表現では「ちゃ（あ）」「じゃ（あ）」となることが多い。反復以外に、順接仮定・確定条件を表す。↓九〇、九五ページ「て〈で〉は」（順接）

○彼は相変らず片手で歯をほじくっては、ときどきうなるような声をたてた。（夜）

○ともしいお小遣をためては、こまぎれを買ってやる。（み）

個別の動作・作用が何度も反復されているうちに定着すると、〝いつも必ず〟といった恒常条件の意味合いが出てくる。

○湯気は、冷たい風が吹き込むたびに、横になびいては立ち上がります。〈性質〉

○金さえあれば、必ず友達を誘って散財に出かけてはお座敷を勧める。〈習慣〉

反復を強調するために、「～ては……ては」と並立的に用いることもできる。

○起きては学校へ行き、帰っては寝るだけ、という単調な生活が、すっかりつまらなくなりました。

○やがて三人も仙吉の真似をして立ち上り、歩いては倒れ、倒れては笑い、キャッキャッと図に乗って途方もなく騒ぎ出した。（MⅡ）（年）
○葉山は飲んでは差し、飲んでは差し、無性に差した。（多）
○（民子は）座敷を掃くといっては僕の所をのぞく、障子をはたくといっては僕の座敷へ這入ってくる。（野）

2 まま(で)／なり(で)——並立

形式名詞「まま（〃なりゆきにまかせること〃〃当面の状態に何ら修正を加えないこと〃の意）」および接続助詞「なり」を中心とした表現で、過去・完了の助動詞「た」を受け、「Aしたまま(で)Bする」「Aしたなり(で)Bする」の形をとる。Aで示した動作の結果の状態にあって、さらに全く別の動作・事態Bが行われることを表現する。ABの時間的前後関係までは問題にせず、単に〃Aした状態でBする〃という並立・付帯状況を表すものである。

○三人の子供は何におそれたのか、枯木をしょったままアタフタと逃げだして……（春）
○よく小さな葉っぱが海苔巻のように巻かれたまま落ちていますが……（美）
○派出所の巡査は入り口に立ったまま、「今時分、どこから来たんだ。」と尋問に取りかかった。（濹）
○着たまま寝ていた僕はそのまま起きて顔を洗うやいなや……（野）
○爺やの羊歯（しだ）を植えつけるのをしばらく見守っていた。しかし今度は黙ったままで。（美）
○私は……そのまま仰向けに寝て、手を胸の上に組み合わせたなり黙って天井を見つめていた。（硝）
○けれども立ったなりじっと彼の様子を見守らずにはいられなかった。（硝）

↓八六ページ「まま(で)／なり(で)」

3 うえ(に)／ばかりか／どころか——添加

活用語の連体形を受けて添加を示す表現である。

「Aうえ(に)B」は、AにBが重なった状態を最も客観的に描写するもので、プラス方向の添加にもマイナス方向の添加にも用いることができる。

○夏の暑さが耐え難かったうえ、騒音はなおも押寄せて、かれを苦めたという。（黄）

○ごちそうになった上(に)、おみやげまでもらいました。（I_2）

○これは、暑さのために体の働きが弱っている上に、物が腐りやすいからです。（日Ⅱ）

○この女はある親戚の宅（うち）に寄寓しているので、そこが手狭な上に、子供などがうるさいのだろうと思った。（硝）

「AばかりかB」は、より程度の軽いAをまず挙げ、〝Aだけではなく、さらにその上により重いBまで加わる〟の意で程度を引き上げる発想である。

○いつも楽しそうに見えるばかりか、心事（こころばせ）も至って正しいので……（少）

○彼はほとんど学校へ出ないばかりか、終戦後青年男女の間に拡がった放縦無頼（ほうしょうぶらい）の風に、むしろ喜んで身を任せて行ったように見えた。（夫）

○化粧した細面（ほそおもて）は抜けるように白いばかりか、近く見詰めると、その皮膚の滑かさは驚くほどで……（ふ）

○どんなに考えたところが、此先（このさき）の楽（たのしみ）は無いばかりか、現在今日生きている空も無いのである。（多）

同様の趣旨で次のような表現もある。

○信じたばかりではない、身をもってその信条に奉仕して来たのである。（都）

○熱いばかりではない。そうぞうしい。下宿の五倍ぐらいやかましい。（坊）

「AどころかB」は、やや重い事柄Aを挙げた後により一層重大でAを頭から否定するようなBを結論的に提示する。聞き手の常識や予想からは大きくはずれた事柄を〝実はBなのだ〟と提示する結論意識が強く、裏には〝Aくらいのことではすまされない〟という気持ちが伴っている。

○「あすこにいたお作という女を知ってるかい。」と私は亭主に聞いた。
　「知ってるどころか、ありゃ私の姪でさあ。」（硝）

○彼は結婚しているどころかもう子供もあるのです。（I_2）

○彼は漢字が読めないどころか、ひらがなも満足には書けない。（J）

○海や湖が一つもないどころか、至る所が砂漠である。（日Ⅱ）

なお、「ばかりか」と「どころか」の違いについては、副助詞的用法の中の「添加」を表す「ばかりか」「どころか」の項を参照されたい。→七一ページ「ばかりか」、七二ページ「どころか」

E 並立助詞の働きをするもの

1 例示の対象を示す

〜といい……といい／〜といわず……といわず／〜にしろ……にしろ／
〜にせよ……にせよ／〜にしても……にしても／〜につけ……につけ

1 〜といい……といい／〜といわず……といわず

"AもBも""AだってBだって"の意味で複数の対象を並列させて例示する用法で、それ以外のC、D……の存在を暗にほのめかすニュアンスがある。

○とにかく形といい、三脚の不安定さといい、朝子はつかうたびにいつも落着かない気分にさせられた。(魔)

○王女の下脹れた豊かな頬と云い、大どかな眉と云い、領巾(ひれ)をかついだ服の様子と云い、所謂天平時代の風俗そっくりであった。(伸)

○しまいには額といわず頰と云わず、至る所へ喰いちぎった餅菓子を擦りつけて……(年)

○必ずしも道玄坂といわず、また白金といわず、つまり東京市街の一端……(武)

○それに足許(あしもと)は、破片といわず屍(しかばね)といわずまだ余熱を燻(くすぶ)らしていて、恐しく嶮悪(けんあく)であった。(夏)

「〜といい……といい」は、複数の対象を取り出す意識があり、その対象が一定の状態にあることやその対象に作用・状態が及ぶことを表している。「〜といわず……といわず」は、むしろ複数の対象を取り出すのを否定することによって、その対象を含めたあらゆるものが一定の状態にあること、あらゆるものに作用・状態が及ぶことを表している。つまり、〝それだけ取り出すことはできないほど、全体がある一定の状態にある〟という意味なのである。従って、

a　手といい足といい引っかき傷だらけだった。

b　手といわず足といわず引っかき傷だらけだった。

を比べると、aは手足の至る所に引っかき傷があることを意味し、bは手足に限らず全身至る所に引っかき傷があることを意味していると考えられる。

また、「〜といい……といい」の場合は、取り出す対象として長短さまざまな語句、「〜コト」型などを受けることができるが、「〜といわず……といわず」の場合は長い語句や「〜コト」型は受けにくいようである。

c　今の仕事を続けられることといい、相手の両親と同居しなくてすむことといい、すべて私の結婚の条件を満たしている。

×d　今の仕事を続けられることといわず、相手の両親と同居しなくてすむことといわず、すべて私の結婚の条件を満たしている。……不成立

2　**〜にしろ……にしろ／〜にせよ……にせよ／〜にしても……にしても**

〝AもBも〟〝AだってBだって〟の意味で複数の対象を並列させて例示する用法で、その例を含めた同類のすべてのものにもあてはまることを暗示する。

○いずれにせよおれは恋愛がばかばかしいような口吻（こうふん）をもらす人間には、青年にしろ老人にしろ同じよ

うな子供らしさを感ずる。　（X）

○こんな男のために、品格にもせよ人格にもせよ、いくぶんの堕落を忍ばなければならないのかと考えると情けなかったからである。　（硝）

○植物にしても動物にしても、まず日本の風土や気候によって制限を受けていることがわかります。　（日Ⅱ）

この三語は、「〜にせよ……にせよ」が幾分文語的に響くことを除けば、意味的にも大差はない。また、例示すべき対象が「A」か「Aでない」かの二つしかなく、現実は二者択一的に起こるといった場合を表現することもできる。

○「属吏(そくり)ならば、たとい課長の言付けを条理と思ったにしろ思わぬにしろ、ハイハイ言ってそのとおり処弁して往きゃア、職分は尽きてるじゃアないか。」　（浮）

○これで、肯定するにせよ、否定するにせよ、吉川の判断と自分のそれがあまりに違っていれば、一緒に仕事をするのは考えものだ、という気になっていたのである。　（再）

前項でとりあげた「〜といい……といい」「〜といわず……といわず」との違いは次の点である。

①「にしろ」「にせよ」「にしても」は単独で用言を受けて接続助詞的に機能するのが本来的用法である。従って、これらを重ねた「〜にしろ……にしろ」等の形も用言を受けるが、「〜といい……といい」等は用言を受けることがない。↓一一四ページ「にしても／にしろ／にせよ」

a　手紙を書くにしろ〈にせよ／にしても〉、論文を書くにしろ〈にせよ／にしても〉、ワープロがあると便利です。

×b　手紙を書くといい〈といわず〉、論文を書くといい〈といわず〉、ワープロがあると便利です。　……不成立

「〜といい……といい」等を用いてaと同じ意味を表すには、形式名詞「ため」の助けを借りて、

c　手紙を書くためといい?〈といわず〉、論文を書くためといい?〈といわず〉、ワープロがあると便利です。

とすればよいだろう。(ただし、「といわず」のほうは受ける語句が長いこともあってかなり無理がある。)

また、前項1のcを「にしろ」等で置き換えてみると、

d　今の仕事を続けられることにしろ〈にせよ／にしても〉、相手の両親と同居しなくてすむことにしろ〈にせよ／にしても〉、すべて私の結婚の条件を満たしている。

のように、「〜コト」型を受けた場合は「といい」とほぼ同義と言えるが、用言を受けた場合は、

×e　今の仕事を続けられるにしろ〈にせよ／にしても〉、相手の両親と同居しなくてすむにしろ〈にせよ／にしても〉、すべて私の結婚の条件を満たしている。……不自然

となり、述部「すべて私の結婚の条件を満たしている」とのつながりが不自然になる。これは、「にしろ」等が本来逆接の接続助詞的に機能するもので、前件とは逆接の関係にある述部(後件)を要求するからである。従って、

f　今の仕事を続けられるにしろ〈にせよ／にしても〉、相手の両親と同居しなくてすむにしろ〈にせよ／にしても〉、独身時代とは違って様々な制約が出てくるだろう。

のような述部であれば問題ない。

②例示すべき対象が「A」か「Aでない」かの二つしかなく、現実は二者択一的に起こるといったような場合を表現するのに、「〜にしろ……にしろ」等は自然であるが、「〜といい……といい」等はなじまない。

g　採用にしろ〈にせよ／にしても〉不採用にしろ〈にせよ／にしても〉、結果は後ほど文書で通知しま

す。

×h　採用といい〈といわず〉不採用といい〈といわず〉、結果は後ほど文書で通知します。……不成立

i　出かけるにしろ〈にせよ／にしても〉出かけないにしろ〈にせよ／にしても〉、顔ぐらいはちゃんと洗いなさい。

③　②の発展として、「A」の状況と「Aでない」状況とを一括して扱う言葉——「いずれ」「どちら」など——を受ける用法（この場合は並立助詞的ではなく副助詞的な用法となるが）もあるが、これは「にしろ」等に見られるもので、「といい」等にはない。

j　採用・不採用いずれにしろ〈にせよ／にしても〉、結果は後ほど文書で通知します。

×k　採用・不採用いずれといい〈といわず〉、結果は後ほど文書で通知します。……不成立

l　出かける・出かけないどっちにしろ?〈にせよ／にしても〉、顔ぐらいはちゃんと洗いなさい。

二者択一的状況とは違って、同類のすべてのものを表す言葉——「どれ」「どこ」「だれ」「何」など——を受けている例も見られる。

○「誰にしろいつまでも若くっているんじゃ無いからね……」（腕）

3　〜につけ……につけ

〃Aに関してもBに関しても〃〃Aの場合もBの場合も〃の意で、一般に対(つい)になるような語句を並列させて例示する。体言も用言も受けることができる。

○雨につけ風につけいつも心細い思いをした。

○良きにつけ悪(あ)しきにつけもうその話はどんどん進行しているのだから、成り行きを見守りましょう。

○母親の辛苦心労を見るに付け聞くに付け、子供心にも心細くもまた悲しく……（浮）

「〜につけ……につけ」が受ける「対になるような語句」は、慣用的に定まっているようで、二者択一

的でも「採用・不採用」のような一般的な語句は受けない。「〜といい……といい」等や「〜にしろ……にしろ」等とも入れ換えがきかない表現である。

×・採用につけ不採用につけ、結果は後ほど文書で通知します。……不成立

↓一三、三〇ページ「につけ(て)」

2　仮想の対比を示す

〜(よ)うが……(よ)うが／〜(よ)うと……(よ)うと／
〜(よ)うが〜まいが／〜(よ)うと〜まいと

1　〜(よ)うが……(よ)うが／〜(よ)うと……(よ)うと

推量の助動詞「よう」「う」に接続助詞「が」または「と」のついた形「(よ)うが」「(よ)うと」は、逆接の接続助詞的に機能して〝たとえ〜したとしても〟の意を表すが、これを二つ以上重ねて用いることによって、仮想を対比しながら強調する用法となる。意味的には「〜うが」も「〜うと」もほとんど差がない。↓一一五ページ「(よ)うが／(よ)うと」

○退院が二三日早くなろうが遅くなろうが、これまでの月日にくらべれば何でもないことではないか。（夜）

○「どうにかしてこの古びはてた習慣（カストム）の圧力からのがれて、驚異の念をもってこの宇宙に俯仰介立（ふぎょうかいりつ）したいのです。その結果がビフテキ主義となろうが、馬鈴薯（じゃがいも）主義となろうが、はた厭世の徒となってこの生命をのろおうが、決してとんちゃくしない！」（牛）

○梁が腐ろうと、棟が折れようと、こちらになんの関係もありはしない。（砂）

○直輔が自分の娘の気まぐれのために、家を建てようと、何をしようと、それはいい。（立）

2 〜(よ)うが〜まいが／〜(よ)うと〜まいと

前項の「(よ)うが」「(よ)うと」が、否定推量の助動詞「まい」に接続助詞「が」または「と」のついた形「まいが」「まいと」を伴うことによって、積極的事態と消極的事態とを対比させながら想定する機能を果たすようになる。この場合、「(よ)うが」「(よ)うと」と「まいが」「まいと」とは同じ用言を受け、〝〜しても〜しなくてもそれには関係なく〟という意味を表している。

○僕は民子が嫁にゆこうがゆくまいが、ただ民子に逢いさえせばよいのだ。今一目逢いたかった……(野)

○「しかしお友達がお喜びになろうとなるまいとその責任は我が大先生におありになるのですから、私は一向かまいません。」(愛)

○「それもネーこれがお前さん一人の事なら風見(かざみ)の鳥みたように高くばッかり止まッて食うや食わずにいようと居まいとそりゃアもうどうなりと御勝手次第さ、けれどもお前さんには母親(おっか)さんというものが有るじゃアないかエ」(浮)

F　終助詞の働きをするもの

1　感動・詠嘆・驚異を示す

とは／といったら／かな／がな／ことか／ことだ／ものだ／ではないか／だい

1 とは／といったら

期待はずれ・驚き・感嘆などの余情を残す表現である。本来は、これらの感情を表現する述部を伴ってその感情を誘発した事柄を主題化するという係助詞的な機能を持つが、その述部の省略された形がこの終助詞的用法である。↓四七ページ「とは」、五〇ページ「といったら」

○社会的地位もある立派な四十男が、済んでしまったことをいつまでもくよくよと言い続けているとは。(X)

○彼の知的な夢がどれほど複雑であろうとも、女のたった一言の要求に堪えないとは。(美)

○山鶯だの、閑古鳥だのの元気よく囀る(さえず)こととといったら!

○「あなたの部屋の汚いことといったら!」

第一、二例は「情けない」「あまりにひどい」等、第三例は「ものすごい」「すばらしい」等、第四例は「ひどすぎる」等が省略された述語として想定できる。一般に、「といったら」はプラス・マイナスの両感情を表せるが、「とは」はマイナス感情を表す場合が多いようである。また、「といったら」は体言化の

「こと」を用いた「〜コト」型を受けるのに対し、「とは」は用言をそのまま受けることができる。

2 かな

終助詞「か」(自問を表す)+終助詞「な」(詠嘆を表す)から成り、一部の辞書では既に一語の終助詞と認めている。自問・問いかけ(別項で扱う)と関連して、軽い疑問をこめた詠嘆を表す場合がある。

○「人間なんて自分勝手なものさ。

「そんなもんかな。」

「かなあ」の形で用いられることもあり、この時は特に相手に対する問いかけの力は弱く、話し手の詠嘆が強くこめられる。

○「これでも僕たち案外いい線いってるんじゃないかなあ。」

↓一四八ページ「かな」

なお、「かな」には、係助詞「か」+終助詞「な」から成る文語的用法もある。これは、一語の終助詞とみなすのが一般的で、〝〜だなあ〟の意で感動・詠嘆を表している。

○「げに言えば言われたものかな、好いわ。」

(阿)

現代では、ある種の形容詞や限られた語につけて、〝〜なことに〟の意で慣用句的に用いられているに過ぎない。「惜しいかな」「幸いなるかな」「果たせるかな」「売らんかな」等である。

3 がな

終助詞「が」(接続助詞という説もある)+終助詞「な」から成るもので、過去に対する郷愁から現状への不満を詠嘆的に表す。「がなあ」の形で用いられることが多い。

○「昔スキーの選手だった頃なら、あれくらいの斜面は荷物を背負ってだって簡単に滑り降りたものだがなあ。」

○「このへんで花のような紅葉がハラリハラリとくると詩になるんだがなア。」（助）

この用法の延長線上に、別項で述べる「非難・反駁」や「願望」の用法をとらえることができる。↓一六五、一六七ページ「がな」

なお、「がな」には、はっきり言うのをはばかってぼかす、次のような婉曲的用法もある。

○「一年や二年、大学に入るのが遅れたからって、長い人生からみれば大したことじゃないと思うがな。」

4 ことか

用言を受けて詠嘆を表す。「どんなに」「どれほど」「何と」等の疑問詞と呼応することが多い。自分だけの判断でそう思い込むというニュアンスがこめられている。

○この大都会の生活と自分達の生存とはいざとなると何と無関係なことか。（伸）

○このなぜということばの物陰で、どれほど骨身を削る想いをしてきたことか。（X）

これは、「ことだろう」との言い換えもできる。

○だがおれの姿はなんと彼らによく似ていることだろう。（X）

5 ことだ／ものだ

用言を主に受けて詠嘆を表す。助動詞性の「ことだ」「ものだ」と違って、過去形・否定形等の活用がなく固定的に用いられるため終助詞性としたが、「こった」「ことです」「もんだ」「ものです」「もんです」「ものであった」等の変化形も見られる。「いや」「ああ」等の感動詞や、「よく」「よくも」等の意外性を表す副詞と共に用いられることが多い。

○そっくりかえってお帰り遊ばす、イヤお羨（うらや）ましいことだ。（浮）

○愛さるるも愛されざるも、ああ致しかたもないことだ。（み）

○何のこったやっぱり民子を見に来たんじゃないかと……（野）
○いくらケーキが大好きだとはいっても、よく一度に三つも食べられるものだね。（美）
○私は、今更のように自分も健康になったものだなあ、と思った。（み）
○随分すごいごまぎれがあったもんだ。（硝）
○「そんな所に生い立って、よく今日まで無事に済んだものですね」（型Ⅱ）
○「ほんとですか。あんなに仲のいい夫婦だったのに。夫婦の仲も分からないもんですね。」（MⅡ）
○こんな夫の世話を、よくも妻はあの細腕で成し遂げたものであった。

「ことだ」と「ものだ」の違いは、次の三点にまとめられる。

①「ことだ」は人間中心の対象把握が基本にあるため、ある事態に対して話し手自身の個別的な感情が自由に述べられている。それに対し、「ものだ」は人間の意志とは無関係に外在する対象を中心として把握するため、ある事態に対する感想は、話し手自身の自由な評価・判断を超えた一般論として述べられることになる。従って「ものだ」の場合には、自然の傾向、社会的慣習、常識、習性などを踏まえた感想が多いのである。

a　やれやれ、うちのダンナ様は世話の焼けることだ。

b　やれやれ、子供というのは世話の焼けるものだ。

aは、「うちのダンナ様」が「世話の焼ける」人であることが一種の常識のようになっていると仮定すれば「ものだ」でも成り立ち得る。bの「ものだ」は、ある存在・事柄についての本性・本質・習性を述べる用法（助動詞的機能）に近づいている。↓一九四ページ「ものだ」

②「ものだ」は形容詞・動詞共に受けることができるが、「ことだ」は形容詞が主で、動詞を受けることは少ない。

c　小学生時代の思い出は実になつかしいものだ。
d　小学生時代の思い出は実になつかしいことだ。
e　いくら糖尿だからって、砂糖抜きのぜんざいなんて、よく食べるものだね。
×f　いくら糖尿だからって、砂糖抜きのぜんざいなんて、よく食べることだね。……不成立
「ことだ」が動詞を受けられるとすれば、
g　あの人のわがままにも困ったものだ。
h　あの人のわがままにも困ったことだ。
のように、動詞に状態・性質を表す助動詞「た」がついた場合などに限られる。
③意外な事実を発見して、あるいは今まで気づかなかったことに突然気がついて驚いたり、感心したりする気持ちを表すには、「ものだ」が適当である。
i　へえー、スキーって意外におもしろいものですね。
×j　へえー、スキーって意外におもしろいことですね。……不成立
iは、今まで自分はスキーをおもしろいと思ったことはなかったが、今ここでやってみて、(一般におもしろいと言われている通り)なかなかおもしろいという事実に気がついた、という意味を含んでいる。つまりこの場合も、①で述べた「一般論」が踏まえられているのである。仮に、「一般論」(ここでは「スキーはおもしろい」ということ)とは逆の判断を示して、
k　ふーん、スキーって意外につまらないものですね。
と言ったとしても、「スキーはおもしろい」という一般論を踏まえての表現であることに変わりはない。
ただ、iとkでは「意外に」の前提となる内容が異なり、iでは「自分がそれまでスキーをおもしろいとは思っていなかったという事実」が、kでは「一般にスキーはおもしろいと言われているという事実」が

念頭に置かれているだけである。

なお、もし「ことだ」を用いるとすれば、「一般論」とは無縁に自由な感想を表出した、

l スキーって何ておもしろいことだ！

のようになるはずである。

④ ③と関連した表現として、過去に何かを成し遂げたという事実や過去から現在まで何かが継続中であるという事実を今の時点でとらえ、驚きや感心の気持ちを表す例がある。これは、完了・継続の助動詞「た」を受けて「たものだ」の形で表現され、「ことだ」にはなじみにくい用法である。

m よくまああんな短時間に着換えを済ませたものだ。

×n よくまああんな短時間に着換えを済ませたことだ。……不成立

o 三、四年前からすると、学費もずいぶん上がったものだな。

×p 三、四年前からすると、学費もずいぶん上がったことだな。……不成立

↓二〇五ページ「ことだ／ものだ」

6 ではないか

動詞・形容詞など活用語の終止形、形容動詞語幹および体言を受けて、予想外の事に驚いた気持ちを表す。終助詞的ではあるが、「ではありませんか」「じゃありませんか」「ではございませんか」「じゃねえか」等の丁寧体、軽卑体がある。

○正広君の方は……心配したほどのことはない。嬉（うれ）しそうにニコニコ笑っているではないか。（助）

○「ところがそのあと、身のまわりの始末もできなかったこの女が、次第に智慧がついてきて、一人前の社会人となって結婚までしたじゃありませんか。」（夜）

↓一五一ページ「ではないか」

7 だい

断定の助動詞「だ」に終助詞「い」がついたもので、断定の語気を強めて詠嘆的に主張したり呼びかけたりする表現である。

○「そのボールは僕のだい。さあ、返せよ。」

○兄は弟の算数の答案を見つけて、

「やあい、0点だい、0点だい。」

とはやし立てた。

○「さあ、トマト一山でたったの二百円だい！買った、買った！」

「だあい」の形で更に強める場合も多い。

○「やだ〜い！うそだ〜い！だめだ〜い！」

○「大変だあい、川の水があふれそうだって。」

いずれも目上に対してや改まった場面では使わない。↓一五〇、一五四ページ「だい」（助）

2 疑問・問いかけ・確認を示す

かい／かな／たっけ／だっけ／だい／ではないか／(よ)うが／だって

1 かい

終助詞「か」＋終助詞「い」から成り、辞書によっては既に一語の終助詞と認めているものもある。相手に対する問いかけ、確認の気持ちを表している。

○「もうビールは無いかい。」

「いえ、あと二本ぐらいならありますけど。」

○「おくさん、いいですかい、管理人はこのマンション会社の社員だよ、社員の管理人が本当のことい
うわけがないじゃないの。」（老）
確認する相手が自分自身である場合は、多分に詠嘆的な表現となる。
○「また雨かい、いやになっちゃうな。」
「かい」は江戸時代からある語で、「か」に比べると、親しみの気持ちが強い。しかし現代では、比較的
年輩の男性の話し言葉となっている。↓一五四ページ「かい」

2 かな

終助詞「か」（自問を表す）＋終助詞「な」（詠嘆を表す）から成り、一部の辞書では既に一語の終助詞
と認めている。

①自問を表すが、話し手がそのことについて思案をめぐらしているという余情を添える。
○学生「それにしても、百貨店というだけあって、なんでもそろっていますね。……売っていないもの
　にないがあるんでしょうか。」（早1）
部長「かんおけ・ダイナマイト、それに水と空気ぐらいなものかな。」
○A「このくつ、いいわね。買いたいな。」
B「とっても、すてきなくつね。」
A「はいてみようかな。」（型Ⅰ）
②①の余情が発展した形で、相手に対する問いかけを表すことができる。
○A「自民党は本当に二つに分裂するかな。」
B「たぶん分裂するだろうけれども、どういうふうに分裂するか、誰にもまだ予想がつかないんじゃ
ないか。」（型Ⅱ）

○「おじさん、メロン一つください。」
「どれがいいかな。」

↓一四二ページ「かな」

3 たっけ／だっけ

「たっけ」は過去・完了の助動詞「た」に終助詞「け」がついたもので、活用語の連用形に接続する。「だっけ」は断定の助動詞「だ」に終助詞「け」がついたもので、体言や準体助詞「の」、形容動詞の語幹等に接続する。過去の事柄を詠嘆的に回想するという本来の用法（別項で扱う）から発展して、話し手の回想による確認の形をとった上で相手の関心に訴え、問いかけたり同意を求めたりする時に用いられる。

↓一七二ページ「たっけ／だっけ」

○「山内先生は、鎌倉でしたっけ。あたしも行きたいわ。どこで待ち合わせるの？」（早1）
○「山内先生のお宅は、どこだったっけ。」（早1）
○「君の所、布団屋だっけ？」（再）
○「明日の仕事は十時からだっけ？」

実際には経験がなくて、回想できるわけのない事柄であっても、回想による確認の形をとることによって、既にそのことを知っているべきだという話し手の心遣いがこめられ、質問の響きが柔らかくなる効果がある。例えば、初対面の人であっても、

・あなたのお名前は何でしたっけ？

と回想の形をとることによって、「あなたの名前は既にほかから聞いて知っているはずだが……」という気持ちをこめることになり、相手の気持ちを和らげながら問いかけることができるのである。

ただ、「たっけ」「だっけ」は親しい間柄での話し言葉に用いられるのが普通であろう。

4 だい／かい

「だい」は断定の助動詞「だ」に終助詞「い」がついたもので、疑問を投げかける表現である。

○「ところが多勢におごらなければならないのよ」
「多勢って何人だい」
「五十人よ」 （愛）

○「こんどの休みには、君はどうする予定だい？」 （I_1）

1で述べた「かい」と形は似ているが、「かい」が体言も活用語も受けるのに対し、「だい」は体言および体言に準ずるものしか受けない点が異なる。また、「だい」は疑問詞と共起しなければならないが、「かい」にその制約はない。

a 今何時だい？
b 今何時かい？
c 先生はどんな人だい？
?d 先生はどんな人かい？……やや不自然
×e 先生はいい人だい？……不成立
f 先生はいい人かい？
g そんなに走って足はどうだい？
?h そんなに走って足はどうかい？……やや不自然
×i そんなに走って足は大丈夫だい？……不成立
j そんなに走って足は大丈夫かい？

従って、「だい」は不定の叙述を受けて疑問を投げかける働きをし、「かい」はむしろある程度定まった事

柄、あるいは想像した事柄などを受けて確認する働きが強いと言えよう。このことは、同じ疑問詞と共起しても、

k　今日はどうしたのだい？

l　今日はどうかしたのかい？

のように、「今日の状態」に対するとらえ方が自ずと異なることでも明らかである。また、返答の性質にもその差は当然現れていて、一般に、「かい」の場合はイエス・ノーで返答可能なものが多いが、「だい」の場合はそうではなく説明が必要となってくる。↓一五四ページ「かい／だい」

5 ではないか

動詞・形容詞など活用語の終止形、形容動詞語幹および体言を受けて、相手に判断の同意を求めたり、詰問、さらには反駁したりする気持ちを表す。「ではありませんか」「じゃありませんか」「ではございませんか」「じゃねえか」等の丁寧体、軽卑体がある。

○日本の水は少ないというのはうそだ。毎年水害で痛めつけられる位降っているではないか。（MⅡ）

○第一、こんなことをしたって、なんの何にも立ちはしないではないか。（砂）

○「私の生活に目標が出来ました。十一月十二日、何といい日ではありませんか。」（愛）

○何を大げさな！　相手はたかが八歳の子供じゃないですか、といってみても、それは事の本質とは何の関係もないのです。（黄）

○「自分にも孫じゃないか、文句をいうより来てかわいがってやりゃいいじゃないか。」（み）

○「くれるというものなら貰っといたらいいじゃねえか」（美）

↓一四六ページ「ではないか」

6 (よ)うが

推量の助動詞「よう」「う」に終助詞「が」がついたもので、聞き手の理解・同意を求めて高圧的に念を押す表現である。

○「宿題を早くすませておけばよかったでしょうが。」

○「私の意見にさえ従っていれば、こんな情けない結末にはならなかったろうが。」

のように過去の事実に反する仮定を行い、現実の事態を惜しむと同時に、現実の事態を導いた過去の選択に対して反省を求める態度が見られる。〝私があの時そう忠告したでしょう〟〝私の言った通りでしょう〟という確認のニュアンスである。

またこれとは逆に、過去の事実に反する仮定を行い、現実の事態を望ましいものと受けとめると同時に、現実の事態を導いた過去の選択を肯定する態度を表すものもある。

○「もしもあの飛行機に乗っていたら、死んでいただろうが。」

この二つの態度は、全く相反するように見えながら、実は根本的には同じものである。

a（私の言う通り）その企画を進めていたら、今頃成功していたろうが。

b（君の言う通り）その企画を進めていたら、今頃失敗していたろうが。

aについては、現実に失敗したのは「私の言う通り」にしなかったから、つまり「君の言う通り」にしたからであり、bについては、現実に成功したのは「君の言う通り」にしなかったから、つまり「私の言う通り」にしたからである。すなわち、失敗の原因は相手（聞き手）に、成功の要因は自分に、といった自分中心の現実把握が根本にあるわけである。自分中心であるから、失敗すれば相手の非を責め、成功すれば自賛するのは当然であるが、成功の場合には、自賛はあまり表面に出ず、むしろ過去に相手が別の選択をしようとしていた（実際はしなかったが……）ことを責める態度があらわになっている。

さらに、現在の事態についての不満・疑問を述べて聞き手に理解・同意を求める用法もある。
○「この先どうなるかもわからぬ事に、今から目くじらをたてていることはないだろうが。」
↓一六三ページ「(よ)うに／(よ)うが」

7 だって

指定の助動詞「だ」の終止形に副助詞「とて」のついた形「だとて」が音声的に変化したもの、または、引用の格助詞「と」から転じた終助詞「って」が指定の助動詞「だ」の終止形についたものと考えられる。相手の言葉、または相手の言葉の中で問題にしたい語句をそのまま繰り返して、本当かどうかをもう一度確認したり、ただしたりするのに用いる。驚き・意外・非難といった話し手の気持ちがこめられることが多い。
○「家のまわりだけでも、ぐるっと一とあたり、やってしまわなけりゃ……」
「ぐるりとだって？」(砂)
○「え、飛行機事故だって？　それはいつのことなの？」
○「いゝがかりだって……畜生ッ、よくもそんな白々しいことを。」(助)
同じ形式に見えるが、次の用例は、引用の格助詞「と」が変化した「って」の終助詞的用法である。
○「眸の中に赤いレンズが嵌まったようだって？」(助)
○「なんだって？　いつ俺がお前のことをバカなんて言った！」
次の二例を比較すればこの違いがはっきりする。

a「本当は僕、今日学校を休んだんだ。」

「え？　学校を休んだだって？」

b「本当は僕、今日学校を休んだんだ。」

「え？　学校を休んだって？」

bは、「学校を休んだ」ことが本当かどうかをもう一度確認する、または、「学校を休んだ」理由を問いかける、といった表現である。ここでは、「学校を休んだ」こと自体に対する話し手の評価は何ら加わっていない。また形態的には、この文から「だって」のみを切り離すことはできない。それに対してaは、「学校を休んだ」ことは本当かとか、その理由は何かとかいうことより、「なぜそんなひどいことをしてくれたんだ」といった非難の気持ちが前面に出ている。つまり、「学校を休んだ」こと自体に対する話し手の評価が濃厚に現れており、内容の確認という域を超えて詰問・非難という極めて主観的な表現になっていると言える。形態的には、「だって」のみを完全に引用文から切り離すことができる。

「だって」は話し言葉でだけ使う表現で、丁寧体には「ですって」がある。

○「買出しですって？……何をですか……衣類ですかね」（助）

↓一七〇ページ「だって」

3 反語・反駁・否定・非難・後悔を示す

かい／だい／ものか／ものではない／ものを／をや／ばこそ／(の)くせに／(の)くせして／(よ)うに／(よ)うが／まいに／がな／ときたら／(よ)うか

I かい／だい

「かい」は終助詞「か」＋終助詞「い」から成り、体言・活用語共に受けることができる。「だい」は断定の助動詞「だ」＋終助詞「い」から成るもので、体言および体言に準ずるものを受ける。軽蔑・さげすみ・投げやり等の感情をこめながら反駁することを表している。

○「私はあなたを見捨ててなんかいないわ。」

「見捨てないものが嫁にいったりするかい。」

○「そんな理不尽なことがあるかい」
○「君、ちょっと失礼じゃないか。」
「何が失礼だい。そっちこそ失礼じゃないか。」
○「えっ？　何がどうぞだい？　おれは何も言ひやしない。」　（助）
○「なんだ、ただの空き箱かい。」
「なんだい、思わせぶりにリボンなんかかけて。」
「かい」と「だい」の違いは、前節2の**4**（一五〇ページ）でも述べたように、接続と疑問詞の有無に現れる。
a　金が命と引きかえになるかい。
×b　金が命と引きかえになるんだい。……不成立
c　何で金が命と引きかえになるかい。
d　何で金が命と引きかえになるんだい。
×e　見捨てないものが嫁に行ったりするんだい。……不成立
f　見捨てないものがどうして嫁に行ったりするんだい。
疑問詞の有無の問題は、この用法によく見られる、相手の言葉を引きとって反駁しているような場合にも留意する必要がある。
?g「それは傲慢じゃありませんか。」
――「どこが傲慢かい。」……やや不自然
h「それは傲慢じゃありませんか。」
――「どこが傲慢だい。」
この場合の「どこが」は場所を尋ねているのではなく、単に強意のために用いられているもので、「何が」

「だれが」等との置き換えも可能である。hは「どこが」が無ければ成立しないが、gは「どこが」があることで不自然さが増しており、むしろ「傲慢かい」のみのほうが成立する。ただこの場合、hの返答に比べてかなり押しが弱くなってしまうことは確かである。

相手の言葉を引きとるということから、伝聞・引用を表す「だって」を用いて、

i「それは傲慢じゃありませんか。」

△――「どこが傲慢だって?」……やや不自然

――「傲慢だって?」

とすることもできる。この場合、「どこが」を使うと、「自分のどういうところが傲慢なのか」と尋ねているニュアンスに受け取られやすいので、無いほうが自然である。↓一七〇ページ「だって」

2 ものか

活用語の連体形を受けて、相手の言葉・考えなどに強く反対・否定の態度を示したり、〃決して〜ない〃の意で、ある動作・行為を行わないことへの固い決意を表したりする。反語のニュアンスが伴う場合もある。話し言葉では「もんか」、丁寧体としては「ものですか」「もんですか」の形になるが、辞書によっては既に一語の終助詞と認めている。

○学校におってこんなことを考えてどうするものかなどと、自分で自分を叱り励まして見ても何の甲斐もない。（野）

○もうお辞儀なんかしてやるものか、そんな子供らしい感じを持った。（愛）

○「なに、おっかさんなら虎の皮くらい恐れるもんか。」（み）

○「駐車違反なんて、そんな手数ばかりかかって金にもならないことを、ポリ公がするもんかね。」（再）

○誰がいちいち鍵をしめるものですか。どうせまたすぐ出ていくのです。（黄）

○「野々村さんは大丈夫と思いますがね。」
「あてになるものですか。兄はお人よしですが、又虫のいい人間ですからね。」（愛）
○そんなばかげたことが現実に起こってたまるもんですか。

3 ものではない

ある事柄についての一般的・常識的な断定を想定し、そのような決めつけは妥当でないということを否定的に主張する表現である。動詞（可能形も多い）に「た」を伴って「たものではない」の形で用いられる。変化形として「もんでもない」「もんじゃない」、丁寧形として「ものではありません」等がある。
○しかし彼として見れば、実際もう今になっては父母から金を貰う理由は成り立たない……単に親子だからというわけでいつも無心を言えたものではない。（都）
○「しかし人は見掛けによらないもんだからね。そう見くびったもんでもないよ。」（濹）
○「将来何が幸せに結びつくかなんて分かったもんじゃない。」
この表現は前項2の「ものか」と意識の上で似ている。「ものか」のように、否定してしまうのを避けて疑問形で打ち切り、反語的な余情を残すか、「ものではない」のように「ない」で確実に否定してしまうかの違いにすぎない。
a　そんなことが現実にあったらたまるものですか。
b　そんなことが現実にあったらたまったものではありません。
また、この「ものではない」は、次例のような「ものではない」とは性質が異なる。
○気のおけない何でもわかってもらえる友達には滅多に会えるものでないと僕は喜んでいる。（愛）
○「痛い。そう邪慳（じゃけん）にするもんじゃない。出世前の身体だよ。」（濹）
これらは、ある事柄の本性・本質、およびそこから導かれる当為を示す「ものだ」の否定形である。（詳

とにした。従って、

細は一九四ページ「ものだ」を参照。）本項の「ものではない」も本来は助動詞的な「ものだ」の否定形であるが、「(た)ものではない」等の形で固定的に用いられ、活用もないことから、終助詞的用法とみなすことにした。従って、

c　砂糖抜きのぜんざいなんて食べられるものじゃない。
d　砂糖抜きのぜんざいなんて食べられたものじゃない。

を比べると、cは「砂糖抜きのぜんざい」の本性・本質が「食べられないもの」であると述べる助動詞的用法、dは「砂糖抜きのぜんざいではとてもまずくて食べられない」と強く否定する終助詞的用法となる。

4 ものを

不平、不満、うらみ、非難、あるいは残念な気持ちをこめて詠嘆的に文を言い切る用法である。逆接条件を示す接続助詞的用法の「ものを」もあり、そこから後件が省略されたと考えることができる。既に一語の終助詞とみなす辞書も多い。↓一二二ページ「ものを」

○「それほどに思い合ってる仲と知ったらあんなに勧めはせぬものを」（野）
○「知らんふりしていりゃいいものを」

第二例の場合、「ものを」の後には「何でペラペラしゃべってしまうんだ」「本当におしゃべりなやつだ」等の語句が省略されていると見ることができよう。↓一七三ページ「ものを」

5 をや

間投助詞の「を」と「や」が重なったもの（終助詞＋副助詞、間投助詞＋係助詞等諸説ある）で、「いわんや……(において)をや」の形で用いられ、程度の軽い場合をあげた前件と対比して程度の重い後件をあげ、〃まして、……の場合はなおさらである〃と後件が問題なく成立することを強く押し出す。古く平安時代から漢文訓読の影響下に用いられ、特に、

○善人なをもちて往生をとぐ、いはんや悪人をや。（『歎異抄』三）

の一節が有名である。しかし、明治以降の例は少なく、文語体の文章にはままあるが、言文一致以後の口語体の文章にはほとんど用いられていない。ただ、そのためにかえって、口語体の文章中にこの形式が一文挿入されることで非常な効果を生む。次例はその典型と言えよう。

○しかるに昭和五年の春都市復興祭の執行せられたころ……町の形勢は裏と表と、全く一変するようになった。……このような辺鄙(へんぴ)な新開町にあってすら、時勢に伴う盛衰の変は免れないのであった。いわんや人の一生においてをや。（濹）

6 ばこそ

接続助詞「ば」＋係助詞「こそ」の形で活用語の未然形を受け、そこで言いさされた形で、〃〜などするものか、絶対に〜しない〃という強い否定を表す。特殊な慣用的言い回しで、堅い文体になじみやすい表現だが、一般の口語体の文章中に置かれると、文を引き締める意味で効果的である。

○「去年の暮れからまる半歳(はんとし)、その者の為(ため)に感情を支配せられて、寝てもさめても忘られればこそ、死ぬより辛いおもいをしていても、先ではすこしも汲(く)んで呉(く)れない。」（浮）

○「助けてえッ！」と、家の下敷きになった喜美子さんは声を限りに呼び、力の限り自分の体を圧しつけている物を押しのけようとするが、動かばこそ、否、右肩に深く喰い入った柱は益々圧迫を加えてくるのだ」（助）

7 (の)くせに／(の)くせして

名詞「くせ(癖)」に助詞「に」または動詞「する」の連用形「し」＋助詞「て」がついたもので、活用語の連体形に、または助詞「の」を介して体言に接続する。逆接条件を表す接続助詞的機能が本来のものであるが、後件を省略した形で終助詞的機能を果たすこともある。特にこれらの場合は倒置の形で後件が先に述べられていることが多い。ある実状から予期されることに反することが起こるような時に、その実状の描写までで言いさし、非難・難詰の気持ちを強くこめる表現である。↓一二二ページ「くせに／くせして」

○「自分は会社の若い人たちと飲んで、なかなか帰ってこないんだから。そして、帰ってくると、それも中小企業の社長の仕事のうちさって澄ましているの。御本人がいちばん飲むのが好きなくせに」（立）

○内心じゃ、腐った玉ねぎを嚙んだくらいの気持ちでいるくせに！……（砂）

○「これからは政の読書の邪魔などしてはいけません。民やは年上の癖に……」（野）

○「そういう男の気持ちがわかりもしないくせして」（愛）

逆接の接続助詞で終助詞的にも用いられる「のに」と似ているが、以下の点に違いが見られる。

①「（の）くせに」等は自然現象や無生物主語などには使えないが、「のに」にはそういった制約がなく広く使うことができる。

a　まだ四時なのに（こんなに空が暗い）。

×b　まだ四時のくせに〈のくせして〉（こんなに空が暗い）。……不成立

c　この部屋は随分家賃が高いね。お風呂もついてないのに。

×d　この部屋は随分家賃が高いね。お風呂もついてないくせに〈くせして〉。……不成立

ただし、表面的には無生物主語に見えても、裏に人物等が隠れている場合や擬人法の場合には、「（の）くせに」等も可能である。

e　部屋に風呂もついてないくせに〈くせして〉（偉そうに言うなよ）。

eは、〝（その人が）部屋に風呂も持っていない〟〝（その人が）風呂もついていない部屋に住んでいる〟の

意で、前件に「人物」が隠れていると判断できるため成立するのである。

②「(の)くせに」等は前件・後件同一主体の場合に限られるが、「のに」にはその制約はない。

f　父はあれほどあなたを信頼していたのに（あなたが父を裏切るなんてひどい）。

×g　父はあれほどあなたを信頼していたくせに〈くせして〉（あなたが父を裏切るなんてひどい）。
……不成立

h　父はあれほどあなたを信頼していたくせに〈くせして〉（最後になってあなたを裏切るなんてひどい）。

③「(の)くせに」等の前件には、表現主体（一般に話し手）の判断を強く押し出すような陳述性の強い表現はつかないが、「のに」はその制約が比較的ゆるい。この場合の陳述性の強い表現とは、仮定・推量・伝聞・適当・願望等を表す助動詞および助動詞的表現のことで、「(よ)う」「まい」「そうだ」「ばいい」「てもいい」「はずだ」「に違いない」などが入る。（このうち、「(よ)う」「まい」は「のに」も受けない。）

i　あんなやつ、来なければいいのに（実際は来た）。

×j　あんなやつ、来なければいいくせに〈くせして〉（実際は来た）。……不成立

i・jの「来る」主体は前件・後件共に「あんなやつ」で、同一主体の原則は守られているように見える。だが、「来なければいい」つまり、「来ないことを望む」のは話し手自身の行為であるから、この前件全体の視点（主体）が話し手にあることになり、後件の主体と同一ではなくなるのである。先にあげたような陳述性の強い表現は一般に、前件の主体を素材主体（i・jでは「あんなやつ」）から表現主体（i・jでは話し手）へと移動させてしまうことによって前件後件同一主体の原則をくずすため、「(の)くせに」「(の)くせして」にはそぐわないのである。

ただし、例外的に次のような場合も考えられる。

k　（あなたって）田中君だったら来なくてもいいくせに〈くせして〉（山田君には来てほしいのね）。

l（私って）田中君だったら来なくてもいいくせに〈くせして〉（山田君には来てほしいのよね）。

k・lの「来る」主体（素材主体）は前件が「田中君」、後件が「山田君」で、同一主体ではない。ところが、「てもいい」「てほしい」の主体（表現主体）はkでは「あなた」、lでは「私」（＝話し手）であり、前件後件の主体が同一になる。このように、素材主体が前件と後件で異なっている場合、陳述性の助動詞的表現が前件後件に置かれ、同一表現主体で統一されて文が成立することも稀にはある。しかし、一般には陳述性の助動詞的表現が「（の）くせに」等の前件に置かれることはないと考えてよい。実際、k・lの「（の）くせに」「（の）くせして」は、本来の非難・難詰のニュアンスが薄く、むしろ対比的用法に近づいていると見られる。

また、「（の）くせに」等が仮定・推量・願望等を受けないということは、言い換えれば既に確定した事柄を受けるということを意味する。従って、「のに」に普通見られる次のような仮定に基づいた不満は、「（の）くせに」等では表しにくい。

m もう少しがんばれば、優勝することができたのに。

?n もう少しがんばれば、優勝することができたくせに〈くせして〉。……不自然

o 御両親がお元気なうちにもどって下されば、あなたにとっても良かったのに。

×p 御両親がお元気なうちにもどって下されば、あなたにとっても良かったくせに〈くせして〉。……不成立

q ああ、いつも今日ぐらいうまく弾きたいのに（いつもうまくは弾けない）。

×r ああ、いつも今日ぐらいうまく弾きたいくせに〈くせして〉（いつもうまくは弾けない）。……不成立

④「（の）くせに」のほうが、「のに」に比べて非難・難詰の気持ちがかなり強い。従って、逆接的状況であっても非難すべき事柄ではない場合には、「（の）くせに」等は使えない。

s　隣のお嬢ちゃん、漢字がスラスラ読めるんですって。すごいわねえ。まだ三才なのに。

△t　隣のお嬢ちゃん、漢字がスラスラ読めるんですって。すごいわねえ。まだ三才のくせに〈のくせして〉。……やや問題あり

「のに」はsのようにほめる場合にも自然であるが、「(の)くせに」「(の)くせして」はほめる場合には使えない。tが成り立つとすれば、皮肉をこめて「すごいわねえ」と言う場合で、「まだ三才のくせにかわいげがない」とか「そんなに小さいうちから勉強なんてさせなくてもいいのに」とかいう非難めいた気持ちがこめられている。

⑤「(の)くせに」等は一人称の行為には使いにくいが、「のに」にその制約はない。

u　どうしてやめちゃうの。せっかく今までお互いにうまくやってきたのに。

×v　どうしてやめちゃうの。せっかく今までお互いにうまくやってきたくせに〈くせして〉。……不自然

w　どうしてやめちゃうの。せっかく今までうまくやってきたくせに〈くせして〉。

wでは、何ら断りがなくても「うまくやってきた」のは相手（二人称）の行為であることがわかる。vが不自然なのは、「お互いに」という語で「うまくやってきた」のを一人称の行為と限定してしまうからである。

8 (よ)うに／(よ)うが／まいに

「(よ)うに」は推量の助動詞「よう」「う」に接続助詞「に」がついたもので、過去の事実に反する仮定を行い、それが実現していた場合を想定して感動・後悔・不満などを表す。

○「姉が生きていてくれたら、どんなにか楽しかったろうに。」

○「もしもあの釣り船に乗っていたら、今ごろは死んでいたであろうに。」

また、現在の事態についての不満・疑問・哀れみなどの気持ちを表す用法もある。

○こんな日にわざわざ出かけなくてもいいだろうに。（J）
○でも、経営学ならほかにも専門家がいくらでもいるでしょうに。（J）
○「あのけがじゃ、かなりにいたかろうに。」
「(よ)うに」は、前節2の6（一五二ページ）で説明した「(よ)うが」とほぼ同じ文脈で用いられることが多いが、違いが二点ある。
①まず、聞き手に確認するかどうかの違いである。つまり、「(よ)うに」は感情の表明が主眼のため、必ずしも聞き手を必要とせず、独白でも可能である。それに対して、「(よ)うが」は念を押すことが主眼のため、感情表明だけにとどまらず、その上で必ず聞き手の存在を要求するのである。
a 今そんな仕事をしなくてもいいでしょうに。
b 今そんな仕事をしなくてもいいでしょうが。
c (君の言う通り) その企画を進めていたら、今頃失敗していたろうに。
d (君の言う通り) その企画を進めていたら、今頃失敗していたろうが。
b・dはa・cに比べて、聞き手を批難する気持ちがかなりあらわであることがわかる。
②過去の事実に反する仮定を行う用法の場合、過去の時点で意志的に選択できないような種類の事柄（自然現象・生理現象など不可抗力の事柄）を仮定することは、「(よ)うが」にはできない。これは、不可抗力の事柄が相手では聞き手の選択ミスを責める術がないからであろう。「(よ)うに」にその制約はない。
e 天気がよかったら、もっと楽しいドライブができたでしょうに。
△f 天気がよかったら、もっと楽しいドライブができたでしょうが。
g もし父さえ生きていてくれたら、こんな苦しい思いをしなくてすんだろうに。
△h もし父さえ生きていてくれたら、こんな苦しい思いをしなくてすんだろうが。

f・hはこのままでも文として成立するが、聞き手の非を責めるという「(よ)うが」本来の機能はここでは果たされていない。f・hの解釈は二通り考えられ、まず一つは、f「〜、もっと楽しいドライブができたでしょうけれども、……」、h「〜、こんな苦しい思いをしなくてすんだろうけれども、……」のように、「うが」を推量助動詞に逆接助詞が単に連接しただけの意味ととらえる方法である。もう一つは、それぞれが仮定している内容（f「天気がよかったら」h「もし父さえ生きていてくれたら」）に「なぜこだわるのか」と改めて問われた場合の返答として、f「だって天気がよかったら、もっと楽しいドライブができたと思うから。そう思わない？」、h「だって父さえ生きていてくれたら、こんな苦しい思いをしなくてすんだと思うから。そう思わない？」の意で相手に確認を求めているととらえる方法である。後者は、相手に理解・同意を求めて高圧的に念を押すという複合辞「(よ)うが」の機能に属するものとみなせるが、前者はもはや複合辞の範疇とは言えない。

▼なお、「(よ)うに」と関連して、打消推量「まい」に接続助詞「に」のついた「まいに」が用いられることもある。

○ブリトン家も、あまりニコニコ笑ってばかりはいられますまいに。これがかつて産業革命を世界に先がけて行なった国でしょうか。　　(黄)

○もしも救助隊の出動があと一分遅れていたら、その子は今頃生きてはいるまいに。

これは、〃〜ないでしょうに〃〃〜ないだろうに〃の意で、用法は「(よ)うに」と同様であるが、堅苦しい印象を与える。ここから類推すると、〃〜ないでしょうが〃〃〜ないだろうが〃の意で「(よ)うが」と同じ用法を持つ「まいが」の存在も可能であろう。

9 がな

終助詞「が」（接続助詞という説もある）＋終助詞「な」から成るもので、現状への不満、非難、反駁を表す。「がなあ」の形もある。
○「給料がもっと多いといいんだがな。」
○「この部屋がもう少し広いと使いみちもあるがなあ。」
この用法は、別項で述べる「願望」の用法と深く結びついている。↓一四二、一六七ページ「がな」

10 ときたら

不満・非難・自嘲などの気持ちを表すものである。本来は、ある事物を題目として取り立てる係助詞的機能を持つが、その述部が省略された形で終助詞的用法となっている。
○「いいんですよ、気になさらないで……本当に、おせっかいなんだから、あいつらときたら……」（砂）

↓五二ページ「ときたら」

11 (よ)うか

推量の助動詞「よう」「う」に疑問の終助詞「か」がついた形で、〝～だろうか、いいえ、そうではない〟という反語の意味を表す。
○赤ちゃんが声を限りに泣いているのを、どうしてそのまま放っておけようか。
○いざ地震が起こったら、人々はマニュアル通りの落ち着いた行動などとれるだろうか。
○が、極北をめざすことそのことが、どうして人間的現実の一機能でないことがあろうか。（助）
反語を表す「ものか」に比べると、話し手の主張を押し出す態度が弱いと言える。
a 果たしてそんなばかなことが本当に起こるはずがあろうか。
?b 果たしてそんなばかなことが本当に起こるはずがあるものか。……不自然
「ものか」のほうに否定意識が強いため、「果たして」と共起しにくいようである。

4　願望・勧誘を示す

がな／ないかな／ないか(い)／(よ)うか

1 がな／ないかな

「がな」は、終助詞「が」（接続助詞という説もある）＋終助詞「な」から成るもので、話し手の願望を詠嘆的に表す。「がなあ」の形で用いられることが多い。

○「あしたいい天気になればいいがなあ。」

○「両親にはこんな立派な邸宅に一度ぐらい住んでほしいがなあ。」

「ないかな」は、打消の助動詞「ない」に終助詞「か」「な」がついたもので、やはり話し手の願望を詠嘆的に表している。「ないかなあ」の形になることが多い。

○かんたんにスピードが出る方法をだれか教えてくれないかなあ。　（型Ⅰ）

○はやく休みにならないかなあ。　（I_2）

「ない」の代わりに、同じ打消の助動詞「ぬ」の変化形「ん」を用いた「んかな」の形もたまに見受けられるが、多少文語的である。

○「どうかならんかな。僕はもうたまらん、不愉快で。」　（多）

「がな」も「ないかな」もほぼ同じ文脈で用いられるが、接続の点で性質が異なる。

「がな」は「ばいい」「とよい」「てほしい」「てみたい」等の願望を示す表現を必ず受ける。これらはすべて形容詞型活用をする語であるから、「がな」は形容詞型活用（終止形）の願望表現を受けるとしてもよい。従って、動詞型活用の願望表現「たがる」や他の動詞・動詞型活用語は受けられないのである。

a　気候の良い所に行ってみたいがなあ。

△b 気候の良い所に行きたがるがなあ。

△c 気候の良い所に行くがなあ。

b・cは、〃普通だったら気候の良い所に行きたがる(行く)のに、この人はどうしてそうではないのだろう〃の意で、現状への不満・疑問を表している。「がな」が動詞・動詞型活用語を受ける時は、願望ではなく不満を表すことになる。↓一六五ページ「がな」

これに対し、「ないかな」は動詞・動詞型活用語の未然形を受ける。これは必然的に、「ばいい」「てほしい」等の形容詞型活用の願望表現を受けられないことを意味する。

△d 気候の良い所に行ってみたくないかなあ。

の「ない」は、形容詞型活用の助動詞「たい」を打ち消している形容詞の「ない」であって、「ないかな」の「ない」(助動詞)とは別物である。従ってdは、願望の「ないかな」の用例ではなく、自問・問いかけの「かな」の用例と考えるべきであろう。↓一四八ページ「かな」

また、「ないかな」は動詞型活用の願望表現「たがる」を受けることはできるから、

e 気候の良い所に行ってみたがらないかなあ。

は願望表現の用例として可能である。ただし、先のaは「自分が行く」ように願っている表現だが、eは「だれかが行きたいと思う」ように自分が願っている表現で、意味が全く異なる。

2 ないか(い)/(よ)うか

「ないか(い)」は打消の助動詞「ない」に終助詞「か」「い」がついたもの、「(よ)うか」は意志の助動詞「よう」「う」に終助詞「か」がついたものである。どちらも勧誘・提案を表すが、「ないか(い)」は相手の行為に、「(よ)うか」は自分の行為に重点が置かれる。そのため、相手と自分の両方の行為が想定されている場合はよいが、一方の行為だけに言及する場合には入れ換えができない。(第一、三例)

○「やれやれ、コーヒーいれてくれないか、君も飲みたいだろう」 (再)
○「もう一度だけ彼女に電話してみないか。」
○「だいじょうぶか。いっしょに行こうか。」 (型I)
○「明日は三時に待ち合わせようか。」
「ないかい」とすると、相手を強く促す意味になることがある。
○「おい、そんなに改まって居なくてもいいじゃないか。膝を崩さないかい、大事なズボンが傷むよ。」 (多)
「ないか」の丁寧体として「ませんか」(「ないか」は未然形接続、「ませんか」は連用形接続)、「(よ)うか」の丁寧体として「ましょうか」(「(よ)うか」は未然形接続、「ましょうか」は連用形接続)がある。
○新婚旅行はニュージーランドになさいませんか。きっと楽しんでいただけることと思います。 (型I)
○「さようでございますか。帰りましたら、こちらからお電話させましょうか。」 (早1)
○「あと二人来るはずです。」
「じゃ、もうちょっと待ちましょうか。」 (型I)

5 伝聞を示す

とのこと/ということ/だって/とやら

1 とのこと/ということ

「とのことだ」「ということだ」の形で助動詞的に用いられて伝聞を示す用法があるが、最後の「だ」を省いて「とのこと」「ということ」だけで文を終止することもある。ここではそのような場合を終助詞的用法と見て、助動詞的用法とは別に項目を立てた。「ということ」はあまり多くないが、「とのこと」は書き言葉でかなり頻繁に用いられ、文の終止はもちろん、手紙の返事などに「〜とのこと、……」の形で現れることが多い。↓二九三ページ「とのことだ／という(ことだ)」

○そちらではまた暑さがぶり返したと(か)いうこと。いかがお暮らしでしょうか。

○この度は……東京外国語大学に御入学なされたとのこと、ほんとうにおめでとうございます。（日Ⅱ）

○小出さんと米田さんは、前から婚約中と聞いていたが、いよいよめでたく挙式とのこと。（早1）

「ということ」「とのこと」は直接の引用という感じが強く、話し手の感情等のあまり含まれない中立的な用法と言える。

2 だって

指定の助動詞「だ」の終止形に副助詞「とて」のついた形「だとて」が音声的に変化したもの、または、引用の格助詞「と」から転じた終助詞「って」が断定の助動詞「だ」の終止形についたものと考えられている。引用句について終助詞的に用いられ、〝〜ということだ〟という伝聞の意を強く表すが、多くの場合、驚き・意外・非難といった話し手の気持ちがこめられている。

○「僕ぐらい頭のいい男はいないだろうだって。かなりうぬぼれているわね。」

○「隣の奥さんっていやみな人ね。お宅のお坊っちゃんはとてもおできになるそうですねだって。成績が悪いことぐらいとっくに知ってるくせに。」

同じ形式に見えるが、次の用例は、引用の格助詞「と」が変化した「って」の終助詞的用法である。

○「『子供の日』って祝日をつくったのは世界ではじめてだってね。」（助）

○「今の電話、会社の人からだけど、今から私に来てほしいんだって。」

次の二例を比較すればこの違いがはっきりする。

a 事故があったんだだって。

b　事故があったんだって。

bは、「事故があった」ことを伝え聞き、「んだ」で強調の意を加えた上で、「～っていうことです」と表現するところを「って」で言いさした、または、「事故があったんだ。」という誰かの言葉をそのまま引用して「って」で受け、他の人に伝えた、ともとれる。しかしいずれにしても、伝え聞いた内容に話し手自身の評価は加えず、なるべく直接的・客観的に伝達することを目指している。形態的には、この文から「だって」のみを切り離すことはできない。それに対してaは、「事故があったんだ。」という誰かの言葉を引用し、「言い訳がましいことを言って」と非難の気持ちをこめながら「だって」を用い、他の人に伝えた（この場合は他の人に伝えなくても――独白でも――よい）と考えられる。つまり、伝え聞いた内容に話し手自身の何らかの評価（非難・驚きなど）を加えて他に伝達する、といった極めて主観的な態度がうかがえる。形態的には、「だって」のみを完全に引用文から切り離すことができる。

「だって」は話し言葉でだけ使う表現で、丁寧体には「ですって」がある。

○「あの子ったら、僕の彼女は校内一の美人なんだですって。」

↓一五三ページ「だって」

3 とやら

格助詞「と」に副助詞「やら」がついた形で、〃とかいう(ことだ)〃の意で文末に置き、伝え聞いた事柄をぼかして表現するものである。話し手自身もよくわからないが、といった責任回避の態度とも言えよう。

○その後、彼はどこへともなく立ち去ってしまったとやら。

「とやら」のほうが「とか」よりも曖昧さが強調されるようである。

・その後、彼はどこへともなく立ち去ってしまったとか。

6 回想を示す

たっけ／だっけ

■たっけ／だっけ

「たっけ」は過去・完了の助動詞「た」に終助詞「け」がついたもので、活用語の連用形に接続する。「だっけ」は断定の助動詞「だ」に終助詞「け」がついたもので、体言や準体助詞「の」、形容動詞の語幹等に接続する。過去の事柄を詠嘆的に回想し確認するという機能を果たしている。

○あの砂の流れが、かつては繁栄した都市や大帝国をさえ、亡ぼし、呑みこんでしまったことがあったのだ。ローマ帝国の、たしか、サブラータと言ったっけ……それから、オマール・ハイヤムにうたわれている、なんとかいう町も……（砂）

○「ぼくの教え子にも大学を中退して国へ帰っちゃった学生がいるよ。友達といっしょに、牧場を経営するとか言ってたっけ。」（J）

○「ああ、そういえば、何とかっていう有名な経営学者が社長におさまったら会社が倒産しちゃったなんて話もありましたっけ。」（J）

○「細君巧くもないのに料理自慢だっけ。」（多）

↓一四九ページ「たっけ／だっけ」

7 適当を示す

ものか

■ものか

「(疑問詞＋)動詞＋(た)ものか」「形容詞＋ものか」の形で、この状況ではどうするのが一番よいか、思案するときに用いられる。動詞が過去形をとることが多いのは、仮想を表すからであろう。女性では「ものかしら」も使われる。

○それから先どういうふうに物語の結末をつけたらいいものか、わたくしにはまだ定案を得ない。(遷)

○もちろん本人の目的は京都観光にあるとしても、案内する暇がなく、どうしたものかと迷っております。(早2)

○「窓をいくつつけたものかと僕はひじょうに気をもんだことがあったっけ……」(牛)

○しかし、もうすこし書かせて下さい。でも、何を書いたものかしら？(美)

8　理由・根拠を示す

ものを／ことだ(し)

1 ものを

話し手が、過去・現在の自分や他人の行為・判断等に対し、理由・根拠を示して説明しながら、詠嘆的に文を言い切る用法である。順接条件(因果関係)を示す接続助詞的用法の「ものを」があり、そこから後件が省略されたと考えることができる。既に一語の終助詞とみなす辞書も多い。↓一〇四ページ「ものを」

(順接因果)

○「だってねエ、理想は食べられませんものを！」(牛)

○「さぞ今年の暮れを楽しみにしておよこしなすったろうネ」

「ハイ、指ばかり屈って居ると申してよこしましたが……」

「そうだろうてネ、可愛い息子さんの側へ来るんだものヲ。」(浮)

現代では、「を」を省略した「もの」の形で主に女性に用いられ、甘えた態度で不平を述べたり反駁したりするニュアンスとなっている。「もん」となることも多い。

○「結婚前はね、スパゲッティなど食べなかったのよ。おいしいんだけれど、肥るもとですもの。」（再）

○「どうして一人で行けないの。」

「だってこわいもん。」（型Ⅱ）

「ものを」「もの〈もん〉」共に、「だって」「でも」などの語が先行することが多い。↓一五八ページ「ものを」

2 ことだ(し)

理由・根拠を表す接続助詞「し」を伴って、先に述べた事柄に対する理由や根拠をつけ加えて示す。〝他にも理由はあるが、もう一つこんなことも考えられる〟といったニュアンスで追加するものである。変化形として「ことで(し)」「ことでもある(し)」等がある。

○「そんなら、いっそ、うちの子になってもらおうか。うちには、子供がいないことだし。」（日Ⅱ）

○日本には、きわめて古い建築は……数えるほどしか残っておりません。これを維持保存するには、大した費用もかかりますまい。日本では拝観料を取ることですし。（黄）

また、「ことだ」のみで終助詞的に用いられる場合は、因果関係が逆になり、理由が先に述べられ、事柄がすぐ後に来る。

○「これだけ当人も反省していることだ。どうだろう、許してやっては。」

なお、「ことだし」の形で接続助詞的に用いられることも多いが、他にも理由があることをほのめかすニュアンスが伴う。

○「七十歳もこえたことだし、そろそろ引退しようかと思っています。」

9　断定・強調を示す

というものだ

■というものだ

話し手の判断を断定・強調する用法だが、多分に感情的な判断・主張を押しつけるニュアンスがある。「というもんだ」「ってもんだ」等の変化形がある。

○たとえ、虫のかたちをかりてでも、ながく人々の記憶の中にとどまれるとすれば、努力のかいもあるというものだ。（砂）

○「ふん、あいつの眼が、こんな菫色じゃなくって仕合せというものだ。」（美）

○「できた事なら仕様が有りませんとは何の事たエ。それはお前さんあんまりというもんだ……」（浮）

○「おくさん見てごらんなさいよ、こんな箱じゃ命にかかわるってもんだ」（老）

F1の**5**（一四三ページ）で説明した詠嘆の「ものだ」と同様、否定形・過去形等の活用が存在せず固定的に用いられるため終助詞性と判断した。詠嘆の「ものだ」と意味的に似た側面もあるが、体言も用言も自由に受けられる点が特徴であろう。↓一九四ページ「ものだ」

助動詞と同様の働きをする表現

一　禁止を示す

てはいけない／てはならない／ことはいけない／ことはならない／てはだめ(だ)／たらだめ(だ)／べからず／ものではない

1 てはいけない／てはならない

「てはいけない」は活用語の連用形を受けて、ある動作・行為を禁止する意味を表す。文末に置かれて相手の行為を禁止する場合には、有無を言わせずに禁ずるという時だけでなく、〝その行為は好ましくない〟といった態度で相手の行為を認めようとしない時にも用いられる。文体によって、「てはいけません」「てはいかん」「ちゃいけません」「ちゃいけない」「ちゃいかん」等いろいろな形がある。

○「坊ちゃん、もう乱暴をしちゃいけませんよ。」（年）
○彼女は……寝返りを打ちながら、父もまだ無理をしてはいけないのにと心配を感じた。（伸）
○すると、隊長は、「動いてはいかん！」と言いました。（MⅡ）

ただ、この形は自分より目上に対しては用いにくい。目上の相手の行為を禁じたい場合には、依頼や提案の形で婉曲的に意志を伝えることが多い。

また、連体修飾として「てはいけない」が用いられる場合にも、文末の場合と同様に禁止・不許可を表すが、〝(当然)～すべきではない〟の意で用いられることも多い。

○彼女は、自分が触れてはいけないところに触れてしまったのに気づいたらしかった。（立）
○僧たちの間では、やってはいけないことがいくつか決められてあって……（中）

「てはならない」も、ある動作・行為を禁ずるが、義務感や責任感から当然そうするべきだと思われる事柄の場合に用いられる。従って、ある個人のある行為を取り上げて禁ずるというより、一般論として許されない行為、あるまじき行為を取り上げることが多い。そのせいか、連体修飾として用いられるとむしろ「当然（の否定）」のニュアンスが強まるため、禁止の意味の場合には文末に置かれるほうが自然である。文体によって、「てはなりません」「てはならぬ〈ん〉」「ちゃならない」「ちゃなりません」等の形をとることもある。

○武蔵野に散歩する人は、道に迷うことを苦にしてはならない。（武）

○（ローマ）政府は、遺跡保存のために莫大な予算を計上し、石ころ一つ動かしてはならぬ法律を作っているそうですけれど……（黄）

○「今、我々が気が付いたということを、相手に悟られてはならぬ。」（MⅡ）

○私たちは将来決して核戦争などを起こしてはなりません。

第二例は、「石ころ一つ動かしてはならぬという法律」とすべきところで、このままでは多少不自然である。また、最後の例のように、自分自身の行為に用いた場合は、決心・決意等の表明といった表現になる。

↓二一八ページ「て(は)ならない／てはいけない」

2 ことはいけない／ことはならない

共に活用語の連体形を受けて、ある動作・行為を禁止する意味を表す。「こと」によって動作・行為を概念化しているため、前項1の「てはいけない／てはならない」と違って、具体的現実場面での禁止は表しにくく、事前にいくつかの禁止項目を列挙したりする場合に用いられることが多い。「ことはならない」は「ことはいけない」に比べて、一般向けの禁止、義務・責任に基づいた当然の禁止を表すニュアンスが強いため、多少改まった印象を与える。丁寧体として「ことはいけません」「ことはなりません」がある。

○あなたの病状では、お酒を飲むこと、タバコを吸うこと、甘い物や塩辛い物を食べることは絶対にいけません。

○関係者以外はこの場所に入ることはならない。

3 てはだめ(だ)／たらだめ(だ)

共に活用語の連用形を受けて、ある動作・行為を禁止する意味を表す。1の「てはいけない」より口語的で少しやわらかい表現である。文体によって、「てはだめです」「ちゃだめだ」「ちゃだめです」「ちゃだめよ」「たらだめです」「たらだめよ」等となる。

○「あ、そこを開けてはだめ！」

○「このまま放って置いちゃだめだよ、おくさん」（老）

○「だから、頭の中で文を組み立てようとしたらだめですね。どこからでもいいからとにかく口に出す。」（早2）

なお、疑問形で相手の意向を尋ねる場合もある。

○「ねえ、叔父さんから、少しお金を借りては駄目かしら・・・」（立）

4 べからず

文語の助動詞「べし」の未然形「べから」に文語の助動詞「ず」の終止形がついた形で、活用語の終止形を受けて、ある動作・行為を禁止する意味を表す。連体格の用法として、「べから」に「ず」の連体形「ざる」のついた「べからざる」もあり、禁止の他に不可能を表すことができる。これらは、文語助動詞の単なる連接形式とも見られるが、現代語においては、「べからず」「べからざる」の形しか残存していない一種の慣用表現として、二語であるという意識は既に消滅していると考えられる。また、意味的にも禁止・不可能だけという限られた用法に過ぎず、「べし」が本来有する当然・適当・推量・意志等の否定の意味は、現代語では「べきで(は)ない」等の別の形で表している。つまり、文語文法では助動詞の単なる連接形式でしかなくても、現代語では独自の位置を占めている表現とみなし、「べからず」「べからざる」を特例的に複合辞の範疇に入れておいた。非常に堅い表現であるため、書き言葉で主に用いられるが、話し言葉で用いると、気取った印象を与える。「べからず」は特に警告したり注意を促したりする掲示・看板等に多く使われている。文語的で荘重な響きが人目を引きやすいためであろう。　（日Ⅱ）

○池の魚をとるべからず。

○言うべからざる暴言を吐いて聴衆の反感を買った。

○知るべからざる秘密を知ってしまい、一人思い悩んだ。

なお、「べからざる」が不可能を意味するのは、次のような場合である。

○会社には、担当者以外は知るべからざる機密というものが大なり小なりあるものだ。

5 ものではない

活用語の連体形を受けて、ある動作・行為を禁止する意味を表す。「ものだ」の否定形であるから、ある事柄の本性から導かれる当為を否定の形で示す用法（二〇七ページ「もので(は)ない」参照）に近く、これを一歩前進させると禁止になると考えられる。〃当然……してはならない〃〃……しては倫理・常識に反する〃といったニュアンスがこめられている。文体によって、「ものじゃない」「もんじゃない」「ものではありません」等の形が存在する。

○親の言いつけに逆らうものではない。

○「うるさいやつだ。男はそうべたべたするものじゃない。」

○人がまじめな話をしている時に、ニヤニヤ笑ったりするものじゃありません。　（MⅡ）

二　義務・当然・当為・必然・必要・勧告・主張、およびその否定を示す

1　義務・当然・当為・必然・必要・勧告・主張

なければならない／なくてはならない／ねばならぬ／なければいけない／なくてはいけない／なければだめ(だ)／なくてはだめ(だ)／べきだ／ざるを得ない／よりほか(は)ない／ものだ／わけだ／のだ／はずだ／ことだ／ことになる／にきまっている

1 なければならない／なくてはならない／ねばならぬ／なければいけない／なくてはいけない／なければだめ(だ)／なくてはだめ(だ)

これらは、〝そうする義務や責任がある〟〝そうするのがあたりまえだ〟〝当然そうなるはずだ〟などの意を表す。自分の意志で何かをするという決意はもちろん、他からの強制、周囲の状況によって何かをすることがあたりまえと見なされる場合、さらには、事物の本性や成り行きから何かが起こるのが当然または望ましいとされる場合まで、かなり広範囲に用いられる。形としても、過去形・丁寧体・会話体等、様様なバリエーションが現れている。

①動詞や動詞型活用の助動詞を受ける場合は未然形接続である。(この場合、「なけれ」「なく」は助動詞である)

「なければならない」について変化形を主に用例を挙げると、次のようになる。

○歴史の浅い職業は、妻子を養わなければならない男性が飛び込むには、勇気が要るからではないか。（早2）

○「ところがお母さん、私、この二十日お友達と逆立ち競争をしなければならなくなったの。まけた方が紅茶をおごらなければならないの。」（愛）

○体温を調節するために、心臓その他の器官が普通以上に働かなければならず、からだに余計な負担がかかるからであろう。（MⅡ）

○また、公共の施設や備品をなくしたり、こわしたりした時にはべんしょうしなければなりません。（I_1）

○手紙には必ず候文を用いなければならなかった時代なので、そのころの女は……文字を知らなくとも、おのずから候べく候の調子を思い出したものらしい。（遷）

○船を出すには一番鳥が鳴きわたる時刻まで待ってからにしなければならぬ。（生）

○「そんなにまでして、どうしてこんな部落にしがみついていなけりゃならないのさ？　さっぱりわけが分らんね！」（砂）

○「たとえてみればそんなものなんで、理想に従えば芋ばかし食っていなきゃァならない。」（牛）

「なくてはならない」の用例は同様に、

○全くうっかりしていると、始終なぐられてばかりいなくてはならない。（み）

○すぐに戦闘の用意にかからなくてはなりません。（MⅡ）

○僕の武蔵野の範囲の中には東京がある。しかしこれはむろん省かなくてはならぬ。（武）

○父は改めて母のない子たちの教育へも眼を向けなくてはならなかった。（み）

○「学者の本流にいたら、専門の本を出すにも、まだ早すぎはしないかと、ボスやら先輩の顔色をうかがわなくちゃなりませんけれど。」（再）

「ねばならぬ」の用例は、

○きみはわかるか、余計者もこの世に断じて生きねばならぬ。（X）

○「世が世ならラ・ボエティ街の毛皮屋からでも直送させねばならんところだが、現在はどうもそういかん。」（夜）

○やがて二年の第二学期になり、卒論まがいのレポートをまとめねばならなくなった時、由希子が彼をたずねる回数は多くなった。（立）

○たまたま描いて貰えるにしても、一切の構図と費用とを彼の望むがままにして、その上堪え難い針先の苦痛を、一と月も二た月もこらえねばならなかった。（刺）

また、打消推量の助動詞「まい」を用いた次のような表現も見られる。

○詩人は己れの詩作を観察しつつ詩作しなければなるまい。（様）

○今度の脳の組織標本はうんと薄く切らねばならない。ゲフリールで切るよりやはりパラフィン固定でやらねばなるまいな、と彼は考えていた。（夜）

○「生意気言うと喧嘩するぞ」

○「売られた喧嘩は買わずばなるまい」（愛）

「なければいけない」については、

○「世の中のことには、必ず原因と結果があるのです。それを探求しなければいけません。」（I_2）

○「なぜ、こんな遠くから通わなきゃいかんのかと思うのですよ。」（型Ⅱ）

「なくてはいけない」については、

○弟は私を「ねえさんと呼ばなくてはいけない」と命令された。（み）

○「お父さん、あした抜かなくっちゃいけないっていうのよ。この歯。」（遷）

この他、「ねばいけない」「ないㄑんㄑといけない」等の形も存在する。

○書かねばいけません。(I₁)

○こういうときは、とかく体の調子がくずれやすくなるので、気をつけないといけません。(早1)

○「今夜坊様を連れて来たのだから、たくさんご馳走をしてもらわんといけませんぞ」(少)

以上のような、動詞および動詞型活用の助動詞を受ける場合、動作性のものであれば、決意・強制された行為など、義務・責任を表すことが多い。それに対して、状態性の動詞を受ける場合は、本性や成り行きからそうなることが当然、必要、望ましいなどとみなされる状況（必然的帰結）に言及することが多い。

○砂に浮べる船は、もっとちがった性質をもっていなければならないのだ。(砂)

○「さあこれでよし！と。今晩は一つお礼にうんとお父さんにご馳走にあづからなくちゃならないね。」(伸)

○人は誰でも好きなことをしてのんびりしている時をもたなくてはいけない。(み)

○身代が朽ち木のようにがっくりと折れ倒れるのはありがちと言わなければならない。(生)

最後の例は、動詞「言う」の実質的意味をすでに失った表現で、〝当然〟のニュアンスで、ある事実を強く肯定する場合によく用いられる。なお、動詞「ある」の場合は「あらなければならない」とはならず、

○語ろうとする何物も持たぬ時でも、聞いてくれる友はなければならぬ。(X)

○「わたしの敵は、ほかになければなりません。」(日Ⅱ)

となり、助動詞的用法の域を出ることになる。

②先の①動詞型活用の助動詞を受ける場合は未然形接続であったが、形容詞・形容動詞や「名詞＋だ」を受ける場合は連用形接続である。(この場合、「なけれ」「なく」は形容詞とみなされる。)状態性のものを受けるから、本性や成り行きなどによってそういう状態であることが当然、または必要、さらには望まし

い、といった必然的帰結を表すことになる。
○このバルザック個人における理論と実践との論理関係はまたマルクス個人にとっても同様でなければならない。（様）
○昔人間がそうであったからといって、現在そうでなければならない根拠は少しもないのである。（夫）
○（朝子は）七足のスリッパを作りあげた。……二足は自分たち夫婦のものだから、客をする場合は五人以下でなければならなかった。（魔）
○当時、文部省は、「小学校教員心得」を通達して、教員は政治に対して中立でなければならぬと言い出した。（MⅡ）
○次に、星は、適度な大きさのものでなくてはいけない。（日Ⅱ）
③これまで述べた義務・当然の表現として、「なければならない」「なくてはならない」「ねばならぬ」等の「ならない」系統と、「なければいけない」「なくてはいけない」「ねばいかん」等の「いけない」系統の二つの形式があった。これら二つの系統の違いについては、一般に、「ならない」系は〝義務〟を、「いけない」系は〝必要〟を表すと言われている。〈注〉つまり、「ならない」系は、法律・規則・道徳・慣習などによって義務づけられていて、個人の意志で取捨選択する余地が全くない事柄を表す場合や、個人的な問題でも、自分の意志で勝手に変更することが許されない事柄、状況からみて必然的と考えられる事柄を表す場合に用いられる。一方「いけない」系は、個々の状況や立場に照らして、最も必要とされる事柄、最も望ましいと思われる事柄を表しているが、これを受け取った相手（行為者）がどのように行動するかは、行為者自身の判断に任された感がある。
　しかしながら、実際には両者はかなり同義的に用いられているようである。従って、両者の違いという意味ではむしろ、直接相手に向けられている勧告か否かという点に着目すべきであろう。次の例は、同作

品同場面において、同じ看護婦が発した言葉である。

○「今度は私がいてさしあげます。この方もお寝みなさらなけりゃなりませんですからね。」（伸）

○「そうそう、いいお嬢さんですね。おやすみなさらなけりゃいけませんよ。」（伸）

前の例は、ずっと病人のつき添いをして疲れている「この方」が、その体調からいってそろそろ休むべきであることを、看護婦が第三者に対して告げているもの、後の例は、「お嬢さん」本人に対して看護婦が、休むことを勧告しているものである。「いけない」系統は、このように相手に対して直接ある行為を要求する場合が多く、言い換えれば、責任の賦課意識が強い表現である。ただ、それを行うか否かは行為者自身の判断である。「ならない」系統は直接相手に向けられるよりも、人間一般や第三者、および自分の行為に言及する場合が多い。人間一般・第三者に対しては、事柄の本性・常識などから当然そうすることが要求されるという義務・制約を、自分に対しては、そのようにする必要があるという義務感を示すわけである。

○なんだって人間というものはこんなしがない苦労をして生きてゆかなければならないのだろう。（生）

○われわれは、イギリスの没落から学ばなければならない。（黄）

○だけどきみはどうしても来てくれなくてはいけない。（X）

○「民や、そんな気の弱いことを思ってはいけない。決してそんなことはないから、しっかりしなくてはいけないと、あなたのお母さんがいいましたら……」（野）

ただし、「いけない」系統の責任賦課が自分自身に向けられることも稀にあり、その場合は、「絶対にそうしなければいけない」という強い意志を伴った責任表現となる。

○彼女たちが来ないうちに、私はこの村をさっさと立ち去ってしまった方がいい。そうしなくっちゃいけない。——そう自分で自分に言って聞かせるようにしながら……。（美）

④「なければだめ（だ）」「なくてはだめ（だ）」は話し言葉で用いられ、義務・当然等の意を示すが、「いけ

ない」系統に近い表現と言えよう。

○「あなたは思い切って正直にならなければだめですよ。」（硝）

○「しかし、商品を売るだけじゃ古い。これからのデパートは、商品よりサービスを売らなきゃだめです。」（早1）

○「つゆあけはまだでしょうか。」

「ああ、まだ七月のはじめだから、もうしばらくはしんぼうしなくちゃだめでしょうね。」（J）

これらは、「いけない」系統に見られた相手に対する責任賦課と類似しており、対聞き手意識で述べられたものである。また、自分自身に対する責任賦課で〝絶対にそうしなければいけない〟という強い意志を示す用法もある。

○(独白）近いうちにサトウが来るから、そうしたら今後のことを決めようといってくれたのだが。いやいや、もっとのんびりしなければ駄目だ。退院が二三日早くなろうが遅くなろうが、これまでの月日にくらべれば何でもないことではないか。（夜）

⑤「ならない」「いけない」「だめだ」を省略して、「なければ」「なくては」「ねば」だけでも、話し言葉では義務・当然等の意を示すことができる。「なけりゃ」「なきゃ」「なくちゃ」などとなることも多い。

○私はナイフがほしかったけれど、ゆるされなかった。友達は切りだしを持って来て見せびらかした。……姉は自分のナイフをくれるといったが、切りだしでなければといい張った。（み）

○「あ、もう五時だ。すぐ帰らなきゃ。」

○「あら、また五十点なの。あんた、もうちょっとしっかり勉強しなくちゃ。」

〈注〉阪田雪子・倉持保男『教師用日本語教育ハンドブック④　文法Ⅱ』（国際交流基金、一九八〇年）六三～六六ページ

2 べきだ／なければならない

「べきだ」は活用語の終止形を受けて義務・当然の意を表す。助動詞の単なる連接形式ではあるが、文語の残存形態に口語が連接するという特殊な構造で、意味的にも義務・当然を形式ばったニュアンスで表現するという独特の存在であるため、複合辞の中に含めた。

○悪いことをしたのは君だから、あやまるべきだ。（日Ⅱ）

○日本的なよさもさることながら、海外に出る日本人は、その国の習慣にすなおに従うべきですね。そうしないと、気ばかりあせって、ノイローゼになってしまいますよ。（早2）

○水の上には、水の性質にしたがって船をうかべるべきなのだ。（砂）

○神戸市の実験を一歩進め、テレビの暴力が子供たちの攻撃性にどんな影響を与えるか、の検証を試みるべきだろう。（MⅡ）

「べきだ」は事物の本性、ものの道理などから、〝そうするのが当然だ〟という判断を下すもので、前項の「なければならない」と類似した面を持つ。これらの違いとしては、以下の三点が考えられる。

①「なければならない」が実際の行動を制約する意味を持つのに対し、「べきだ」は、実際にどう行動するのか、実行が可能なのかどうかは別として、規範としてのあり方、いわば建て前を述べている点が特徴的である。従って、

○こういう場合（＝わきから割り込んで電車に乗ってしまう人があるとき）は、「横から割り込んではいけません。」と抗議を申し込むべきである。（日Ⅱ）

○「やっぱり考古学っていうのは歴史学の補助的な立場を貫き通すべきだと思うんですけど、つい欲が出てしまうんですね。」（J）

のように一般論としての判断を示すにとどまり、現実にはなかなか実行できないというニュアンスが伴う

ことも多い。

a　責任上、ここに残るべきだとは思うのだが、急用ですぐ帰らなければならない。

では、「ここに残る」のが責任上当然で、望ましいあり方であるが、現実には「急用」によって「すぐ帰る」ことを強制されている。ここで、「残るべきだ」は「残らなければならない」と置き換えられるが、「帰らなければならない」は「帰るべきだ」と置き換えることはできない。また、

b　寮則では夜十二時に消灯しなければならないが、試験期間中には延長を認めるべきだ。

では、「夜十二時に消灯する」のは「寮則」による強制であるが、「延長を認める」のは望ましいあり方であって必ずしもそうし「なければならない」わけではない。現実には「認められていない」ことを不満に感じているのである。これを、

c　寮則では夜十二時に消灯するべきだが、試験期間中には延長を認めなければならない。

と置き換えると、「寮則」の強制力が弱まり、「延長を認める」ことが必然的で、かつ実際に行われているというように内容が変化してしまう。

②過去形「なければならなかった」は、ある行動や態度をとることを義務・当然と判断したのが過去の時点であることを示す。実際にそのように行動したか否かに制約は及ばず、どちらでも可能である。

d　先週中に原稿を書き上げなければならなかった。（それで毎晩徹夜をして何とか仕上げた。）

e　先週中に原稿を書き上げなければならなかった。（でも毎晩徹夜をしたのにとうとう間に合わなかった。）

ところが過去形「べきだった」は、話し手が現在の視点から過去を回想して、その時点である行動や態度をとることが最も望ましかったと判断するものである。従って、実際にはそのような行動や態度をとらなかったことに対して反省・後悔を表明する場合が多い。

f　先週中に原稿を書き上げるべきだった。（なまけてしまって完成できなかったのが残念だ。）
「べきだった」で過去の行動を肯定的に再確認する場合も稀にあるが、あくまでも現在の視点から述べられている点が「なければならない」とは異なる。
g　やはりあの時は、あれくらいのことは言うべきだったんだよ。
これは、次のhにかなり近づいていると言えよう。
h　やはりあの時は、あれくらいのことは言ってよかったんだよ。　→二二九ページ「ていい」

③当然の意を示す場合、人間の意志によって行われる当然さには「べきだ」も「なければならない」も用いられるが、意志を超えた事態を表すには「なければならない」のほうが自然である。
i　十日前に頼んだのだから、今頃は修理を終わらせているべきなのに、一体何をしているのだろう。
j　十日前に頼んだのだから、今頃は修理を終わらせていなければならないのに、一体何をしているのだろう。
?k　十日前に頼んだのだから、今頃は修理が終わっているべきなのに、一体何をしているのだろう。
l　十日前に頼んだのだから、今頃は修理が終わっていなければならないのに、一体何をしているのだろう。
m　十日前に頼んだのだから、今頃は修理が終わっているはずなのに、一体何をしているのだろう。
これは、「はずだ」の用法とも近い。

3 ざるを得ない／よりほか(は)ない

「ざるを得ない」は活用語の未然形を受けて、必然的にある結論に到達するという話し手の判断を示す表現である。「なければならない」の用法と一部重なるが、「ざるを得ない」は、その結論が話し手の意図に反するものであるという含みがあり、〃いやいや〃〃やむを得ず〃〃心ならずも〃といった消極的なニュアンスを伴っている。〃どうしてもしないわけにはいかない〃の意である。

○風邪ぎみなので出かけたくないが、責任者としては行かざるをえないだろう。（J）

○社会は己れを保持するために、一種非人間的な組織を持たざるを得ないし……（X）

○結局、ツェラーはうなずかざるを得なかった。……彼はすっかりうちのめされていて、短い猪首を前にふるのがやっとだった。（夜）

また、「ざるを得ない」には、〃好むと好まざるとにかかわらずそう判断するしかない〃という気持ちで断定を下す、

○この統計を見てもわかるように、たばこは人体に有害だと言わざるをえない。（J）

のような用法や、無意志的・自発的で抑制のきかない状態を表す、

○砂に対する関心も、いやがうえにも高まらざるを得ない。（砂）

のような用法もあるが、それぞれ別項で詳しく述べることにする。↓二四八ページ「ざるを得ない」（自然成立・自発）

「よりほか(は)ない」は活用語の連体形を受けて、事の必然性からみて可能な手段や方法があるものに限られることを示す表現で、一部「ざるを得ない」の用法と重なる。〃仕方なく〃〃心ならずも〃という気持ちを伴った、

○「どうも今更しかたも無い、何も天命と思い切るより外は無いのだ。」（多）

や、無意志的・自発的な心情を表す、

○そんなはでな暮らしをした昔もあったのかと思うと、私はいよいよ夢のような心持ちになるよりほかはない。（硝）

は、「ざるを得ない」との入れ換えが可能である。
しかし、手段・方法ではなく、ある事情のもとで〝……しないわけにはいかない〟ことを表すような場合は「よりほか(は)ない」は使いにくい。
a 外は暴風雨だが、家に電話が来るので、十時までに帰らざるを得ない。
?b 外は暴風雨だが、家に電話が来るので、十時までに帰るよりほかはない。……不自然
c 今日外出したことを親に知られないようにするためには、十時までに帰るよりほかはない。〈手段・方法〉
また、次例は接続の関係で「ざるを得ない」との入れ換えはできない。
○そうなっては、僕が家にいないより外はない。（野）
↓二八三ページ「よりほか(は)ない」

4 ものだ

活用語の連体形を受けて、本性・当為などを述べる表現である。「ものである」「ものだった」「ものです」「もんです」「もんだ」「もので」等の変化形がある。↓二〇七ページ「もので(は)ない」
①ある存在や事柄について、その本性・本質・習性などを述べる。
○「人間の足は塩辛い酸っぱい味がするものだ。」（年）
○睡眠中は、とかく汗をかきやすいものだ。（砂）
○「海上御無事だったことは何より嬉しく思います。心配すると切りのないものです。」（愛）
○世の中って、正直な人が損をするもんですよ。（J）
○普通桜の実は大抵成熟しないうちに落ちてしまうものである。（み）
○女は一度、自分の前に男が欲望をむき出しにすれば、それだけでタカをくってしまうものなのだろ

う。　（再）

○「買えないとなると余計に読みたくなるもので……」　（型Ⅰ）

②ある事柄の本性から、さらに理想的なあり方を述べることによって、当為を主張する。「べきだ」との置き換えが可能で、〃こうすべきだ〃〃こうあるべきだ〃という意味になる。

○「あまり遅くならない方がいいだろう。お母さんの気持にもなって上げるものだ。」　（愛）

○自分のへやのそうじは自分でするものです。　（日Ⅱ）

○子供は九時には寝るものです。　（I_2）

③既に起こった事象・事件・状況などについて、その原因・背景・成り行きなどを解説する用法で、説明文に多く見受けられる。

○（徳川幕府は）女の役者の出演を禁止してしまったので、それ以後、やむをえず役者はすべて男ということになり、女に扮装する、いわゆる女形、おやまの演技が極度に洗練されて、かえって女優ではとうていまねが出来ないほどの発達を遂げたものです。　（MⅡ）

○ほかに恐ろしいものはいくらでもありそうなのに、わざわざ「おやじ」を持ち出したのはどういうことだろう。単に七五調の調子を整えるためだとも、とり合わせの妙をねらったものだともとれる。　（J）

④「ようなものだ」「みたいなものだ」の形で、〃ある事態をひと言でたとえて言うと、このように性格づけることができる〃と比喩的に述べる用法である。実質名詞「もの」の用法に近い。

○「ショーンはあなたがたを知って、人生を決めたようなものだわ。」　（魔）

○「本当に早く半年たつといいのですね。」
「本当にどんなに嬉しいでしょう。その喜びを百倍するために西洋へ行くようなものです。」　（愛）

○「給料をつめると、こっち(＝雑費や編集費)がふくらむのは、物理的原理みたいなもんだな。」　（再）

○まるで天然の要害のなかに住んでいるようなものである。（砂）

○「そこが違いますわ。大阪人は、相手によって大阪弁と東京弁を使い分けとるんやけど。」

「それは偉いですね。バイリンガル、つまり、二か国語できるようなもので……」（早2）

5 わけだ

活用語の連体形を受けて、当然・必然・納得などを述べる表現である。「わけである」「わけだった」「わけです」「わけで」等の変化形がある。

①既成の事実や成り行き、道理などから必然的にある結論が導き出されることを表す。

○時差が四時間あるから、日本時間のちょうど正午に着くわけだ。（型Ⅱ）

○相手に対して敬意をいだくからこそ、相手に関係のあるものならば、人間以外のものについても敬語を使うわけです。（MⅡ）

○さかなは時間がたつにつれて鮮度が落ち、商品価値が下がっていく。そのため輸送に特別の経費がかさみ、各段階で負担する危険もけっして少なくない。それらがまた、さかなの値段に加わるわけである。（早1）

○運動場は一まわりが二十歩ほどだったから、（千五百歩以上歩いたということは）およそ七十回ほどまわるわけだった。（中）

これらは、「ことになる」との言い換えが可能である。↓二〇五ページ「ことになる」

a 時差が四時間あるから、日本時間のちょうど正午に着くことになる。

②ある結果に至った事柄について、そうなったのが当然だととらえる話し手の態度を表す。

○こうして二人は結婚して、幸せに暮らしたわけです。（型Ⅱ）

○六世紀ごろになって漢字をどんどん学ぶ様になり、やがて日本語が表わせる様に漢字を工夫して「古

事記」「万葉集」などを作って来たわけです。（MⅡ）

○姉はお茶の稽古にやらされ……無論お宗匠の処へ行ったって物笑いの種など蒔くようなことはないから、姉の稽古は上々に滑り出したわけである。（み）

○当時の日本の知識階級の人たちは、漢字を学び漢字を読んで理解しようとしていましたが、元々性質の違う中国語で日本語を表わそうとすると、無理が出てくるわけで、そこで、日本固有の事柄や日本人特有の考え方や趣味を表わす国字が作られて来ました。（MⅡ）

③ある事柄について、別の観点から見るとこのような言い方ができる、このような意味にもとれる、ということを表す。〃言い換えると……〃〃要するに……〃ぐらいの気持ちである。

○肝心のハンミョウ属には、一匹もお目にかかれずじまい。しかし、だからこそ、明日の戦果がたのしみだとも言えるわけだが……（砂）

○一人前の大人になって、いまさら昆虫採集などという役にも立たないことに熱中できるのは、それ自体がすでに精神の欠陥を示す証拠だというわけだ。（砂）

○いくらいっしょうけんめいに主張しても、証拠がなければだめです。印はその時の助けになるわけです。（I_2）

○「叔父が来ないかと言うので、官費、いや叔父費でゆくわけです。」（愛）

なかには、その事実に何か特別な意味があることを示唆する次例のような用法もある。

○現在、スイスとオーストリアは永世中立国となっているが、スイスはその「中立」を厳密に解釈して国連に加盟していない。……ところが、同じ永世中立国のオーストリアは国連に加盟している。こちらは、国連加盟と永世中立は矛盾しないと解釈しているのだ。「この問題は、国連憲章制定の時にも問題となった。その時の結論では、国連加盟と永世中立とは両立しないとのことだった。その後に、

オーストリアの問題が出て来たわけだ。……」と、国際法学者、入江啓四郎氏は言っている。（MⅡ）

④既成の事実や既定の事柄を再確認するニュアンスで用いる。前置き的にしたり、次に述べる事柄の理由を示す文脈で用いたりすることもある。「のだ」で言い換えることができる。

○二時の新幹線に乗るわけだから、五時には大阪につくでしょう。（型Ⅱ）

○僕はその後も野々村の妹に時々あったわけだが、記憶に一番よくのこっているのはその二度である。（愛）

○「わたしは国史を専門にしているわけですが、わたしのような文献を扱う者の立場からすれば、もっと史料を大切にすべきではないかと思うんです。」（J）

○「いやあ、あなたもいらしたわけですな、あの頃」と、パリ占領当時の回想を長々しゃべった末に彼は言った。（夜）

○村の者の荷船に便乗する訳でもう船は来ている。（野）

⑤ある事実について、どうしてそうなのか疑問に思っていたところ、その答えとなるような他の事実を知って納得した、という状況を表す。事の真相を知って、現状が当然の帰結であったと悟る場合である。

○「こっちの子供たちが泳ぎが上手なわけだわ。お腹にいるときから泳いでるんですもの。」（魔）

○「一人でこうしていれば全く気楽だな。結婚なんか全くばからしくなるわけだな。」（濹）

○「あかないわけです。かぎが違っているのですから。」（J）

この用法の場合、「はずだ」と言い換えることができる。

・「あかないはずです。かぎが違っているのですから。」

6 のだ

活用語の連体形を受ける。前接の叙述（一般に文の形式をとっているもの）を「の」によって一度体言化した後、改めて「だ」で肯定的に断定する働きである。これは、事実を単に客観的に描写するのではなく、疑いのない事実として確認したものを提示する役割を果たすことになる。従って、実際の文脈の中では、原因・理由の説明、結果の説明、納得、事実の強調、判断の主張など、様々な意味で用いられる。形式的にも多岐にわたり、基本形「のだ」の他に、「のです」「のである」「のであります」「んだ」「んです」等があり、またそれぞれについて過去形・推量形・疑問形が存在する。

①ある結論を導いた原因・理由を説明する。

○「いくつね、歳は？」……「十一だ。」……「よく知っていますね。」「母上（おっか）さんに教わったのだ。」（春）

○「アンナは一度も見舞にこない。どうしているのだろうか？　それにしたって一度も来ないのは医者が禁じているにちがいないんだ。」（夜）

○若い人が外来語を好むのは、それなりの理由があるからにほかならないのである。（早2）

○しめたと思って勢いよく引き上げました。ところが、その瞬間、糸がぷつんと切れました。ずい分大きい魚だったのです。（I_2）

○だんだん気心が知れて見れば、別にどうしようと云う腹があるのではなく、唯人（ただ）に可笑（おか）しがられるのを楽しみにするお人好なのですから、「桜井さん」「桜井さん」と親しんで来ます。（鞘）

②ある前提から必然的に導かれる結論を主張する。

○「己（おれ）はお前をほんとうの美しい女にする為めに、刺青の中へ己の魂をうち込んだのだ、もう今からは日本国中に、お前に優（まさ）る女は居ない。」（刺）

○「堕落？　堕落たア高い所から低い所へ落ちたことだろう、僕は幸いにして最初から高い所にいないからそんなみっともないことはしないんだ！」（牛）

○かたくなだった私は、父の生命とひきかえのようにして、ようようすべての子は父の愛子（いとしこ）であるとい

うことがわかったのであった。 （み）

○この重大な過失の犯人は、全くおぼえがなくても、どうもわたしということになるらしいのでした。 （黄）

○いわゆる「新感覚派文学運動」なるものは、観念の崩壊によって現われたのであって、崩壊を捕えたことによって現われたのではない。 （様）

③①の原因・理由の説明と、②の結論の主張が同時に用いられているもの。

○「君なんかは主義で馬鈴薯を食ったのだ、すきで食ったのじゃアない、だから牛肉に餓えたのだ……」 （牛）

○「乱暴でも何でもかまわない。一時姿をくらますんだな。そうすれば決裂の糸口がつくだろうと思うんだ。」 （遷）

○「実は、私は、今年、授業がないのです。イタリア語は二年続けてやると一年休み。イタリア近世史は一年おき。それで今年はその両方がないんです。それで大学から許可をもらって、一年、イタリアに行ってこようと思ってるんです。」 （再）

○明は結婚がそんなものだと言い切ってはいけないとは思ったが、今の則子はそんな形で荘田と結婚できないことを諦らめようとしているのだから、それに同意してやるより仕方がないのだった。 （再）

④ある事実を知らせることで話題を提供し、それを前提に話を展開させようとするもの。

○このように、科学の進歩については、二通りの見方があったのだが、今日、わたしたちは、ラッセルの心配したようなことを、心配しなければならないのではあるまいか。 （中）

○「イヤ至極おもしろいんだ、何かの話のぐあいでわれわれの人生観を話すことになってね、まア聞いていたまえ名論卓説、こんこんとして尽きずだから。」 （牛）

○ともかく、僕は僕の少年の時の悲哀（かなしみ）の一つを語ってみようと思うのである。（少）
○「もうけるのは大阪に限りますね。それで、おもしろいことを聞いたんです。物を買うとき、ねぎるかどうかですが、大阪人は必ずねぎる。」（早2）
○彼は、口では、由希子を置いてほしいという直輔の申し出をはっきりと断わったのだったが、しかし、心のうちは、その言葉ほどに、すっきりと割切れてはいなかった。（立）
この用法の「のだ」は、既成の事実、既定の事柄を再確認して前置き的に用いる「わけだ」と近く、相互に入れ換えが可能である。→5わけだ④（一九八ページ）
⑤話し手がある事実にはじめて気づいたり、ある事柄について納得したりすることを表す。独白的な表現の中で用いられることが多い。
○だが孝策は、そういう時、決って、心の何処か片隅で、ああ俺は、快いと思っているのだなと意識してしまい……（立）
○顧みれば川上はすでに靄（もや）にかくれて、舟はいつしか入江に入っているのである。（少）
○不思議な事には、森の中から、一つの歌の声が上がったのです。明るい、高い声で、熱烈な思いを込めた調子で、「はにゅうの宿」を歌っているのです。（MⅡ）
○「小川さん、山口さんと三浦くんが結婚するそうですよ。」
「ああ、やっぱり噂は本当だったんですね。」（型Ⅱ）
○ふと気づくと、そこいらへんの感じが、それまでとは何んだかすっかり変ってしまっているのだ。私の知らぬ間に、そこいら一面には、夏らしい匂いが漂い出しているのだった。（美）
⑥事実の強調、判断の主張を示す。相手を納得させようとする気持ちが強い場合には命令に近くなる。
○民さんは野菊の中へ葬られたのだ。僕はようやく少し落着いて人々と共に墓場を辞した。（野）

○「お前はもう今までのような臆病な心は持っていないのだ。男と云う男は、皆なお前の肥料になるのだ。」　（刺）

○「誰にもあんたをここに閉じこめておく権利なんてありはしないんだ！……さあ、すぐに誰かを呼ぶんだ！ここを出て行くんだ！」　（砂）

○玄関をあけっぱなしにしたことを怒る奥さんの興奮したわめき声の中から、

「わたしは、この家の中で、何事も起こってもらいたくないのです！」

という言葉がききとれました。　（黄）

○三人共、学校が始まったら、勉強するんですよ。　（MⅡ）

⑦疑問形で、ある結論に至るまでの事情や原因・理由などを問うものである。「なぜ」「どうして」等と共に用いられることも多い。驚き・非難・疑いその他の感情を伴いやすい。

○「民さんは何のことを言うんだろう。先に生れたから年が多い、十七年育ったから十七になったのじゃないか。十七だから何で情ないのですか。僕だって、さ来年になれば十七歳さ。」　（野）

○派出所の巡査は入り口に立ったまま、「今時分、どこから来たんだ。」と尋問に取りかかった。　（遷）

○「あなたの雑誌へ出すために撮る写真は笑わなくってはいけないのでしょう。」　（硝）

○こんな国宝級の建物の中で、飲んだり食ったり踊ったりの、陽気な宴会ができるとは。……石の建造物は火災の心配がないからいいのでしょうか。　（黄）

○「おや、坊ちゃんは此処にいらっしゃるんですか。まあお召物を台なしに遊ばして何をなすっていらっしゃるんですねえ。どうして又こんな穢い所でばかりお遊びになるんでしょう。」　（年）

7 **はずだ（／わけだ）**

「はずだ」は、活用語の場合は連体形を受け、名詞の場合は「の」を介して接続して、必然・推定・納得などを述べる表現である。「はずである」「はずだった」「はずです」「はずで」等の変化形がある。
①自然の道理やそれまでの事情などから必然的にある結論が導き出されることを表す。
○少なくとも相手が医者である以上わかってくれる筈(はず)だ。　(夜)
○「帰りの船もきめてしまった。あと百四十三日で神戸につくはずだ。」　(愛)
○私が確かにあそこに置いたのだから、あそこにあるはずだ。もう一度見てください。　(日Ⅱ)
○会議は明日のはずだ。　(I_2)
○この漢字はもう習ったから、読めるはずです。　(MⅡ)
○時によって、場合によって、客によって、もてなし方が違うはずである。　(日Ⅱ)
「わけだ」が前提からの論理的帰結を示して断定する表現であるのに対し、「はずだ」は未知の帰結を推論する表現である。どちらも主観的判断ではあるが、「はずだ」のほうが話し手の主観をより色濃く反映する。従って「はずだ」は、何らかの客観的事実をもとにしているとはいえ、あくまでも自分の推論ではそうなるというニュアンスが強く、予測実現への期待感や相手も同意させようとする気持ちを伴うことが多い。「はずだ」については、六「推量・推測・推定」(二五五ページ)で改めて述べることにする。
②ある事実や条件から必然的に導き出された結論が現状と食い違っている場合を表す。その真相が未知の段階であれば①の用法であるが、既知となった現実が先の結論(予想)と食い違うところに、〝こんなはずではない〟〝予想や約束と違う〟といった不審・不可解の念が生まれるのである。従って、
a　彼の成績はもっといいはずだ。
と言った場合、いつもの彼の成績から推測して〝もっといいに違いない〟と予想するだけなら①の用法となる。それが、実際に彼の成績がかなり悪くて、予想と現実にずれが生じていれば、〝彼の成績はもっといいはずなのに、おかしいな〟という不審を表す②の用法となる。もちろん、未来の例には使えない。

○しかし荘田の妻になる女が内田則子でないのを知って、オヤと思った。彼女は荘田の恋人だったはずだ。（再）

○多くの流行病は、終りに近いほど病毒が軽微になる筈なのに、今年の感冒は逆であった。（伸）

○子供の教育も本来なら主婦の仕事のはずだが、その主婦労働の外注が細分化され、新しい需要を作り出しているのである。（早2）

○百合と同じ魔力が朝子にあるとすれば、朝子がヴィクトリアに声をかけた瞬間、鶏はこと切れるはずであった。（魔）

○家がどうしても必要なのなら、差当りは社宅で我慢もできたはずであった。社宅を好まぬのは、いわば彼の趣味の問題にしか過ぎなかった。（立）

③ある事実について、どうしてそうなのか疑問に思っていたところ、その答えとなるような他の事実を知って納得した、という状況を表す。事の真相を知って、現状が当然の帰結であったと悟る場合である。

○「道理で寒いはずだ。外は雪が降っているもの。」

○「もっとも変わるはずですね、考えてみると、もうやがて三十年にもなろうというんですから。」（硝）

○私もおそらくこういう（＝おれは大丈夫だという）人の気分で、比較的平気にしていられるのだろう。それもそのはずである。死ぬまではたれしも生きているのだから。（硝）

○民子は死ぬのが本望だといったか、そういったか……家の母があんなに身を責めて泣かれるのも、そのはずであった。（野）

この用法の場合、「わけだ」と言い換えても意味は変わらないが、第三、四例のように指示詞「その」を受ける場合は「そのわけである」などとなって不自然である。なお、「はずだ」の場合も「その」以外の指示詞を受けることはできない。

b　道理で寒いわけだ。外は雪が降っているもの。

8 ことだ／ものだ

「ことだ」は活用語の連体形を受けて、特定の相手に対する勧告・忠告・要求・主張を表す。〝……することが肝腎だ〟の意で、何かのためにそうすることが必要、または当然という話し手の判断を示している。

○病院にいる間は仕事のことなどさっぱり忘れて、十分に休養することだ。

○字を覚えたいと思うなら、まず本を読むことです。

「だ」を省略した形も掲示等によく見られる。

○この芝生でボール遊びをしないこと。

「ものだ」の当為の用法との違いは、次のように考えることができる。「ものだ」は、人間の意志とは無関係に外在する対象を中心に把握するため、話し手の自由な評価や判断を超えた一般論としての当為を主張する。従って、自然の傾向、社会的慣習、常識、習性などに基づくことが多い。ところが「ことだ」は、人間中心の対象把握が基本にあるため、その行為や事態・事柄などに対しての話し手自身の個別的な意見・意向を提出することになる。どのような主張をするかは話し手の自由に任されているのである。次例はこの点を明らかにしている。

○「単語がわからない時はすぐ辞書で調べるものだとよく言われるが、そうではなくて、文の前後関係から意味を判断する練習をすることだ。それが英語力をつけるコツだよ。」

↓一九四ページ「ものだ」、一四三ページ「ことだ／ものだ」

9 ことになる

活用語の連体形を受けて、既成の事実や成り行き、道理などから必然的にある結論が導き出されることを表す。「わけだ」との言い換えが可能だが、「わけだ」と違って主観的な要素が少なく、前提から必然的帰結へという推論そのものを非常に客観的に述べる表現である。丁寧体や過去形もある。

○今ここで働いている工員は約千人だが、この工場は一日三交替制だから、実際にはもっと大ぜいの工員がいることになる。(J)

○「もう一ヶ月もおそく上陸しようものなら、こんな素晴らしい歴史的光景なんか一生見られなかったことになる。——機会だ。平野君のおかげですよ——」(伸)

○独身ならば毎夜のように遊びに行っても一向不審はないという事になる。(遷)

○見物席の間をぬって左右に二本の道が通っているので、ここでしぐさをする役者は、見物人のまっただ中で芝居をすることになります。(MⅡ)

○「あなたと山田さんとはどんなご関係ですか。」

「あの人は私の父の弟の子供です。」

「ああ、それじゃ、あなたたちはいとこ同士ということになりますね。」(J)

○佐々の帰国すべき時が追々近づいて来る。伸子は独りのこるならのこるように身の振り方を決めて置かなければならないことになった。(伸)

10 にきまっている

活用語の連体形(形容動詞の場合は語幹)や体言を受け、必然・当然を表す。〝必ず〜する〟〝当然〜である〟〝きっと〜だ〟といった意味である。過去形・丁寧体や「にきまってる」の形もある。

○「こんなに天気が良いのだから、一人で留守番なんかしているよりお使いに行った方がいいにきまっているじゃない。」

○「熱が三十八度もあるのに旅行に行こうなんて無理にきまっています。」

○下町へ行こうと思って、日和下駄などをはいて出ようものなら、きっとひどい目にあうにきまっていた。

○「そりゃね、よく撮れるにきまってるよ、明け方の不忍池だもの……」（硝）

2 否定形による当為等・当為等の否定・不必要

ものでは(は)ない／わけではない／わけにはいかない／わけがない／はずがない／ことはない／て(は)ならない／てはいけない／べきで(は)ない／べくもない／どころではない／とは限らない／には及ばない／までもない

❶ ものでは(は)ない

活用語の連体形を受けて、否定の形で本性・当為などを述べる表現である。「ものではありません」「ものじゃない」「もんじゃありません」等の変化形がある。↓二〇五ページ「ものだ」

①ある存在や事柄について、受ける語句を否定することによって、その本性・本質・習性などを述べる。

○生まれたばかりのときは誰もそう美しいものではないが、私はことさら美しくなかったそうである。（み）

○（留守番電話というのは）かけてきた電話の相手にテープの声で、用件だけ言ってください、録音します、というあれ。とっさにいわれても、要領よく話せるものではない。（早2）

○天気は私たちの思うとおりになってくれるものではありません。（日Ⅱ）

○「とうてい知れないことはいかにしても知れるもんでない……」（牛）

○「そんなときは、もう、いくら砂掻きなんかしたって、とても追いつくもんじゃありません。」（砂）

「〜ないものだ」と比較すると、

a 生まれたばかりの赤ちゃんは美しくないものだ。

b　生まれたばかりの赤ちゃんは美しいものではない。

の場合、aは「生まれたばかりの赤ちゃんは美しくない」ということが本性として一般に知られていることを表し、bは、「一般に、またはあなたは、生まれたばかりの赤ちゃんが美しいものだと思っているようだが、実はそうではない」という意味で、一般に信じられていることを否定して事柄の本性を明らかにしているのである。

②受ける語句を否定することによって、ある事柄の理想的なあり方を述べ、当為を主張する。〝べきでない〟の意である。

○むろん、砂地の虫は、形も小さく、地味である。だが、一人前の採集マニアともなれば、蝶やトンボなどに、目をくれたりするものでない。（砂）

○「小さいことにそんなにけちをつけるものじゃない。今日はおめでたい日なんだから。」（み）

○「文ちゃん、どろぼうだなんていわれて黙っているもんじゃないよっ。」（日Ⅱ）

○冬アルプスへ一人で登るものではありません。

→二二〇ページ「べきで(は)ない」

2 わけではない

活用語の連体形を受けて、必然の否定などを述べる表現である。「わけでもない」「わけではありません」「わけじゃない」等の変化形がある。

①ある事実から必然的に導き出される結論を想像し、それを否定する。ある事実を知った聞き手がそのように推論するであろうと話し手が想像し、その推論を否定する言い方である。

○ヨーロッパの音楽コンクール入賞も、女性が圧倒的に多い。しかし、男性の天才もいないわけではない。（早2）

○ある一つのことがらを漢語で表わすことも、和語で表わすこともできるが、両者がまったく同じだというわけではない。（中）

○音楽は音を材料とする芸術ですが、自然の中に存在している音を残らず使う(という)わけではありません。（MⅡ）

○「どこでもいいから、要するに、砂を掘ればいいんだね？」
「どこでもってわけじゃないけど……」（砂）

○しかし、物体の振動が空気の波となっても、すべてが音として知覚されるわけではなくて、一定の限界がある。（MⅡ）

これらの例では、前提となる事実が先に言われ、そのあとで推論を否定する「わけではない」が出てくるが、次例のようにその順序が逆になることもある。

○フランス語がそれほど上手なわけではないが、一年間のパリ生活で特に困ることもなかった。（J）

また、次例のように、前提となる事実がなくて既定の事柄を再確認する場合でも、〝予想に反して〟といった推論否定のニュアンスを伴いやすい。

○「狭いアパートに、子供ひとりで大人ふたりなんですもの。安心して遊びに出せる公園がある訳でもないし。せめてもう少し広いところで、のびのび育てたいわ。」（立）

○会社に運転手は二人いたが、明はそれほど出歩く訳でもないから、谷口は明の係ではあっても、ほかの社員を乗せた車を運転することもある。（再）

ここで、「～しないわけだ」と比較すると、

a　彼女は別にあの人のことが好きではないわけだ。

b　彼女は別にあの人のことが好きなわけではない。

の場合、aは、それまでの彼女の言動などから判断して必然的に「あの人のことが好きではない」と結論づけて言ったものである。しかしbは、彼女の言動などを見ると「あの人のことが好きな」ように思えるが、実際はそうでないということ、または、「好き」というほどではない、「好き」と言っては語弊があるといったニュアンスを伝えている。後者のようなニュアンスを表現する場合は、

c 彼女は別にあの人のことが好きなわけではない。ただ尊敬しているだけだ。

のように対立する語句を提示することが多い。さらに、「という」をつけて

○別にあの人がいやだというわけではありませんが、好きでもありません。（MⅡ）

のように婉曲的に〃（どちらかというと）いやだ〃という気持ちを述べる方法もよく用いられる。これは、「ということではない」と言い換えられる。

②極端な例を挙げて否定し、現実がそれよりも程度の軽い、対応しやすい状況であることを示唆する用法である。

○砂の中に腕をつっこみ、かきまぜる。砂は無抵抗にくずれ、流れおちた。しかし、針をさがしているわけではないのだから、一度ためして駄目なら、何度くりかえしたって、同じことだ。（砂）

○郷に入っては郷に従えというものの、海外旅行は移住するわけではない。我々だけがアチラ流の風習に右へならえせねばならぬ必要は無いはずだ。（MⅡ）

○どんな会社でも、年がら年じゅう忙しいわけではない。（早2）

○たかだか砂が相手じゃないか。そうとも、べつに鉄格子を破ろうなどと、無理難題をふっかけられているわけじゃない。（砂）

○「すこし漏ってるだけなのよ、長いこと放りっぱなしにしてたけど、べつに上がり湯がすっかりなくなっちゃうわけじゃないし……」（老）

③「……ない〈ぬ〉わけではない」という二重否定の形を取ることによって消極的にその事実を肯定する態度を示す。〃ある程度はそうであるが〃という控えめの肯定ゆえ、多くは逆接の表現を伴って後の語句にかかっていく。

○思想というものは、風呂敷のようなもので、なんでもいっしょごたにつつむのに便利である。私も批評を書いている以上、この便利を知らぬわけではないのだが、私を感動させる種々さまざまの傑作の数が増加すればするほど、この便利のはかなさも骨身にこたえるのである。（現）

○男性に負けずに働く作家、学者などの中には結婚しても旧姓を続ける者がいないわけではないが、それとて戸籍面ではおとなしく改姓している。（早2）

○彼もこの事件に責任を感じていないわけではなかろうから、何か対策を考えていてくれるだろう。（J）

3 わけにはいかない

活用語の連体形を受けて、不可能を示す表現である。「わけにはゆかない」「わけにはいきません」「わけにはいかなかった」「わけにもゆかなかった」「わけにはまいりますまい」等の変化形がある。

①ある事実から考えて当然すべきだと思われる事柄を想像し、それを否定する。〃当然そうすべきだし、そうしたいと思うのだが、そうできない事情がある〃という不可能を表明する気持ちで、当然の結末へと進むことが社会的・法律的・道徳的・心理的などの理由でさえぎられる時や、思い通りに事が運ばない時に用いられる。「わけではない」の場合は、否定する内容が、事実から導かれる必然的帰結であったが、「わけにはいかない」の場合は、事実から導かれる当為である点が異なっている。

○自分で編集するとはいっても、吉川との交渉があるし、ほかの者に一切介入させないという訳にはいかない。（再）

○「向こうの突き当たりが明いているそうです。だけれど今夜は事務所のおばさんがいないんですとさ。」
「じゃ、借りるわけには行(ゆ)かないな。今夜は。」 (遷)

○「しかし、これじゃまるで、砂搔きするためにだけ生きているようなものじゃないか!」
「だって、夜逃げするわけにもいきませんしねえ……」 (砂)

○彼の心を惹きつける程の皮膚と骨組みとを持つ人でなければ、彼の刺青を購(あがな)う訳には行かなかった。 (刺)

○「今日お出でか明日はお出でかと、実は家じゅうがお待ち申したのですからどうぞ……」
そう言われては僕も帰る訳にゆかず、母もそう言ったのに気がついて座敷へ上った。 (野)

○水質汚染も進む、空気の汚れもひどくなって、都会へ出て来た若い労働力の健康がむしばまれていく現状を無視するわけにはいかなくなったのである。 (J)

○そして勉を大野の家へ住まわすわけにはゆくまい、うちは室がたくさん空いているし、あたしの方が親類の縁が近いんだから、と附け加えた。 (夫)

②「ないわけにはいかない」という二重否定の形で、「なければならない」「ざるを得ない」などと同意の義務・当然・必然を表す。→二二八ページ「わけに(は)いかない」

○母が病気だと聞けば、心配しないわけにはいきません。 (MⅡ)

○金があったらと思わないわけにはゆかなかったが、しかしそれだけ立派になって金では買えない喜びを得て見せるという気がした。 (愛)

○ふたりは別れてから今会うまでの間にはさまっている過去という不思議なものを顧みないわけにはい

かなかった。（硝）

○信一が又こんな事を云い出したので、私は薄気味悪かったが、仙吉が「やりましょう」と云うから承知しない訳にも行かなかった。（年）

○でも、あれ（＝円形競技場）が一度消滅すれば、二度と取戻せない貴重な過去の文化遺産であるとすれば、国としては保存しないわけにはまいりますまい。（黄）

4 わけがない／はずがない

活用語の連体形を受けて、〃理由がない〃〃道理がない〃の意で、ある事態の起こる可能性が全くないことを示す。本来、〃ある必然的帰結を導くような前提はどこにもない〃という意味なのだが、実際には、もっと強く必然的帰結を否定する心理になっている。つまり、〃ある帰結にはならないと考えるのに充分な根拠（前提）がある〃と一歩進めてとらえることができよう。「わけが〈は〉ない」も「はずが〈は〉ない」もほぼ同義で、それぞれ、「わけもない」「わけがありません」「わけがなかった」、「はずもない」「はずがありません」「はずがなかった」等の変化形を持つ。

「わけが〈は〉ない」の用例は、

○「社員の管理人が本当のことというわけがないじゃないの。」（老）

○「皆の前をはって歩くだけでもいいじゃないか。出来ないというわけはない。」（愛）

○明は内分泌などという英語を知る訳もないがホルモンという単語を手がかりに、ピエトロが言おうとしていることに見当をつけた。（再）

○「失礼ながらあなたの年や教育や学問で、そうきちんと片付けられるわけがありません。」（硝）

○私が説明したのだから、彼がそれを知らないわけはありません。（J）

「はずが〈は〉ない」の用例は、

○人家の立て込んでいる所だから、静かなはずがない。（日Ⅱ）
○この頼みとする思想にもまたごく少数の人々にしか明かされないその精髄というものがないはずはない。（X）
○母でもいたら決してこれですむ筈のないのが、仲子にはよく判っていた。（仲）
○「母国語で自分の考えをしっかり述べられない人が、外国語でよく話せるようになるはずがありませんよ。」（早2）
○いくつかの邸宅は、すでに国の保護を受け、修理され、無料で一般の見学に公開されていますが、政府にも、全部の邸宅の面倒が見きれるはずはありません。これらの邸宅の持ち主にも、もちろん維持できるはずはありません。なにしろ、莫大なお金がかかるようなのです。（黄）
○買い物らしい買い物はたいてい神楽坂まで出る例になっていたので、そうした必要にならされた私にさした苦痛のあるはずもなかったが……（硝）
○無論女の媚態の意味なぞ、男にいちいちわかるはずはなく、恋する男は結局自分の情熱より指針はないわけであるが……（夫）
また、「はずもない」「わけもない」を一文の中で並列させている例として、次のようなものもある。
○「お互いに体裁のいい事ばかり言い合っていては、いつまでたったって、啓発されるはずも、利益を受けるわけもないのです。」（硝）
なお、ここで、「〜ないわけだ／〜ないはずだ」系と「〜わけがない／〜はずがない」系との違いについて述べておこう。
a　彼は試合に出ないわけだ。
b　彼は試合に出ないはずだ。

c　彼は試合に出るわけがない。

d　彼は試合に出るはずがない。

両系とも「わけだ」「はずだ」を否定する表現ではあるが、その否定の構造が異なる。「〜ないわけだ／〜ないはずだ」系は、「わけだ／はずだ」が包み込んでいる事柄そのものを否定する形で、a・bで言えば、「彼は試合に出る」という事柄を否定した上で「わけだ／はずだ」で包み込む形をとっている。従って、a・bは、ある事実を知ってそこから必然的にある否定的結論（ここでは「試合に出ない」こと）に達することを主張または推定する表現となり、「彼は足をけがしてしまった。それでは試合に出ないと考えるのが当然であろう」といった発想を示すことになる。この場合「試合に出ない」のは推定であるから、出る可能性がまだ多少はあると見てよい。

一方、「〜わけがない／〜はずがない」系は、「わけだ／はずだ」の必然的帰結の主張・推定自体を否定する形式で、c・dで言えば、「彼は試合に出る」という事柄はそのままで、それを包み込む主張・推定のほうを全面的に打ち消す形をとっている。従って、ある結論（ここでは「試合に出る」）を導くような事実や根拠はどこにもないということで、その結論成立の可能性を強く否定する表現となり、「彼は足をけがしてしまった。それでは、試合に出ると考える道理は全くない、いや、試合には決して出ないだろう」といった発想を示すことになる。この場合は、「試合に出る」可能性は皆無の意識である。

また、両系共に、後で理由や原因を知らされて現在の結果の意味を納得するという用法を持つが、「〜わけがない／〜はずがない」系のほうが、現状を納得し更に肯定する意識が強いようである。a・bは、「なんだ、それなら試合に出ていなくてもおかしくない」程度の発想だが、c・dは、「なんだ、それなら試合に出ていなくて当然だ。むしろ試合に出ていたらおかしい」といった発想を含んでいる。

5 ことはない

活用語の連体形を受けて、不必要・全面否定等を表す。「こともない」「ことはありません」「ことはあるまい」等の変化形がある。

①〝何かのことをする必要はない〟という意味を表す。

○「大学教授ったって、近ごろじゃツクダ煮にするくらいいるんだから、有難がることはないさ。」（再）

○何も取柄のない貧乏素町人の娘を貰うことはない、という気があったらしい。（み）

○「あれは全体課長が悪いサ、自分が不条理な事を言い付けながら、何にもあんなに頭ごなしにいうこともない。」（浮）

○そんなに心配することはありませんよ。（J）

○しかし、そういうこと（＝日本語における敬語のように表現法にかかわること）ならば、どんな言語にもつきまとうむずかしさで、これも、そう取り立てることも無かろうと思います。（MⅡ）

○「いやいや、なにもそんな面倒することはあるまいさ」（砂）

②〝はずはない〟〝わけはない〟の意で、ある事態の起こる可能性が全くないことを示す。

○「私にはわかりませんわ。」

「わからないことはないじゃないか。」（愛）

○「いやにしたところが、苦い丸薬をのむようなものさ。そのくらいの辛抱の出来ないことはあるまい。（多）

③〝ある事態は決して起こらない〟という全面否定を表す。「ことがない」の形もある。

○ある情熱はある情熱を追放する、しかしいかなる形態の情熱もこの地球の外に追われることはない。（様）

○（日本家屋の場合には）居間のソファ、食堂のテーブル、寝室のベッド、そういう持ち運び不便な大きな家具によってへやを特徴づけることがない。（早1）

○シャワーの下へ引摺られて行く生前のミノを思って、朝子は息苦しい気分になった。……もうミノと浴室で騒いで叱られることもない。（魔）

○一刻も止むことの無い新陳代謝（エネルギーの変換）が体内で行なわれる。（MⅡ）

○「それに、耐久消費材と違って、割りばしは一回ごとに捨て去る消耗品。需要がなくなるということがありません。」（早2）

○朝子たちは、こういった集り（＝年越の集りなど）では、話題に困ることはなかった。（魔）

○（鑑真は）ふたたび、故郷の唐へ帰ることもなく、十年ほどたってから、その寺で一生を終わりました。（中）

○「帝大の文科に入って得た一番の獲物は最高学府という名に少しも驚くことがなくなった点である。」（愛）

この用法の「ことはない」は①②の用法と比べて複合辞性が低いため、「ことは」と「ない」の間に修飾語がはいりやすい。

○「ねえ、うちの応接間ね。あそこ、お客さんが見えることはめったにないし……」（立）

④「ないへぬ〉ことはない」という二重否定の形で、〃たまには〜する〃〃多少は〜である〃などの部分的肯定（逆に言うと部分否定）を表す。

○「忠君愛国だってなんだって牛肉と両立しないことはない……」（牛）

○結婚通知の最後につつましく書き添える花よめの旧姓は、日本女性の従順さの表れと言えないこともない。（早2）

○けれども、こんな海苔巻のようなものが夏になると、あの透明な翅(はね)をした蛾になるのかと想像すると、なんだか可愛らしい気もしないことはありません。（美）

○ふいと庭のほうへ顔をそむけてしまった。それは人をばかにした仕打ちとも思えば思われないことはなかった。（生）

○若いものばかりの独身寮の生活は、まだしも気軽で、それなり楽しくないこともなかったのだが……（立）

○これまでにも可愛らしいと思わぬことはなかったが、今日はしみじみとその美しさが身にしみた。（野）

6 て(は)ならない／てはいけない

活用語の連用形を受けて、〃そうしないのが当然だ〃〃そうしないはずだ〃〃そうしないのがよい〃という当為の否定を表す。連体修飾として用いられる場合が多く、逆に文末に置かれた場合は、むしろ禁止の意味を帯びやすい。→一七九ページ「てはいけない／てはならない」

○起ってはならないことが起ったのが事実である以上、ヴィクトリアが自分を責め苛(さいな)むのは当然のことであった。（魔）

○このことに関連して見のがしてならないのは、川端の生い立ちであり、それがきわめて不幸なものであったために、ときには若い川端をひねくれ者にさせていたことである。（早2）

○明は結婚がそんなもの（＝ウソと義理でかためたもの）だと言い切ってはいけないとは思ったが、今の則子はそんな形で荘田と結婚できないことを諦めようとしているのだから、それに同意してやるより仕方がないのだった。（再）

○もっとも、植物といっても、（火星の植物は）わたしたちが毎日見ているような植物を考えてはいけ

ない。（日Ⅱ）

○（星は）大すぎてもいけない。（日Ⅱ）

「て(は)ならない」は常識などから考えて当然あるべきでない行為・状態を一般論として取り上げる意識が強い。それに対し「てはいけない」は、個々の状況・立場などから考えて当然あるべきでないと判断した行為・状態を取り上げており、その判断はきわめて主観的で、時には個人の思いこみとしか言えないような例も見られる。

形容詞「ない」を受けた「なくて(は)ならない」の形は、〃ないべきではない〃という原義から、〃ないと困る〃〃必要である〃〃不可欠である〃の意を表す。

○この硫黄からつくられる硫酸は現代の工業にとってはなくてはならない物質です。（中）

○（桜井は）「あの男と遊ぶと、座敷が賑やかで面白い。」と、遊び仲間の連中に喜ばれ、酒の席にはなくてならない人物でした。（幇）

また、形容動詞や「名詞＋だ」を受ける場合は、「で」で終わる連用形に「はならない／はいけない」をつけることになる。「であってはならない」の形もよく用いられる。

○他人と接する時は、いくら自分で体調が悪くても、不機嫌ではならないと思います。

○やり手のセールスマンはむしろ聞き上手だという。客の信用を得るには、あまりおしゃべりな人ではいけないらしい。

○人の上に立つ人は傲慢であってはならない。

なお、これらの用法の場合、相手（聞き手）に直接向けられた禁止などと違って、説明的な叙述の中で用いられることが多いため、丁寧体・会話体は少ない。

7 べきで(は)ない／べくもない

「べきで(は)ない」は義務・当然を表す「べきだ」の否定形で、道理・本性などから考えて、〝そうするのはいけない〟という判断を示す。↓一九〇ページ「べきだ」

○入学の資格のない者に入学の許可をあたえるべきではない。（日Ⅱ）

○一度ぐらいの失敗であきらめるべきではない。（J）

○林にすわっていて日の光のもっとも美しさを感ずるのは、春の末より夏の初めであるが、それは今ここに書くべきでない。（武）

「べくもない」は、〝～する方法がない〟〝～する余地もない〟〝～しようにもとてもできない〟の意で、希望するある事態の起こる可能性が全くないことを示す表現である。「～できるわけがない」「～できるはずがない」と言い換えられるが、「望む」「知る」等、話し手の希望を表す類の動詞しか受けることができない。

○わたしがこれから破格の出世をしようなんて望むべくもないことだ。

○会社の上層部が考えている経営戦略など、我々平社員には知るべくもない。

○彼が相手では、まるで大人に子供がかかっていくようで、勝つべくもない。

8 どころではない

活用語の連体形や体言を受けて、強い否定を表す。ある事柄を否定することによって、それよりも程度の重い、または大切な事柄に注目させる働きがある。「どころではありません」「どころじゃない」等の変化形がある。

○（佃は）容貌にしろ、それは美しき男性という範疇から遠いどころではない、燈火の反映の下で見たより一層陰気であった。（伸）

○宿題が多いので遊びに出るどころではないのです。夜もろくに寝ていないのです。（I_2）

○「へえ高田を知ってるのかい。」
「知ってるどころじゃございません。始終徳、徳、ってひいきにしてくだすったもんです。」（硝）

○「エー今はなかなか婚姻どころじゃアないから……」（浮）

○しかし、流子の舅・姑が一人は病気、一人は怪我で入院すると、嫁である彼女はその看病に忙殺されて、絵どころではなくなる。（再）

第四、五例のように体言を受けている場合は、何か他の大切な事柄のために〝そんなことにはかまっていられない〟〝そんなことに心を向ける余裕はない〟の意となる。

また、「～どころの話ではない」の形で「どころではない」と同じ意味を表すこともある。

○あした試験があって、遊ぶどころの話ではない。（MⅡ）

○博士の未来図が現実のものになれば、アメリカの穀物輸入量をふやすふやさないどころの話ではない。（MⅡ）

9 とは限らない

活用語の終止形や体言等を受けて、〝……とは断定できない〟〝……とは決まっていない〟といった当然の否定の意味を表し、それと反対の動作・作用が生じる可能性をにおわせている。「とも限らない」「とは限りません」等の変化形がある。

○「あなたは彼女を信じているようですが、彼女が必ずしも約束を守るとは限らないと考えたことはありませんか。」

○「たといあなたが平気でいても、相手が平気でいない場合がないとも限らないじゃありませんか。」（硝）

○貴族のニュースは、良いニュースばかりとは限りません。（黄）

10 には及ばない／までもない

「には及ばない」は活用語の連体形および体言、「までもない」は活用語の連体形を受けて、"〜しなくてもいい" "そこまでする必要はない" の意を表す。「にも及ばない」「には及びません」「にも及ぶまい」「には及ばず」、「までもありません」「までもなかった」「までもなく」等の変化形がある。

○「本当は御精進なのでございますけれど、姻家の奥様がそれには及ばないとおっしゃって……」（多）

○されば君もし、一つの小径を行き、たちまち三条に分かるる所に出たなら困るに及ばない、君の杖を立ててその倒れたほうに行きたまえ。（武）

○「しかし決して御心配なさるには及びませんよ。極めて軽微な兆候が現れたばかりですし……」（伸）

○日陰に住む女たちが世を忍ぶ後ろ暗い男に対する時、恐れもせず、必ず親密と愛憐との心を起こす事は、夥多の実例に徴して深く説明するにも及ぶまい。（濹）

○男女平等は実現されたか、などと大げさな問題を持ち出すまでもない。日本はやはり男性の天下である。（早2）

○（わたくしは）毎夜電車の乗り降りのみならず、かの里へ入り込んでからも、夜店のにぎわう表通りは言うまでもない。路地の小径も人の多い時には、前後左右に気を配って歩かなければならない。（濹）

○自分は港々で母と夏子に手紙をかいたが、夏子の方が長い手紙になるのは言う迄もなかった。（愛）

○老人にしわよせがいく事は、今のような現実を目のあたりにするまでもなく、つとに予期されていた事なのである。（型Ⅱ）

○乾いて暑く、明たちが歩く地面もチョークの粉のように乾き……それ以上に体内の水分がどんどん空気に吸収されてゆくのを明は意識した。汗は、流れるまでもなく蒸発してしまう。（再）

また、「〜までのこともない」の形で「までもない」と同じ意味を表すこともある。

○教科書を見ればわかるわけですから、わざわざ説明するまでのこともないと思います。

「には及ばない」「までもない」は共に不必要を表し、相互に入れ換えられることが多いが、微妙な違いがあることも確かである。

①「には及ばない」は体言を受けられるが、「までもない」は受けられない。

a　礼には及ばない。

×b　礼までもない。……不成立

c　「駅までお送りします。」

「いいえ、それには及びません。」

×d　「駅までお送りします。」

「いいえ、それまでもありません。」……不成立

②「までもない」の中止法「までもなく」が多用されるのに比べて、「には及ばない」の中止法「には及ばず」は文語的で、使用頻度も低い。

e　確かめるまでもなく、それは明白な事実である。

f　確かめるには及ばず、それは明白な事実である。

③g　その本は図書館で借りれば十分です。自分で買うには及びません。

h　その本は自分で買うまでもありません。図書館で借りれば十分です。

g・hでわかるように、程度の軽い事柄〈ア〉（ここでは「図書館で本を借りること」）とそれより程度の重い事柄〈イ〉（ここでは「自分で本を買うこと」）の二つを取り上げる場合、「には及ばない」には〈ア〉↓〈イ〉の方向性があり、〈ア〉で十分で〈イ〉の程度にまで及ぶ必要はないという意識がある。それに

対し、「までもない」には〈イ〉→〈ア〉の方向性があり、ともかく〈イ〉の程度は必要ないが、その前段階である〈ア〉くらいまではしてほしいという意識がある。もちろん、実際にはこの区別は曖昧で、二つはほとんど同様に用いられ、g・hの入れ換えも可能であるが、表現の根底には、このような事柄のとらえ方の方向性の違いがあると見てよい。次の二例を比較してみよう。

i　母親の死因についてなら、末の娘には話すには及ばない。

j　母親の死因についてなら、末の娘には話すまでもない。

jは、〈イ〉→〈ア〉の方向性で、〝母親の死因についてなら、末の娘に今さら改めて話す必要はない(〈イ〉)〟なぜなら、〝末の娘は既に死因について知っている(〈ア〉)〟から、という意味になる。iは、〈ア〉→〈イ〉の方向性が基盤にあることから二つの解釈が可能になる。一つは、〝末の娘は母親の死因について知っている(〈ア〉)〟から、〝今さら改めて死因について話す必要はない(〈イ〉)〟という、jと意味的には同じ解釈であり、もう一つは、〝母親の死因について上の娘たちには話す必要がある(〈ア〉)〟が、〝まだ幼い末の娘にまで話す必要はない(〈イ〉)〟という、iにしか成立しない解釈である。後者こそ、「には及ばない」独自の用法と言える。すなわち、「不必要」には二種類あり、一つは、〝わざわざそうする必要もないくらい、既にある事柄が自明の事になっているから、そうすることにあまり意味はない〟という場合、もう一つは、〝そうすることが必要とされる状況ではない、そこまでしてはかえって良くない〟という場合である。「までもない」は前者の用法、「には及ばない」は前・後者両方の用法を持っていることになる。

三　可能・不可能を示す

ことができる／ことができない／こともならない／て(は)いられない／わけに(は)いかない

「ことが〈の・は・も〉できる」は活用語の連体形を受けて可能を表す。可能の助動詞「れる・られる」や可能動詞を用いた場合と意味的には大差ないが、多少強調されるようである。過去形や丁寧体も使われる。

1 ことができる／ことができない／こともならない

○彼女は夫に何か重大な結果を生むべきことができるとは思っていなかった。（夫）

○もし彼が雪子と結婚しないでいて、二十歳の流子と会うことができたら、結婚できただろうか。（再）

○また、知っている字の組み合わせだと、その字から新しい意味を推察することが出来ます。（MⅡ）

○彼は今始めて女の妙相をしみじみ味わう事が出来た。（刺）

○「物にはなんでも中心がございましょう。」

「それは目で見る事ができ、尺度で計る事のできる物体についての話でしょう。」（硝）

○「大先生を驚かし申し上げることは出来ましても、世間の方はお驚きになりません。」（愛）

○パブはいわゆる酒場なんですが、軽食を安くとることもできますので、子供を連れていないときには、ときどき利用しました。（黄）

次のような反語の用法もよく見られる。

○しかしだれがこの不条理な世相に非難の石をなげうつことができるだろう。（生）

○物も言い得ないで、しょんぼりと悄れていた不憫な民さんの俤、どうして忘れることができよう。（野）

否定形「ことが〈の・は・も〉できない」は不可能を表している。過去形・丁寧体の他、「ことはできぬ」「ことができまい」等も使われる。

○母親が日本人でも、父が外国人のときは、日本国籍をとることができない。（型Ⅰ）

○それ（＝規律）を守ることができなければ、一人前の僧にはなれません。（中）

○（ろくろ首の男は）無茶苦茶に彼方此方へ駈け廻るのですが、挙動の激しく迅速なのにも似ず、何処かにおどけた頓間なところがあって、容易に人を掴まえることが出来ません。（幇）

○少なくとも僕の知恵は今より進んでいた代わりに僕の心はヲーズヲース（＝ワーズワース）一巻より高遠にして清新なる詩想を受用し得ることができなかっただろうと信ずる。（少）

○「この世のものであろうがなかろうが、私がかくも明瞭に見たところを、私は疑うことはできぬ。」（様）

○しかしこの全責任を負わされてはこれらの大家たちはおそらく泉下に瞑する事ができまい。（J）

「ことが〈の・は・も〉できる」も「ことが〈の・は・も〉できない」も複合辞性があまり高くないため、「ことが」と「できる・できない」の間に修飾語や読点がはさまれたり、二つ以上「こともできる」が並列された場合に最後以外の「できる」は省略されたり、などといった現象が起こる。

○それら（＝ばく大なセメントや鉄骨）をもって山に登ることはとてもできませんので……（I_2）

○「けれども、ツルの正体を見られたので、もう人間の姿でいることが、できなくなりました。」（日Ⅱ）

○ある一つのことがらを漢語で表わすことも、和語で表わすこともできるが……（中）

○この老人は苦しそうに肩で息をすることしかできなかった。（夜）

なお、「こともならない」は、〃こともできない〃の意で不可能を表す。否定形でのみ用いられ、「こともなる」という形は存在しない。

○オバ公は不平たらたらながら、三人の子に取巻かれて逃げることもならなかったらしい。（み）

○あまりに心が痛くて考えてみることもならないが……（み）

2 て(は)いられない

活用語の連用形を受けて不可能を表す。「ている」の可能形「ていられる」を否定にした形であるから、〃～していることはできない〃〃～していることは許されない〃の意となる。過去形・丁寧体・会話体の他「てもいられない」の形も使われる。

○次の日の朝、こうしてはいられないと言って、君は嵐の中に帰り支度をした。（生）

○あの男が真犯人だと決まったわけではないのだから、これで事件が解決したなどと喜んではいられない。（J）

○「俺も見たら恥かしくって見てはいられなかったろう。知らなくってたすかったよ。」（愛）

○ずらりと並んだ窓々からも、一斉に大小の国旗が今はもうじっとしていられないと云う風に、ヒラヒラ情に迫ってはためき出した。（伸）

○「女たちにそう言っても、そう一々見張りをしてもいられないし、仕方がないから罰金を取るようにしたんだ。」（濹）

○「こう暑くっちゃ、シャツなんてとても着ちゃいられない。」（砂）

副助詞「ばかり」と呼応した用例も多い。

○朝から晩まで勉強ばかりしてはいられない。（MⅡ）

○いつも遊んでばかりはいられない。（MⅡ）

また、「いてもたってもいられない」という成句で慣用的に用いられることもある。これは、〝すわっていることも立っていることもできない〟の原義から、〝心がいらだってじっとしていられない、何かが気にかかって落ち着いて一つの事をすることができない〟の意味となったものである。

○民子のお母さんはもうたまらなそうな風で、「政夫さん、あなたにそうして帰られては、私らはいてもたってもいられません。」（野）

3 わけに(は)いかない

活用語の連体形を受けて不可能を表す。ある事実から考えて当然すべきだと思われる事柄を想像し、それを否定する。〝当然そうすべきだし、そうしたいと思うのだが、そうできない事情がある〟という気持ちである。過去形や丁寧体の他に「わけにもいかない」の形がある。

○今の職場は自分には向いていないと思うが、ほかに適当な仕事も見つからないのでやめるわけにはいかない。（J）

○服をつくるのでも、靴を買うのでも、帽子を買うのも自分がゆかずにすむわけにはゆかないし、写真も写さなければならない。（愛）

○私の力でどうするわけにもいかないほどに、せっぱ詰った境遇である事も知っていた。（硝）

○「さあ……、一度に双方の旦那に義理を立てるわけにいかなかったからかもしれませんが。」（硝）

→二一一ページ「わけにはいかない」

四 許容・許可を示す

て(も)いい／たっていい／て(も)かまわない／たってかまわない／

■て(も)いい／たっていい／て(も)かまわない／たってかまわない／て(も)さしつかえない／て(も)けっこうだ／ともよい

　　　　　　　　　　　　て(も)さしつかえない／て(も)けっこうだ／ともよい

これらの表現は、ほぼ同様に用いられて許容・許可を表す。ただ、「いい〈よい〉・けっこうだ」と「かまわない・さしつかえない」を比べると、前者のほうは積極的に認める意向が強く、後者は〝歓迎はしないが特に文句は言わない〟程度の消極的態度が感じられる。この差異は、「ていい・てかまわない」系と「てもいい・てもかまわない」系でも同様で、後者のほうが消極的な印象を与える。

①自分または他人の言動について、〝その程度のことなら認める、許す〟という気持ちで許容の態度を表す。

○（スピーカーズ・コーナーは）何をしゃべってもいい場所だけれど、女王様の悪口だけはいけないことになっている……　（黄）

○私は始終私自身の力を信じていいのか疑わねばならぬかの二筋道に迷いぬいた――……　（生）

○佐々は、ホテルでは不便だから、入院してもよいと云った。　（伸）

○嫂の話で大方はわかったけれど、僕もどうしてよいやらほとんど途方にくれた。　（野）

○「もしも僕の願いさえかなうなら紅塵三千丈の都会に車夫となっていてもよろしい。」　（牛）

○「泣いたっていいんだよ。毎日喧嘩して泣かしてやるんだ。」　（年）

○政治的にも宗教的にも、何をしゃべってもかまわないのです。　（黄）

○「佃さんに来て貰ってよくて？」
　「暇なら頼んだってかまうまいよ。」　（伸）

○「生きるという事を人間の中心点として考えれば、そのままにしていてさしつかえないでしょう。」

○誰をつれて来てもけっこうです。（硝）

否定の許容は、打消の助動詞「ない」「ぬ」を受けて、「なくて(も)いい〈よい〉」「ないで(も)いい〈よい〉」「なくともよい」「ずともよい」等の形で表されるが、〝〜しなくても許される、さしつかえない〟の意から発展して、〝〜する必要はない〟という不必要のニュアンスを帯びることも多い。（I₂）

○「心配しなくていいんだよ。しっかりと好い児になるんだ。」（み）

○「なるほど私の小言も少し言い過ぎかも知れないが、民子だって何もそれほど口惜しがってくれなくてもよさそうなものじゃないか。」（野）

○「書きたくないのなら書かなくてもよろしい。」（伸）

○「私は事情が許すあいだ本職をやめないでいいのではないかと思います。」（野）

○「いや着物など着替えんでもよいじゃないか。」（野）

○広い家に移りたいと、孝策も思った。そうすれば……今のように狭い家のなかで終日母親と顔を合わせていなくともよいようになり……（立）

○彼女たちから、こんなところへ来ずともよい身分の人だのに、と思われるのは、わたくしにとってはいかにも辛い。（濹）

また、肯定でも否定でも「て〈と〉もよかった」と過去形にすると、過去の事実とは反対の状況のほうがむしろ望ましかったのにと、後悔・不満・非難等の気持ちで回想する用法となる。

○たといどんな都合があったにせよ、いよいよ見込みがなくなった時には逢わせてくれてもよかったろうに、死んでから知らせるとは随分ひどいわけだ。（野）

○こんなことなら、何もあんなにまで苦しまなくともよかったのだと私は思いもした。（美）

しかし、「てよかった」の場合は、文脈によっては過去の事実の否定的回想となることもあるが、普通は、過去の行為やそれによる（現在まで影響を及ぼしている）結果に満足して肯定する用法となる。

○「今日はこの講演会に来てよかった。本当に素晴らしい話を聞けました。」（型Ⅰ）

○「犬にならないでよかったあ。」

なお、体言や形容動詞の語幹を受ける場合は「で(も)いい〈よい〉」「だっていい〈よい〉」等の形になる。

○外国人の場合はふつうサインだけでもいいことになっていると思います。（I_2）

○現実を直視し、実際的な脱出のプランを練るべきだろう……不法行為をなじるのは、そのあとからでいい……（砂）

○「その変わるものと変わらないものが、別々だとすると、要するに心が二つあるわけになりますが、それでいいのですか。」（硝）

○十九世紀のころまでは、真理の探求をすることだけでよいとされ、学者は、ただ研究室にこもって研究さえしていれば、それで立派な学者だと考えられていた……（中）

○「今、出さなければなりませんか。」

「いいえ、明日でもよろしい。」（I_1）

○「少々不器量だってかまわない、健康で明るい女性がいいな。」

二つ以上の事柄を並列させる場合もある。

○「妄想でも魔法でもいい、彼女を救えるものがあるのならなんでもいい。」（魔）

②相手からの勧誘や依頼に対して応じる意志があることを表す。この用法の場合、「てもいい」等が受ける語句の主体は話し手本人である。

○「あたしと栄ちゃんがお巡査（まわりさん）になるから、お前は泥坊におなんな。」

「なってもいいけれど、この間見たいに非道い乱暴をしっこなしですよ。」（年）

○雑誌の男は、卯年の正月号だから卯年の人の顔を並べたいのだという希望を述べた。

……

「あたりまえの顔でかまいませんなら載せていただいてもよろしゅうございます。」（硝）

③「言う」「思う」「考える」「見る」等の動詞を受けて「と言ってもいい」「と見てよい」等の形で、引用の「と」が受けている内容をほぼ確かな事実として認める態度を表す。

○林は実に今の武蔵野の特色といってもよい。（武）

○この、何事によらず新しい情報は細大もらさず吸収しようとする意欲が、翻訳書の氾濫という現象となって現れているとみてよい。（J）

○イギリス人＝アングロ・サクソンという等式は、かなり通用していると考えてよいのではないでしょうか。（黄）

○そうして歩いているところを見ると、彼は少なからず姿勢がわるく、ほとんど猫背といってもよかった。（夜）

次のように、〃比喩的に言うと〃〃別の見方をすれば〃の意で用いられることも多い。

○漆黒といっていいほどの黒い肌のケインは……（魔）

○大蔵の姉はおしげと呼びその時十七歳、私の見るところではこれもまた白痴と言ってよいほど哀れな女でした。（春）

○スイスは物価が高かったが、ハンガリーはずっと安く、それにこの国は整然とした統制下にあるドイツにくらべると闇市の天国といってよかった。（夜）

○見方によっては、茶わんの湯とこうした雷雨とは、よほどよく似たものと思ってても差しつかえありま

せん。（MⅡ）

④疑問の形で相手に許可を求めることを表す。この場合も、「かまわない・さしつかえない」および「てもいい」系のほうが、「いい・よい・けっこうだ」および「ていい」系よりも遠慮がちに許可を求めているニュアンスが強い。

○岡さん、この写真をマリーノさんに上げてもいいですか。（I_1）

○「先生、ちょっとおじゃましてもいいですか。」（型Ⅰ）

○「二三日うちに（その寄宿舎に）行って見てきめるわ。——佃さんに来て貰ってよくて？」（伸）

○このときのわたしの印象を、もっとあからさまに申し上げてよろしいでしょうか。（黄）

○「このいすをちょっとお借りしてかまわないでしょうか。」

五　意志・超意志を示す

1　意志・決定

（よ）うとする／んとする／まいとする／ことにする／ようにする／つもりだ／てみせる

1 （よ）うとする／んとする／まいとする

「（よ）うとする」「んとする」は動詞・助動詞の未然形を受けて、ある動作・行為をまさにしようと意図することを表す。「日はまさに西の地平に沈もうとしていた」や「道が上り坂にさしかかろうとする所で……」のような無意志性の状況説明の使い方は古い言い方で、現在では次第に減ってきている。単なる近接未来ではなく、その動作・行為をすることを試みる、努力するといった、主体の意志を表現するものであるから、通常主語は人間である。「んとする」は文語的文体に用いられる。

○清吉は暇を告げて帰ろうとする娘の手を取って、大川の水に臨む二階座敷へ案内した後……（刺）

○「あの学生にはいくら教えても無駄ですよ。本人に覚えようとする意欲がないんですから。」（J）

○花をつもうとして足をすべらし、川に落ちてしまった。（型Ⅰ）

○しかし自分の男性的魅力について自信のなかった秋山が、文学的談話によって富子の気を惹こうとした点だけは、彼も誤っていなかった。（夫）

○隣室の模様を覗いて見ようとしたが、帷の向うが真っ暗なので手が竦むようになる。（年）

○寝ようとすればするほど、かえって気が立ってくる。（砂）

○そこでことばの魔術を行なわんとする詩人は、まずことばの魔術の構造を自覚することから始めるのである。（様）

否定形「(よ)うとしない」は、主体がその動作・行為をしようという意志を持たないため、期待される事柄が実現されないことを表している。「(よ)うと」と「しない」の間に係助詞「は」「も」が挿入されることも多い。

○いくら注意しても、いたずらをやめようとしない。（型Ⅰ）

○「ええ、でも、東京の人は、自分で大阪弁を使おうとはしませんね。」（早2）

○私はその子の名前を呼んだ。その子はしかし私の方を振り向こうともしなかった。（美）

次のように、主語に人間以外の生物もしくは無生物が立って、まさにそうなる状態やそのような傾向にあることを表す場合もある。

○家じゅうにわめく蚊の群れは顔を刺すのみならず、口の中へも飛び込もうとするのに土地なれている

はずの主人もしばらくすわっているうち我慢がしきれなくなって……（遷）
○「この瞬間、タンクローリーは動き、パイプは上がろうとした。」（魔）
○それだけが顔の他の部分と一しょに溶け込もうとしないで、大きく見ひらかれた眼が、きらきらと輝いていた。（美）
○砂の不毛は、ふつう考えられているように、単なる乾燥のせいなのではなく、その絶えざる流動によって、いかなる生物をも、一切うけつけようとしない点にあるらしいのだ。（砂）
○六月末のある夕方である。梅雨はまだ明けてはいないが、朝からよく晴れた空は、日の長いころの事で、夕飯をすましても、まだたそがれようともしない。（遷）
なお、無意志性の動詞を受けて、近い将来にある事態が実現しそうであることやある事態が起こる直前であること（いわゆる近接未来）を客観的に述べる用法は、十四「アスペクト」の項目（三一三ページ）で詳述する。用例のみ掲げると次のようなものである。
○長い北国の夜もようやく明け離れてゆこうとするのだ。（生）
○このひどいあらしの中で、今まさに松の大木が倒れようとしている。（型Ⅰ）
○右手に大杯を傾けながら、今しも庭前に刑せられんとする犠牲（いけにえ）の男を眺めている妃の風情と云い……（刺）
「まいとする」は五段動詞および助動詞「ます」の場合は終止形、それ以外の動詞・助動詞の場合は未然形を受けて、〝……しないようにする〟の意を表す。「(よ)うとする」と対をなすもので、ある動作・行為をしないという否定的な意志を持ち、その事柄が実現されないことを図る表現である。
○日本人の会議は……結論を確認するための儀式といった所がある。会議の途中に、新しい発想、問題意識を持った者は、それを発言し、提案することは、会議を混乱させると思うから、予定のコースを

外すまいとする。（再）

○その後、礼を言おうとする孝策を前にしても、なるべくその話にはふれまいとする彼である。（立）

○（民子は）眼にもつ涙をお増に見られまいとして、体を脇へそらしている。（野）

○そして則子の話に左右されまいとすれば、また会社の仕事について、とやかく口を出しにくくもなるのだった。（再）

「(よ)うとしない」と「まいとする」は、ある事柄が実現されないという同一の結果に達することになるが、そこに至るまでの経過や結果に対する評価に大きな違いがある。

a　彼女は決して笑おうとしなかった。

b　彼女は決して笑うまいとした。

aは、「笑う」意志がないという意味で、周囲からの「彼女に笑ってほしい」という期待や要請を拒否するニュアンスが濃厚なため、話し手のマイナス感情が表現されやすい。bは、「笑わない」意志があるという意味で、主体自身の意志的行為にのみ言及し、周囲の期待・評価や話し手の感情とはかかわりなく客観的に表現している。

2 ことにする／ようにする

活用語の連体形を受けて、ある動作・行為をすることを自分で決定する意味を表す。「ことにする」のほうが自分の意志によって〝決める〟というニュアンスが強いが、決定に至るまでの過程については関心が薄い。それに対し「ようにする」は、自分の意志による決定ではあるが、その決定に至るまでの間に、周囲からの助言や他の可能性も含めて種々の段階的過程・経過があったことを示唆している。従って、

a　途中、平泉で一泊することにしました。

b　途中、平泉で一泊するようにしました。

を比べると、aは「平泉で一泊する」ことが最初からすんなりと決まった印象を受けるが、bは、「仙台に一泊する」案・「目的地に直行する」案など様々な可能性が提出されて決定が難航した末、やっと一つの案に落ちついたという背景が感じられる。

○それらの（＝時・場合・客による）条件を頭に入れながら、主婦は、どのようなもてなし方をしようかと選択するわけだが、そういう行為を、ここでは待遇とよぶことにする。（日Ⅱ）

○僕は……少女の宅まで、月がよいから歩いて送ることにして母と三人ぶらぶらとやって来ると……（牛）

○「どうも、まとまりのない話になってしまいましたが、これで終ることにいたします。」（早2）

○「おおかた気違いだろう。」私は心の中でこうきめたなり向こうの催促にはいっさい取り合わない事にした。（硝）

○そこで一八七一年（明治四年）に、藩をやめて、新たに県を置き、政府が任命した知事に治めさせることにしました。（MⅡ）

○「女たちにそう言っても、そう一々見張りもしていられないし、仕方がないから罰金を取るようにしたんだ。」（濹）

○それ以来、わたくしは地図を買って道を調べ、深夜は交番の前を通らないようにした。（濹）

「ことにしよう」の形で、何らかの解説を始める前置きにすることもある。

○そこで、まず二字の漢語の構成を見ることにしよう。（中）

また、名詞や会話・引用句を受ける場合には、「という」を介して接続する。

○さいわい月曜日は二人とも午後授業がないので、天気ならすぐ引っ越しということにする。（早1）

○（二人は）三時間ばかりの間に七分通り片づけてしまった。もう後はわけがないから弁当にしようと

いうことにして桐の蔭に戻る。（野）

活用語の連体形を受ける場合でも、その叙述をひとまとまりのものとしてとらえたい時や、多少ぼかした表現をしたい時には、「という」を介することがある。

○試験にパスすれば、旅行につれて行くということにしよう。（MⅡ）

→二四二ページ「ことになる／ようになる」

3 つもりだ

「つもりだ」は〝見積もる〟つまり〝予想を立てる〟意の動詞「つもる」の名詞形がもとになっていて、現実とは違う仮定や勝手な判断、さらに、話し手の意志、他者の意志の推測を表す。

①助動詞「た」や状態性の語、および「の」を介して名詞を受け、現実とは違う状況を実際のことと仮定したり、他人の評価などとは無関係に自分なりに勝手に判断したりすることを表す。

○自分も早や一廉（ひとかど）に芸術の意義が分ったつもりで、何とか云う青年文学雑誌に大論文を投書したことがあった――（ふ）

○私と仙吉とが旅人のつもり、この物置小屋がお堂のつもりで、野宿をしていると……（年）

○それにこれでも文学的描写のはかなさぐらいはおれもある程度までは心得ているつもりなのだ。（X）

○明としては、半ば酒の上の座興のつもりだった。（再）

次の三例は、話し手の勝手な判断を示すが、意志を示す用法にやや近づいたものと見ることができる。

○その時はもうしかたがないと観念して先方の言うとおり勘当されるつもりでいたら、十年来召し使っている清（きよ）という下女が、泣きながらおやじにあやまって、ようやくおやじの怒りが解けた。（坊）

○（財産が）無くなったら「その時はまたその時だ」彼はこういう戦場の原理で何でもやって行けるつもりであった。（夫）

○「で、私はその時、浅草ばかりを取材にして『浅草』という小説を書こうと企てていたのです。一つ一つが独立した短篇で、その短篇が十二三篇も集まって、一つの長篇になるというつもりだったのです。」（都）

②活用語の連体形を受けて、(ア)話し手自身の意志・意向・決意を表したり、(イ)他者（聞き手・第三者）の心中の意志・決意を推測したりする。これは、自分の意志がある程度持続していることを客観化して示すもので、一時的な意志を直接表明する助動詞「(よ)う」とは異なる。〝(よ)うと思っている〟の形とほぼ同じ内容である。

(ア)○「明日は早速ルーブルに従弟に案内してもらうつもりだ。」（愛）

○この仕事はどうしても今日中に終わらせるつもりだ。（型Ⅰ）

○「たぶん誤解はないつもりですが、もし私の今お話ししたうちに、はっきりしない所があるなら、どうぞ私宅（わたくしたく）まで来てください。できるだけあなたがたに御納得のいくように説明してあげるつもりですから。」（硝）

最後の例では、前の「つもりです」が①の話し手の勝手な判断を示し、後の「つもりです」が話し手の意向を示している。

また、次のように連体詞を受ける例も稀にあるが、この場合は①の用法に近いと考えたほうがよい。

○「僕の欲するのは生活の改善だが、それができなけゃせめては転換だけでもいい。で、僕はこの間そんなつもりで今度は僕の方から背景描きの志願を秋帆（しゅうはん）に取り次いでくれるように女房に頼んだのです。」（都）

(イ)○「マァそれはそうと、これからはどうして往く積りだエ」（浮）

○「その時だって私は一たいどうして妻子を養って行くつもりだと尋ねてやった。」（都）

○この部屋が使えないとすると、女は一体、どこで、寝るつもりなのだろう？（砂）

▼「つもりだった」と過去形にすると、その意志にもかかわらず、実際にはその意志通りに事が運ばなかったことを示唆することになる。

○「私、この話はしないつもりだったのよ。由希ちゃんが可哀そうだし……」（立）

○私はそれを書き上げ次第、この村から出発するつもりであったのに……（美）

○彼は富子を誘惑するつもりであった。（夫）

否定形としては、前接する動詞を否定する「ないつもりだ」の他に、「つもりはない」「つもりではない」がある。

○だのに、まだ芸術家の道をあきらめるつもりはないそうです。（型Ⅱ）

○故意に欺くつもりではないが、最初女の誤り認めた事を訂正もせず、むしろ興にまかせてその誤認をなお深くするような挙動や話をして、身分をくらました。（遷）

a 出席しないつもりだ。

b 出席するつもりはない。

c 出席するつもりではない。

を比較すると、まずaは、「出席しない予定」ということで、ほぼ出席しないことに心では決めているが、出席する可能性も多少は残した言い方である。それに対しbは、「出席するつもり」を「ない」で打ち消すことによって、出席するという心づもりは皆無であることを強く断定した言い方になる。cは、「出席するつもりだ」の断定「だ」の部分を打ち消しているわけであるから、「出席する予定であると断定はしない」の意となり、三者のうちでは否定の程度が最も弱い。主体の意志には違いないが、周囲の状況に強く左右された決定であることをほのめかし、婉曲的・客観的な言い方になっている。

4 てみせる

活用語の連用形を受けて、自己の行為に対する強い意志・覚悟・決意を表す。

○友人は、来年こそ一位に入賞してみせると、はりきっていた。（早1）

○聡子は、孝策と必ずうまくやってみせ、直輔の危惧の間違いと、自分の決心の賢明さを証明してやろうと内心固く心に決めた。（立）

○おやじが大きな眼をして二階ぐらいから飛び降りて腰を抜かすやつがあるかと言ったから、この次は抜かさずに飛んでみせますと答えた。（坊）

○大野はインテリの女房はうるさいからよせ、といったのであるが、貝塚はきっと自分に随いて来させて見せます、と主張したのだそうである。（夫）

○「美しくさえなるのなら、どんなにでも辛抱して見せましょうよ。」と、娘は身内の痛みを抑えて、強いて微笑んだ。（刺）

「てみせる」は意志性の動詞を受けて他者のために行為を提示するのが本来の用法であるが、この提示意識が強まると、

・あえて悲しそうな顔をしてみせた。

のように、他者の目を意識してわざと大げさな行為をするといった意味合いになる。この場合、他者に見せたいのはその動作・行為だけではなく、その裏にある行為主体の何らかの意図にまで及ぶことになる。この用法が発展すると、自己の意志・決意を表すようになると考えられよう。

なお、第四例のように使役の助動詞を受ける場合には、行為主体は他者（この場合は「女房」）となり、その他者に対して話し手（この場合は「貝塚」）が「相手に何かをさせるのだ」という強い意志を持っていることを表すようになる。

2 自然成立・自発・強制・肯定的意向の強調

ことになる／ようになる／に至る／てならない／てたまらない／て仕方(が)ない／て仕様がない／ていけない／ずに(は)おかない／ないではおかない／ずに(は)いられない／ないではいられない／ざるを得ない

1 ことになる／ようになる

活用語の連体形を受けて自然成立を表す。「ことにする」「ようにする」が自分の意志による決定を表すのとは対照的に、自分の意志とかかわりなく何かが決まったことや自然の成り行きによってある事態が生じたことなどを表現する。「ことになる」は何らかの決定や事態の変化といった帰結に重点があるが、「ようになる」は、次第に事態が変化しながら何らかの状態・帰結に達する、その過程そのものに重点が置かれている。

「ことに〈と〉なる」は、無意志性の動詞もしくは主体の意志を超えた動作を受けた場合、事態の自然な変化を表すことが多い。

○月賦と借金返済の二重の支払いに、多くもない孝策の月給の半ば以上が消えてしまうことになるのは、確実であった。（立）

○「サービスや修理は、ほとんど、おがむようにして頼まなければならないし、このために一財産を費すことにもなるのです。」（黄）

○文三だけは東京に居る叔父のもとへ引き取られる事になり……（浮）

○こうして、誰にも本当の理由がわからないまま、七年たち、民法第三十条によって、けっきょく死亡の認定をうけることになったのである。（砂）

意志性の動詞を受けた場合は、

○「イヤ至極おもしろいんだ、何かの話のぐあいでわれわれの人生観を話すことになってね……」（牛）

○民子も外の者と野へ出ることとなって……（野）

のような成り行きによる事態の変化、および

○その内余興が始まった。段々順にやることになり、僕の処に順番が廻って来そうになった。（愛）

○さて、毎年秋に催しておりました当留学生会の件、今回は特に在京の先輩諸氏をお招きし、次のように開くこととなりました。（早2）

○隣家の娘は芝のさる私塾へ入塾することになった。（浮）

といった決定を表すことになる。しかしいずれも、動作主体自らの意志ですすんで行うものではなく、周囲の状況や成り行きに後押しされた行為であることが特徴的である。

また、「ことにする」と同様、名詞や会話・引用句を受ける場合や、その叙述をひとまとまりのものとしてとらえたい場合には、「という」を介して接続する。

○世の中がだんだんと忙しくなりますと、五七五では長すぎるということになってまいります。（早2）

○「この間から、私たちの文学の仲間で、小説や詩の雑誌を発行しようということになりましてね。」（型Ⅱ）

○「あの、内田則子、この所、すっかり色っぽくなりましたねえ。荘田にふられてから、よーし色気で勝負、ということになったんすかねえ。」（再）

多少ぼかした表現をしたい時には「ような」を用いることもある。

○おれはたいがい約束を破ってしまうようなことになるだろうと心配している。（X）

○この種の同音語が何かの事情で共存するようなことになった場合には……（J）

「ようになる」が無意志性の動詞を受ける場合には、事態の自然な変化の過程を表している。

○四五日つづけて同じ道を往復すると、麻布からの遠道も初めに比べると、だんだん苦にならないようになる。（澀）

○東京の近郊に紅葉が見られるようになるのは十一月の半ばごろである。（J）

○万里は狭いアパートのなかで、あっちにぶつかり、こっちにぶつかりしながら、這(は)うようになり、立つようになり、やがて歩くようになって育って行った。（立）

○氷の温度を……上げていくと、水の分子の動きは、だんだんはげしくなって、0℃をこすと、ついに決まった位置をはなれて自由に動きまわるようになります。（中）

○平安時代の初めに、「ひらがな」や「かたかな」が生まれると、日本語はいっそう自由に、書きあらわせるようになった。（MⅡ）

意志性の動詞を受ける場合は、「ことになる」のように成り行きや決定を表すのではなく、状況の変化を客観的に見つめて描写する姿勢が濃厚となる。

○日本人も以前に比べれば肉をたくさん食べるようにはなったが、ヨーロッパ諸国やアメリカに比べると、国民一般の肉類消費量はお話にならないほど少ない。（J）

○一時は非常に昂奮して妄想めいたことを口走るようになり、残留した日本人たちが世話をやいていたが、一年ほど前からこの病院にはいるようになっていたのである。（夜）

なお、「ことになっている」の形で、ある決定が既になされた結果、そのことが今後の予定として存在することを客観的に示す用法、および、「ようになっている」の形で既に準備・制度等が整っていることを示す用法も見られる。

○「ハンガリーのメドバド博士も来られるでしょうか。」

「来られることになっています。」（I_2）

○ちょうど、日本へ帰ることになっていた遣唐使の船に乗って……（中）

○（調査部では）過去の新聞もすべてマイクロフィルムに収められ、必要な部分が拡大コピーできるようになっている。（早1）

○「教室も研究室も、何号館の何階の何番ということが、数字でわかるようになっているんです。7―508といえば、7号館の5階の8番です。」（早1）

↓二九二ページ「ことになっている」

2 に至る

活用語の連体形を受けて自然成立を表す。「ようになる」と同様、次第に事態が変化しながら何らかの状態・帰結に達することを示すが、〝到達〟に重点が置かれている。「ようになる」より客観的な姿勢が強く、文語的で書き言葉に用いられる。

○「かかる場合に恋に出あう時は初めて一方の活路を得る。そこで全き心をささげて恋の火中に投ずるに至るのである。」（牛）

○この土地の繁栄はますます盛んになり今日のごとき半永久的な状況を呈するに至った。（遷）

○その会社は成長を続け、外国にまで支店を出すに至った。（型I）

○秋山が富子に希望を持つに到った動機は、無論彼女の媚態であったが……（夫）

3 てならない／てたまらない／て仕方(が)ない／て仕様がない／ていけない

活用語の連用形を受ける。形容動詞を受ける場合は、連用形「で」に「ならない」等をつけて、「不思議でならない」のような形にする。また、「てならぬ」「てたまらぬ」の形もある。

①心情・状態を表す語句を受ける場合　心情を表す語句とは、「苦しい」「寂しい」「うれしい」などの感情形

容詞、「心配だ」「無念だ」などの形容動詞で、状態を表す語句とは、「疲れる」「腹が立つ」などの動詞、動詞中心の慣用句の他、「めずらしい」「おもしろい」「邪魔だ」「かわいそうだ」など。

「うれしい」等プラス評価の時は、〝ある心情・状態が最高のところまで達しているため、とめられない〟という意味になり、「苦しい」等マイナス評価の時は、〝ある心情・状態の程度がひどいのでがまんできない〟という意味になる。また、願望の助動詞「たい」を用いて「～たくてたまらない」などとなる時は、〝ある願望が強くておさえきれない〟の意味を表す。なお、「ていけない」は〝～して困る〟の意であるため、プラス評価には使われない。

○それ（＝のばら）の咲くのが待ち遠しくてなりません。（美）
○なぜ悲しくなったか理由は判然（はっきり）しない。ただ民子が可哀そうでならなくなったのである。（野）
○種田は……ただ今日まで二十年の間家族のために一生を犠牲にしてしまった事が、いかにもにがにがしく、腹が立ってならないのであった。（濹）
○「民子はゆうべ一晩中泣きとおした。定めし私にいわれたことが無念でたまらなかったでしょう。」（野）
○この球の真相がただしたくてたまらず、ある時こっそり持ちだして……（み）
○滅法嬉しくてたまらぬと云うように愛嬌のある瞳を光らせ……（幇）
○わたしたちのほうでは、ロンドンのなにもかもがめずらしくて仕方ありませんが……（黄）
○「おれはなぜ女が糊の研究をしないか不思議でしかたがない。」（み）
○「私気分が悪くて仕様がないの。」（伸）
○「母親（おっか）さん、咽（のど）がかわいていけないから、お茶を一杯入れて下さいナ」（浮）

②自発を表す語句を受ける場合　自発を表す語句とは、「見える」「思える」「気がする」「気になる」「～し

てくる」「〜なってくる」などや、自発の助動詞「(ら)れる」がついたものである。プラス評価の場合もマイナス評価の場合もあり、〃どうしても自然にそうなってしまう〃の意を表す。

○……を見つめていると、私は無気味になって来てならない位だった。（美）

○「(民子は)おとなしい子であっただけ、自分のした事が悔いられてならない。どうしても可哀そうでたまらない。」（野）

○私はこれらのけやきをながめるたびに、自然のありのままの姿を感ずるとともに、人間相互の信頼と友情をこれらのけやきが受けついでいるように思えてなりません。（中）

○その時私はどうもどこかで会った事のある男に違いないという気がしてならなかった。（硝）

○突然隣の男の髪を引っぱりたい欲望が起きてしかたがないので……（X）

○動くものは、なんでも、ニワハンミョウに見えてしかたなかった。（砂）

○母親が帰った後、寮の狭い部屋に一人とり残され、涙が出て来て仕様がなかった。

なお、「てたまらない」「ていけない」にはこの用法はない。もし、あえて次例のように言い換えると、意味が変化してしまう。

a　あなたのことが思い出されてならない。

b　あなたのことが思い出されてたまらない。

c　あなたのことが思い出されていけない。

aが、〃どうしても自然にあなたのことを思い出すようになってしまう〃の意であるのに対し、b・cは、〃自然にあなたのことを思い出すようになってがまんできない、耐えられない、良くない〃の意である。

4 ずに(は)おかない／ないではおかない

動詞の未然形を受けて、自然に、また半ば強制的にそういう状況に追い込んでしまうことを表す。使役の助動詞「(さ)せる」を受けることが多く、その場合は、半ば強制的に他者をそういう状態にさせてしまうことを意味する。

○この手紙は、読む者の胸を打たずにはおかない。（MⅡ）

○（貴人行楽の図は）一面に咲き乱れた花の愛らしい形から……見覚えのある配色に至るまで、寧楽朝(なら)の美術を回想せずには置かないものがある。（伸）

○（その老人の空虚な眼差しのうちに）……と、私を気づまりにさせずにおかないような彼の不機嫌とを見抜いた。（美）

○その男の漠とした存在は、何かしら私を不安にさせずにはおかなかった。（美）

○言わさないじゃおかないぞといったような真剣さが現われていた。（生）

↓次項「ずに(は)いられない／ないではいられない」

5 ずに(は)いられない／ないではいられない／ざるを得ない

動詞の未然形を受けて、〃抑制がきかずにどうしても自然にそうしてしまう〃という意味で、その動作・作用についての肯定的な意向を強調する。

○今日たまたまこのところにこのような庭園が残ったのを目にすると、そぞろに過ぎ去った時代の文雅を思い起こさずにはいられない。（遷）

○彼女は、何事も一気呵成(かせい)に仕上げずにいられない自分の性分を、つくづく悪癖だとこの時も思った。（魔）

○そしてそういう思いやりの感謝のしるしとして、いろいろ勉に尽さずにはいられなかった。（夫）

○仮りに、人間の誰しもが重かれ軽かれそれに悩まされないではいられないあの不思議な熱病――恋愛の感情にこれをくらべてみようか。（都）

○夏子が感心しないではいられないものを書こうという内心の野心はもっていたが……（愛）
○私は画面から目を放してもう一度君を見直さないではいられなくなった。（生）
○僕は僕の少年の時代を田舎で過ごさしてくれた父母の厚意に感謝せざるを得ない。（少）
○このような治療ミスが続けば、誰もがこの病院に対して不信感を抱かざるを得ないだろう。

前項の「ずに(は)おかない／ないではおかない」と本項の「ずに(は)いられない／ないではいられない」とは、構文的に表裏の関係にある。つまり、

a　夏子を感心させずにはおかない作品
b　夏子が感心せずにはいられない作品

でわかるように、「感心させる」作用は「作品」から「夏子」へ(a)、「感心する」作用は「夏子」から「作品」へ(b)、と方向性が逆である。前者は他動詞や使役表現を受けて、他者にある動作・作用を半ば強制する形をとり、後者は前者の強制力を前提とする・しないにかかわらず、自動詞を多く受けて、主体(前者の立場から見た「他者」)の動作・作用が避けられないほどであることを強調する形をとっている。

なお、本項の「ざるを得ない」は、好むと好まざるとにかかわらず、意志による抑制がきかずに自然にそういう状態になることを表しているが、その発展として、この〝自然に〟というニュアンスを生かして多少のためらいを表面に出しながら、実はかなり断定的に判断を下すといった用法も見られる。

○ところが、日本歴史を観るかぎり、文献以前はいざ知らず、文献時代以後の歴史というものは、ヨーロッパ諸民族のそれなどに比べて、はるかに単調なものであったと言わざるを得ない。（J）

↓一九二ページ「ざるを得ない」

六　推量・推測・推定を示す

かもしれない／かもわからない／に違いない／に相違ない／にきまっている／はずだ／ところだ／のだろう／ことだろう

1 かもしれない／かもわからない

活用語の連体形や名詞、あるいは準体助詞「の」を受けて、不確実な推量を表す。事実がどうであるか不明・未知の話し手が、自分なりの仮定的事実を示す時に用いるが、そうではない他の可能性も一方で意識しながら〃しの可能性もある〃ととらえる程度の気持ちで、確信の度合いは「だろう」よりも低い。使用範囲はかなり広く、真実である確率がゼロに近いという場合から七、八割を越えるという場合まで、確信の度合いの高い「に違いない」「に相違ない」が言えない場合のほとんどをカバーしていると見てよい。その確率の高低は、共起する副詞「ひょっとしたら」「もしかすると」「あるいは」「たぶん」などによっても変化する。「かもわからない」は話し言葉などでよく用いられる。

①過去・現在・未来のことについての不確実な推量を表す。

○かねて、二つに一つは助からないかもしれないと思っていたのだが……（夏）

○あの女も若い時分には巴里（パリー）の音楽学校（コンセルバトワール）の生徒であったかも知れぬ。（ふ）

○これは出血ではなく血栓かも知れないと……（夜）

○たしかにモーレッツ社員なんてのは、「企業の発展、すなわち自分の生きがい」だなんていうことなのかもしれませんね。（J）

○——俺の一生は結局そんな場末の女優の亭主として朽ちてしまうのであろうか。——そうかも知れない。（都）

○「私はこれからあなたの書いたものを拝見する時に、ずいぶん手ひどい事を思い切って言うかもしれませんが、しかしおこってはいけません。」（硝）

○こんなことを言うとある人には誇張と響くだろう、比喩と取られるかもわからない。（Ｘ）

②ある仮定条件のもとであればあることが起こる可能性がないとは言えないという推測を表す。

○旦那の死んだ後も秋田の家にいようと思えばいられない事はなかったかも知れない。（腕）

○ショーンがいれば、深夜でも空港へ見送りに行ったかも知れなかった。（魔）

○父の死を聞いた彼の最初に感じたのが、一種の解放感であったと書けば、読者は彼を人非人と思うかも知れない。（夫）

③確信の度合いが低いことから、自己の判断を明確に打ち出すことを避けて表現をやわらげようという婉曲的な意図で用いられることもある。

○最近の文芸時評で、嘉村礒多氏の作品について書いたところが、数人の人々から抗議を受けた。……ああいう非時代的作品を讃め上げる手はないと言うのだ。……なるほど嘉村氏の作品を非時代的だと断ずるのは正しいかもしれぬが、私は正しいことを食いすぎて、反吐をはかない人間は、生まれつき虫が好かないのである。（現）

この例は、周囲の言ったことを完全に否定しないで、その可能性も一応認めた上で自己の主張を展開するという運びである。このような場合は、「なるほど」「確かに」といった副詞を伴いやすく、「〜かもしれない。しかし……」「〜かもしれないが、……」のような文型になる。

○「あなたより野々村さんの方が利口ですよ。」
「利口かも知れませんが、悪賢いのです。」（愛）

の場合も、本当は「利口ではない」と言いたいところを相手に譲歩して、「利口かもしれない」と一応認める形をとっている。

○渚山(しょざん)はしばしば彼のところへ来ては、あまり新しい友であり過ぎるかも知れない彼に向かって、金の無心を言ったこともあった。（都）

は、「新しい友であり過ぎる彼」では断定的で強く響くため、「かも知れない」をはさんで表現をやわらげている。

また、客観的に見ればほとんど確定的な事柄であっても、相手への配慮や責任回避の心理などから、あえて「かもしれない」を用いてぼかした表現をすることもある。行けないことがわかっていながら、相手には「行けないかもしれない」と返事をしておく場合などである。さらに、

○「あなたはそれで満足かもしれないけど、紹介した私の立場は一体どうなるのですか。」

になると、相手が満足していることを十分に承知しながらあえて婉曲的に言うことで、皮肉がこめられることになる。

④③の用法の延長上にあるものとして、聞き手・相手に対する配慮を念頭に置いて、話の前置きを述べる場合がある。

○イタリア男、と一般化してはいけないのかもしれないが、ピエトロは東洋からの留学生が自分の妻を初対面の時に、ビーナスより美しいといったことに、顔をしかめたり、嫉妬をするようなことはなかった。（再）

○彼がこの思想の応援に求めたのは、読者は随分奇妙に思われるかも知れないが、エンゲルスの「家族私有財産及国家の起源」である。（夫）

○「こんなことを言うとあなたに叱られるかも知れませんが、もう相当前ですがあなたが寄席に出て道化の風して宙がえりしたのを見た夢を見ました。」（愛）

この前置きは、聞き手の不安や希望といった心理を読み取って先に提示し、機先を制する効果もある。

2 に違いない／に相違ない／にきまっている

活用語の連体形や名詞、あるいは準体助詞「の」を受けて、確実性の高い推量を表す。「に違いない」「に相違ない」は、真実であると断定はできないが、話し手がそのことを真実だと強く確信していることを示す。自己の考えや推測などを自分自身で確認・納得するといった独白的な場合に用いるのが普通で、相手の問いかけに対して答えるような場合には用いられない。従って、会話文より地の文に多く現れるのが特徴的で、そのような制限のない「かもしれない」「はずだ」「にきまっている」とは大きな違いがある。「に相違ない」は書き言葉で堅く、古風な印象を与える表現である。また、「にきまっている」は、真実であることを確認していないので断定まではできないが、ほぼ確実であると自信を持って述べる表現で、「に違いない」「に相違ない」よりも確実性が高く、断定に近い。なお、「にきまっていた」と過去形にすると、過去の習慣・習性を表すようになり、その点では「に違いなかった」「に相違なかった」とはかなり性質が異なる。↓二〇六ページ「にきまっている」、二九一ページ「にきまっていた」

①過去・現在・未来のことについての確実性の高い推量を表す。

○渚山(しょざん)は全く渚山自身と同じような道を辿(たど)ろうとしている後進を見て、いかなる他の場所よりも心措(お)きないくつろいだ気持ちを、彼の家の空気のうちに見出したに違いない。（都）

○これは精密巧緻(こうち)な方法で実現された新地獄に違いなく、ここではすべて人間的なものは抹殺され……（夏）

○藁小屋に遮ぎられて、その家らしいものの一部分すら見えないところを見ると、恐らく小さな掘立小屋かなんかに違いなかった。（美）

○おそらく今も主治医のケルセンブロックと相談してきたあとなのにちがいあるまい。（夜）

○思い切った政治をやってみたいという希望があるに相違ない……　（牛）
○画家だと云う事から想像すると、女の云う「東原」とは日本の洋画界ではもう何やらクラシックの響のするかの老大家、その人に相違あるまい。　（ふ）
○「本は僕のものだよ。いったん買った以上は僕のものにきまってるじゃないか。」　（硝）
○「お金ですよ、お金。もっとお金を出せというのにきまっていますよ。イギリスの労働者は、何でもお金、お金なんだから。」　（黄）
②ある仮定条件のもとであればあることが起こる可能性がかなり高いという推測を表す。
○と、まあ、こんな具合なのですけど、節度のある関係が保たれないときは、いたたまれない住居になるにちがいありません。　（黄）
○二年前のあの事件さえなければ、彼はとうに課長に昇進していたに違いない。
○ここでおれが行かないと、赤シャツのことだから、へただから行かないんだ、きらいだからいかないんじゃないと邪推するに相違ない。　（坊）
○この糸にすがりついて、どこまでものぼっていけば、きっと地獄から抜け出せるのに相違ございません。　（日Ⅱ）
③ある見方や相手の言い分を確実性が高いと一応認めた上で、それとは別の自己の主張を展開する場合に用いられる。「なるほど」「確かに」といった副詞を伴ったり、対比的効果を生む係助詞「は」を挿入したりすることが多く、「～には違いない。しかし……」「～には違いないが、……」のような文型になる。
○「本は僕のものだよ。いったん買った以上は僕のものにきまってるじゃないか。」
「そりゃそうに違いない。違いないが向こうの宅(うち)でも困ってるんだから。」　（硝）
○「とにかく厄介な問題にはちがいないが、野々村さんは信用出来る人と思いますね。」　（愛）

○いや、万里のためということに違いはない。しかし、万里のためを計りたいということ自体のなかに……（立）

○だが、この苦しかったには相違なかったが、徹頭徹尾嘘っぱちだった愚かしい経験によって、腹にはいったことがある。（X）

○もっと驚いたのはこの暑いのにフランネルの襯衣（シャツ）を着ている。いくらか薄い地には相違なくっても暑いにはきまってる。（坊）

○「なるほど、そんなこと（＝電車の車掌や巡査）をお前がするのは家庭としてもお前自身としても名誉なことでないに決まっている。しかし全くの白痴でも気違いでもない男が何の仕事もせず、それをまた私たちが鞭撻（べんたつ）しようともせずにいるとすれば、お前が身分の低い職業をするよりはその方がもっと恥ずべきことだ。」（都）

3 はずだ／に違いない

「はずだ」は活用語の場合は連体形を受け、名詞の場合は「の」を介して接続して、根拠のある推定を表す。時間的・場所的隔たりや知識の不十分さなどから真実のところはわからないが、話し手の知る諸事実から推論すると当然の帰結として間違いなくこうであると判断する表現である。

①過去・現在・未来のことについての根拠のある推定を表す。

○「この絵の女はお前なのだ。この女の血がお前の体に交っている筈だ。」（刺）

○あれから四年たったから、今年は卒業のはずだ。（日Ⅱ）

○「民や、……編笠がよかろう。新しいのが一つあった筈だ。」（野）

○「苦」は「くさかんむり」の五画ですから、「艹」部の一画から少し進んだところに、「苦」を見つけることができるはずです。（I₁）

○いくら下等な植物でも、植物である以上は、二酸化炭素をとって酸素を吐き出すはずである。（日Ⅱ）
○職業によっては、中高年齢者で間に合うところがあるはずで……（MⅡ）
推論の根拠としては、原則・習性・社会的通念・道理等の客観的なものから、記憶・期待等の主観的なものまで多岐にわたっている。
②ある仮定条件のもとでの根拠のある推定を表す。根拠となるものは①と同様である。
○青年作家諸君よ、どうすればいいかなどと私に聞いてもむだである。聞くなら答える人には事をかかぬはずだ。（現）
○この通りを百二十丁目までさかのぼれば、右か左かにブロウドウェイを繋ぐ横通りがある筈だ。（伸）
○抗議は、平気ですればよいのである。もし、先方に理屈があり、または、何か事情があったら、返答があるはずである。（日Ⅱ）
○もし私に子供がいたとしたら、もっと別の生き方を選んでいたはずです。
○「もし報酬問題とする気なら、最初からお礼はいくらするが、来てくれるかどうかと相談すべきはずでしょう。」（硝）
③「～はずなのに、……」「～はずだが、……」「～はずだ。しかし、……」といった文型で、〃原則、道理、記憶等の根拠をもとに推論するとこうなって当然なのだが、現実はそうではない〃ということを表す。「理論上は」「本来なら」等の副詞を伴うことも多い。
○正午に来るはずなのに、まだ来ない。どうしたのだろう。（日Ⅱ）
○昼間の記憶では、もっと傾斜がゆるやかだったはずだが、こうしてみると、ほとんど垂直にちかい。
○何はさておいても君たちはその船を目がけて助けを求めながら近寄ってゆかねばならぬはずだった。（砂）

……そのくせ一人として自分らの船をそっちのほうへ向けようとしているらしい者はなかった。（生）

○事情を知ってみれば、彼の腹立ちの根拠の半ばはなくなったはずだったが、腹立たしい感じばかりは残って、彼をなおさら苛立たせた。（立）

この用法には、これらのように、推論と現実そのものが食い違ってしまった場合と、次のように、推論通りの現実にはなっているが、そういった現実であれば当然予想・期待されるはずの付帯的な状況や実質のほうが伴っていないという場合とがある。

○イギリスの夏はまるで軽井沢そっくりの快適さ、そして、あの当時よりは、よほど周囲がにぎやかになったはずなのに、わたしたちには、大して騒音など気にならなかったことを考えますと……。（黄）

○「やはり、いっそのこと、家を建ててしまった方がいいんじゃないかしら。」……聡子は、思い余ったというように言い出した。……だが、貯金も財産もない孝策に、それが到底無理であることは、もう詳しく計算済みであった。……それは、聡子もよく知っているはずであった。（立）

○高島はずっと彼らと一緒に暮してきた筈であった。そのくせ彼らはいつも遥かな距離をへだてたぼんやりした影であり、ほとんど彼の意識の中に立ちいってこなかったのだ。（夜）

▼「はずだった」「はずであった」と過去形にすると、推論通りに事が運ばなかったことを示し、それに対する不満・後悔・疑問等の気持ちを伴うのが一般的であるが、単に推論したのが過去の時点であることを示す場合もある。

○（孝策はヒマラヤ杉を）用意の整った穴に移し植えた。将来、枝が伸び葉が繁っても、書斎の軒にぶつからぬだけの間隔は、丁度ぎりぎりに空いているはずだった。（立）

「に違いない」と「はずだ」を比較すると、まず接続の点で、「に違いない」は「のだ」の「の」（準体助詞）を受けることができるが、「はずだ」はできないこと、「に違いない」は名詞を直接受けるが、「はずだ」は格助詞「の」を介すること、が挙げられる。用法の点では、「に違いない」は自分自身で確認・納得するといった独白的な場合に用いるため、会話文より地の文に多く現れるが、「はずだ」にはそのような制限はなく、どちらにも自由に現れる。また、過去形にした場合、「に違いない」は推測が過去の時点に行われたことを示すだけであるが、「はずだ」はそれよりもむしろ、推論通りに事が運ばなかったことを示すほうが多い。

前述した「はずだ」の①〜③の用法で見ると、①②に関しては、可能性の高い推測という意味で「に違いない」と置き換えても大差ないが、③の場合はそれができない。

さらに、

a 彼は今日寝不足だ。きのう忙しかったに違いない。

のように、現状から事実や原因を判断したり想像したりする場合は「はずだ」は使えない。

×b 彼は今日寝不足だ。きのう忙しかったはずだ。

「はずだ」が使えるのは、確たる根拠が話し手の心中にあって、それを拠りどころに未知・不明の現実を推測・予測する場合で、推論の方向性が逆である。

c きのう忙しかったので、彼は今日寝不足のはずだ。

その点、「に違いない」は勘としてただ事態や事柄を確信的に推量する意識であるから、かなり幅広く、種々の場合に使用でき、

d きのう忙しかったので、彼は今日寝不足に違いない。

という表現も可能である。ただ、c・dのように同じ文脈で使われていても、若干のニュアンスの相違は避けられない。「はずだ」はある根拠から当然予測される事柄を客観的に述べようとする態度を保っており、cも、〝忙しくて次の日に寝不足になるようなことが過去に何度もあったので今回も……〟といった

判断を下したに過ぎない。それに対し「に違いない」は、話し手の主観的判断・確信を強調することに主眼があるため、〝忙しいからといって次の日寝不足になるような彼ではなくても〟、話し手の勝手な推量でdのように言うことが可能である。なお、

○道理で寒いはずです。外はものすごい吹雪ですもの。

のような「はずだ」の納得の用法については、二「必然」1 **7**「はずだ」③（二〇四ページ）で扱っている。

4 ところだ

「しようとするところだ」「するところだ」「しているところだ」「していたところだ」「したところだ」等の形で、実現しなかった事柄の予測や反実仮想を示す。

①過去形「ところだった」の形で、ある前提から考えて必然的にある事態に至ることが予測される状態であったが、何らかの事情で結果としてはそうならなかったことを表す。「危うく」「すんでのところで」「もう少しで」等の副詞を伴うことが多く、〝そういう状態になりかけた、なるかもしれなかった〟の意味になる。

○敷居につまずいて、危うく熱湯を足にこぼすところだった。

○一足おくれたら、彼女は外出してしまうところでした。（I_2）

○おれは泣かなかった。しかしもう少しで泣くところであった。（坊）

○「あ、そうだ。うっかりして忘れるところでした。あなたに伝言がありました。」

この用法は、「しようとするところだ」「するところだ」の場合にだけ見られるものである。ちなみに、「したところだ」を用いて、

○「あなたに会わなければ、うっかりして忘れたところでした。」

とすると、事柄の実現に力点を置いた表現になり、〝そういう状態になりかけた〟のニュアンスが感じら

れなくなる。この場合は、次の②の用法と考えられる。「しているところだ」「していたところだ」についても同様である。

②現実とは反対の状況を仮定して、その状況のもとで起こると思われる事態を予測する、反実仮想の用法である。実際にはその状況ではないので推測した事態は起こらないという裏の事実を、話し手の感情（不満・後悔・喜びなど）をこめながら示唆している。現実とは反対の仮定は、条件節の形で示されることが多いが、なかには文脈や何気ない表現のみで判断せざるを得ない例もある。

○「世が世ならラ・ボエティ街の毛皮屋からでも直送させねばならんところだが、現在はどうもそうもいかん。」（夜）

○「日本の法律は甘いね。欧米だったら、全員死刑になるところだよ。」

○係員がコースの変更を知らせなければ、彼はそのままもとのコースを走っているところだった。

○「あなたが声をかけてくれなければ、私はそのまま知らずに通り過ぎたところでしょう。」

○あの時、金の話にならなかったら、金を貸していることなどずっと忘れていたところである。

○さしずめ今晩あたりは、何もございませんでと言うので、例の金の網の、青漆の椀が出る所だ。あゝ又かと思うようだったが、その人が居なくなって見れば、まずい物も懐しい。（多）

最後の例は、文脈によって判断する必要がある。ここでは、「その人」が既に死んでしまっていることが前提としてあり、〝もしその人が生きていたら、さしずめ今晩あたりは……〟という反実仮想をしているのである。→三一三ページ「ところ」

5 のだろう

断定判断を示す「のだ」に対応する推量判断で、活用語の連体形を受ける。変化形として「のであろう」「のでしょ(う)」、話し言葉では「んだろう」「んでしょ(う)」が用いられる。→一九八ページ「のだ」

(原因理由・必然・主張)

①現実の事柄をもとにして、その背後の原因や理由を推測する。

原因・理由が前件、現実の事柄が後件に現れる例として、

○彼は暗い所にたったひとり寝るのがさびしかったのだろう。あくる朝までまんじりともしない様子であった。(硝)

○すしは、生きのいいところが江戸っ子のさっぱりした気性に合うのだろうか。古くから江戸っ子の好物だった。(早1)

○「叔父さんも淋しいんだろうね。ブローチをくれるのに、君を呼び寄せるのは。」(立)

現実の事柄が前件、原因・理由が後件に現れる例としては、

○女は顔をそむけ、ひきつったような表情をうかべた。がっかりしたのだろう。(砂)

○突然林の奥で物の落ちたような音がした。……たぶん栗が落ちたのであろう。(武)

○どうしてあんなに沈みこんでいるのでしょう。多分ホームシックにでもなったんでしょう。(型Ⅱ)

②前件・後件の事実を一つの因果関係としてとらえ得る可能性があるという判断を表す。あくまでも可能性であって断定はできないという意識が推量表現をとらせていると考えられる。

○イモはたいへん活発な子ざるで、頭が良かったからいろいろな遊びをしているうちに、いも洗いを思いついたのだろう。(中)

○すばらしく話のうまい父だから、かわいそうに姉は子供のくせに、敗者の哀感をさとらされてしまったのだろうと思う。(み)

○「木の葉のそよぐにも溜息をつき鳥の鳴くにも涙ぐんで、さわれば泣きそうな風でいたところへ、お母さんから少しきつく叱られたから、とめどなく泣いたのでしょう。」(野)

○「――おやすみなさるがいいですよ。……疲れが出たのでしょう。きっと――心配されたから。」(仲)

「のだろう」と「だろう」の違いを考えるには、次を比較するとわかりやすい。

a 心配したから疲れたのだろう。

b 心配したから疲れただろう。

aは、「心配した」「疲れた」という既知の事実の間に、「心配した」ことが原因で「疲れた」という因果関係を認める可能性を表明している。ところが「だろう」に置き換えると、全く違った意味になってしまう。bは、「疲れた」か否かは未知の事柄であり、「心配した」という状況からみて「疲れた」可能性が高いという判断を示すことになるのである。

③種々の状況からある事柄を事実と認め得る可能性があるという推量判断を表す。断定を避けて婉曲的に表現するために推量の形を用いている場合も多く、確信の度合いからいって「に違いない」と大差のないこともある。

○若い連中と飲むのが楽しくなくもなく、それなり上機嫌にもなっているのだろう本庄の叔父の姿が、孝策の眼に浮んだ。(立)

○女の話題は、範囲が狭い。しかし、いったん自分の生活の圏内に入ると、たちまち見ちがえるほど活気をおびて来る。それはまた、女の心にたどりつく通路でもあるのだろう。(砂)

○こういう歴史的事情が、民族の源流を探る古代史へと我々の関心を向けさせるのであろう。(J)

○イギリス人のメンタリティには、そういう不器用なところがあるのでしょう。(黄)

○「親分とか侠客とかいうんでしょう。とにかく暴力団……。」(遷)

④疑問形で、ある結論に至るまでの事情や事柄の背後にある原因・理由などを問う。「なぜ」「どうして」「いつ」「どのようにして」「何」等の疑問詞と共に用いられることが多い。文末に疑問の終助詞「か」が

つく場合もつかない場合もある。
○多病な私はなぜ生き残っているのだろうかと疑ってみる。（硝）
○その点日本はどうなるのであろう。万一負けたとしたら、我々はその事態に対処できるのであろうか。（夜）
また、次のような感嘆文の形で驚嘆・不満・喜び等を強める用法もある。
○「ひどいことをするもんですね、爆弾をしかけるなんて。」
「ほんとに、だれがあんなばかなことをしたんでしょう。」

「何」「どこ」等の疑問詞を用い、事柄の背後にある原因・理由を探ろうとする姿勢は貫かれている。この場合も、「どうして」
○あの臆病な子が、何処を押せばこんな元気の好い声が出るのだろうと、私は不思議に思いながら……（年）
○「私つくづく考えて情なくなったの。わたしはどうして政夫さんよか年が多いんでしょう。」（野）
疑問詞を用いない場合は、自分が推量した事柄について、相手に確認・同意を求める用法となる。
○伸子は佃を、「こちらへいらっしゃらないこと、目録を持って来て下さったのでしょう？」と傍のテーブルに誘った。（伸）
○「この土地が初めてじゃないんだろう。芸者でもしていたのかい。」（濹）
○「だってそれみんな昔のことで、文明は進歩したんでしょ。あたしたち女はやっぱり夫婦は一人ずつじゃないと、頼りないわ。」（夫）
なお、終助詞「か」を伴って反語・強調を表す次のような場合も、「だろう」「でしょう」に比べて、相手（または自分自身）に確認・同意を求めるニュアンスが強いと見てよい。
○あの鉄のような軍隊が本当に敗れるなどということがあるのだろうか。（夜）

○たしかに、日本は犯罪の発生率からいって、世界一安全ではないのでしょうか。（黄）

6 ことだろう

活用語の連体形を受けて、過去・現在・未来についての推測を詠嘆的に表現する。それぞれについて、ある仮定条件のもとでの推測を表すこともでき、過去の場合は反実仮想となる。「ことであろう」「ことでしょう」の形もある。

〔過去〕

○休日にはその大小二台の車にホースを向けてせっせと洗ったことだろう。（魔）

○けわしい山の中だから、工事はむつかしかった事でしょうね。（I_2）

○日本人以外の借家人だったら、断固、二階の鍵の完備を要求したことでしょう。（黄）

〔現在〕

○最北のD市がこの陽気では、キャンベラは寒いことだろう。（魔）

○（国の両親は）私が充実した留学生生活を送っているのを知って、さぞ安心していることでしょう。（中）

○地球よりもずっと前に生物が発生した星があったとしたら、そこの生物は、現在のわたしたちよりも、はるかに高度の文化をもっていることであろう。（日Ⅱ）

〔未来〕

○「いまや私は自分の性格を空の四方にばらまいた、これから取り集めるのにほねがおれることだろう」とボオドレエルがどこかに書いていた。（X）

○「どっちみち、私は先生の綽名（あだな）通り苦行僧（グルヴイジ）です。一生、大学の図書館のご厄介になって終ることでしょう。」（伸）

○新種の発見というやつである。それにありつけさえすれば、長いラテン語の学名といっしょに、自分の名前もイタリック活字で昆虫大図鑑に書きとめられ、そしておそらく、半永久的に保存されることだろう。（砂）

七　適当・願望・提案・勧誘・勧告を示す

ばいい／といい／たらいい／がいい／ほうがいい／たらどう／てはどう／(よ)うではないか／てほしい／(たい)ものだ

1 ばいい／といい／たらいい／がいい

「ばいい〈よい〉」は活用語の仮定形、「といい〈よい〉」「がいい〈よい〉」は終止形、「たらいい〈よい〉」は連用形をそれぞれ受け、適当・願望・提案の意を表す。「ばよろしい」等の形も見られる。この四語のうち、「がいい〈よい〉」だけが、他と性格を異にしている。

①何らかの状況になることが適当である、望ましいと、自分や他人に関する事柄、一般的な事柄などについて思いをはせることを表す。「がいい〈よい〉」は他人志向の表現であり、自分自身の事柄には使えないため、使用範囲が狭い。

○それなら、快活に、熱心に幸福を求める者らしく正直に振舞えばいいのに、彼は、自分を閉鎖している。（伸）

○（温泉に行って大ぶろに先客がいたら）朝早くなら、戸を開けたときに「おはようございます」と言えばよい。（早2）

○オリンピックを機会に、町の美化運動が始まった。これからも継続されるといい。（MⅡ）

○決して達者とはいえない自分の英語でどのように説明したらいいかと、しばらく考えあぐねるように肩を落して黙っていた。（魔）
○「どうも自分の周囲（まわり）がきちんと片付かないで困りますが、どうしたらよろしいものでしょう。」（硝）
○（伸子は）のぼせたのだと思った。散歩して血液循環をよくしたらよかろうと思い……ホテルの方に歩き出した。（伸）
○——結局それもいい。そんな愚かな夢は早く覚めたがいい。——（都）
疑問文にすると、〃どうすれば望ましい状況になるのか〃〃こうすれば望ましい状況になるのか〃と相手に尋ねることになる。
○「おい、梯子がないんだよ！一体どこから上ればいいんだい？」（砂）
○「コーヒーは食後にお出ししたらいいですか。」
②①の発展として、話し手が適当・望ましいと判断した状況が実現するように、相手に対して直接何かをすることを提案したり勧めたりする用法である。
○「うちの父はああいういそがしがりやだから、願う時は大急ぎにごたごたお願いするけれども、貴方は、ゆっくり、お暇の時して下さればいいのよ。」（伸）
○「自分にも孫じゃないか、文句をいうより来てかわいがってやりゃいいじゃないか。」（み）
○かぜをひいたときは、あたたかいものを飲んで、早目に寝るといいでしょう。（型Ⅰ）
○中古車を専門に売り買いをしている会社へ行かれたらいいでしょう。（I_2）
○その返答が、なるほどと納得できたら、抗議を引っ込めたらよい。（日Ⅱ）
○「すると今度は女房の方でそんな馬鹿なことはしないがいいと言って取り合いそうにはないのです。」（都）

○「六月十七日の午後に医者がきて、もう一日二日のところだから、親類などに知らせるならば今日じゅうにも知らせるがよいと言いますから……」（野）
○「それでは皆して参ってくるがよかろう……」（野）
第二例の「やりゃいい」は「やればいい」の縮約形であり、他にも「書けばいい」→「書きゃいい」、「貸せばいい」→「貸しゃいい」、「打てばいい」→「打ちゃいい」、「死ねばいい」→「死にゃいい」、「飛べばいい」→「飛びゃいい」等があるが、非難・放任などのニュアンスを伴いやすい。また、第三、四例の場合、上昇調のイントネーションで発話すると、非難の気持ちが表されることになる。
③相手に対する提案の形をとりながら、実は勧めるというより相手をつき放した、〝どうとでも勝手にしろ〟という放任や非難・軽蔑などの気持ちを強くこめる用法である。「がいい〈よい〉」に顕著に見られる用法と言えよう。
○「いくらでも君かって に驚けばいいじゃァないか、何でもないことだ！」（牛）
○それから、この家の忙しい疎開振りを眺めて、「ついでに石灯籠も植木もみんな持っていくといい」など嗤（わら）うのであった。（夏）
○そんなに行きたければ、行ったらいいんじゃないですか。（型Ⅰ）
○「ヘンそんなにお人柄なら、煮込みのおでんなんぞは喰べたいといわないがいい。」（浮）
○兄は家を売って財産をかたづけて任地へ出立すると言いだした。おれはどうでもするがよかろうと返事をした。（坊）
○ユダヤ人の奥さんは、腹立たしげにテレビに怒鳴りつけました。「チョッ、地獄に行くがいい！」（黄）
④①の発展として、話し手にとって望ましい状況が実現することを強く願望する気持ちを表す。「なあ」を伴って終助詞的に用いられることも多い。他人志向の「がいい〈よい〉」にこの用法はない。

○「明いた部屋があればいいが。」（濹）
○「冗談言うな。こっちなんか、冬がなけりゃいいと思ってるんだ。」（J）
○「本当に子供をつれて巴里にゆける日が来るといいと思いますわ。」（愛）
○早く試験が終るといいなあ。（型Ⅰ）
○「始終こうして富士を見とったら好いだろうな。」（多）
第四例は次のように言い換えることもできる。
・早く試験が終らないかなあ。
→一六七ページ「ないかな」
なお、過去形「ばよかった」は、
○私は言わば、唯……野薔薇の与える音楽的効果を楽しみさえすればよかったのであるから。（美）
○そのころには……なじみの女は「君」でも、「あんた」でもなく、ただ「お前」といえばよかった。（濹）
のように①の用法の過去形として、単に過去の時点における望ましい状況を表現する場合もあるが、
○（母が）そう早く死ぬとは思わなかった。そんな大病なら、もう少しおとなしくすればよかったと思って帰ってきた。（坊）
○ああ、こんな恐ろしい所へ来なければ好かった、と思いながら……（年）
○「まあ、ラジウムの製法について、特許権を取っておかれればよろしかったのに。」（日Ⅱ）
に見られるように、①②の過去形として過去の時点における望ましい状況を提示しながら、実際にはそうしなかったことを後悔（自分自身の事柄）・非難（相手の事柄）する気持ちを表明する場合がかなり多い。

2 ほうがいい

活用語の連体形を受けて、適当・提案・勧告を表す。自分や他人に関する事柄、また一般的な事柄などについて、話し手の意見としてより適当な選択を示したり、その発展として、相手に直接何かを提案・勧告したりする表現である。「ほうがよろしい」等の形も見られる。

「ほうがいい〈よい〉」は本来二つ以上の事物を挙げてその優劣を比較する表現であるから、

○私の意見を言うよりも、あなたが自分で見られたあとで、討論をしたほうが良いのではありませんか。（み）

○病弱で人に迷惑をかけるようならむしろ産まない方がいい。（美）

のように比較すべき他の可能性を明示してある場合もあるが、多くは暗示的である。

○彼女たちが来ないうちに、私はこの村をさっさと立ち去ってしまった方がいい。（愛）

○「ゆく方がいいと思うね。ながくゆく必要はない。半年か一年で帰って来てもいいと思う。」（牛）

○「ついに僕は心を静めて今夜十分眠るほうがよい、全く自分の迷いだと決心して丸山を下りかけました。」（仲）

○佃（つくだ）は「あまり御心配をなさらない方がようございます。」と伸子を慰めた。（J）

○いずれにせよ、八月の中ごろは旅行を避けた方がよさそうですね。（I2）

○でも、大きいのが釣りたい時は、舟に乗った方がよろしいですよ。

また、動詞・助動詞を受けるのが一般的だが、次のように形容詞・形容動詞、および「の」を介して名詞を受ける場合もある。

○つまり、人間を幸福にし、世界に平和をもたらすためにするのでなければ、科学や学問は、かえってないほうがよい、というようなことになるのである。（中）

○もちろん、言葉は美しくて上品なほうがいい。（型Ⅱ）

○「他国の文学を日本人が味わうには日本の方がいいと思います。」（愛）

これらは、複合辞よりも本来の「ほう」の名詞としての用法に近づいていると思われる。このことは、「ほう」が動詞の現在形を受けるか過去形を受けるかという点にも関わってくる。

a 海に行くより山に行くほうがいい。

b 海に行くより山に行ったほうがいい。

a・bは意味上の差異は少ないが、どちらかというとaは海と山を比較して単に自分の好みや希望を述べたもの、bは相手に山を強く勧めるもの、といった傾向の違いはある。この場合、aは「ほう」本来の名詞としての用法に近いが、bは複合辞として機能しているため、単なる比較の意識にとどまらず、相手に対する提案という特別な意味を付加していると考えられる。

さらに、

○「こんなところにいるよりも、畑にいるほうがどんなにいいだろう。」（中）

○「巴里にゆかず欧洲にゆかずとも、本を読めば知識的にはその方がずっといいだろう。」（愛）

と副詞が挿入されると、一層名詞としての用法に近づくことになろう。

なお、過去形「ほうがよかった」で、より適当な選択を提示しながら、実際にはそうしなかったことを後悔する用法もある。

○こんなことならいっそう久能の着物を借り着して来た方がよかったのです。いや、あのよれよれになった銘仙の薄綿の這入ったやつを平気で着ていた方がよかったくらいです。（都）

3 たらどう／てはどう

活用語の連用形を受けて、相手にある行動の選択を提案したり促したりする表現である。その行動の主体として話し手自身が加わっている場合もある。「ては」は「ちゃ」となることもあり、また、丁寧体としては「たらいかが」「てはいかが」が使われる。

○「次の時間、授業が終ってから、教室で先生に相談があると言ったらどう。」（型Ｉ）

○「あそこ（＝応接間）に由希ちゃんを置いてあげたらどうかしら。」（立）

○長持ちするのもほどほどに、自然の成り行きで、あっさり消滅させるのも一つの手、『新釈・三匹の子豚』というお伽話を作ってみたらどうでしょう。（黄）

○飲んでみたらいかが。きっと気に入りますよ。（型Ｉ）

○皆さん、たいへんお疲れのようですから、もうお休みになったらいかがでしょうか。（型Ｉ）

○弟は中学へはいった頃に幸田の一郎成豊朝臣などとふざけていたので、父は私にも姫といってはどうかと水を向けた。（み）

○「それよりあなたはやっぱり何か書いてみちゃどうだろう。」（都）

○駅前で何か召し上がってから出かけられてはいかがかと思いますが。

「ほうがいい」ほど話し手の意見を強く押し出さず、それを受けとめた相手がどう行動するかは相手自身の判断に任せようとする態度である。しかし、次のように強い勧告・戒告・詰問を表す場合もある。

○人に聞いてばかりいないで、少しは自分で調べてみたらどうかと先生に注意された。（Ｊ）

○「弁解することがあるんなら、さっさと言ってしまったらどうなんだ！」（砂）

これらは、発話時に独特のイントネーションが伴う。

また、「どう」を省略して「〜たら。」「〜ては。」で文を終わることもできるが、その場合、上昇調のイントネーションで発話する必要がある。

○遠慮しないで、もっと食べたら？

○そろそろ行ってみては？

4 (よ)うではないか

活用語の未然形を受けて、相手の同意を求め、勧誘する気持ちを表す。話し手の意見に対する賛否を問うという問いかけの形をとっているため、それほどの強制力はなく、提案すること自体に重点が置かれている。文章語的で、不特定多数の人々に向かって共に行動を起こすことを提案する場合などに用いることが多い。

○我々国民のひとりひとりが、今の憲法の意義をしっかりみつめなおそうではないか。（型Ⅰ）

○困っている人には自分のできることで手をさしのべようではありませんか。（型Ⅰ）

ただ、「(よ)うじゃないか」の形なら普通の会話に用いることも可能である。

○「ぶらぶら歩いて見ようじゃないか、歩きながら話そう。」（ふ）

○「せっかく作ってくださったのだから、いただこうじゃないですか。」

5 てほしい

活用語の連用形を受けて、心中に抱いている願望を表す。他者がある行為をしたりある状態になったりすることを望む表現で、依頼を表すことが多いが、

○「早くすずしくなってほしいです。」（型Ⅱ）

○年が改まるたびに、戦争のない平和な時代がやって来てほしいと願っていた。

のように他者が非情物の場合には、話し手の願望を表すことになる。

また、他者が有情物の場合でも、他者自身の意志ではどうにもならない事柄（無意志動詞）を受ける場合合には、依頼ではなく願望を表すと考えられる。

○「しかし何年かのちかに、子供をつれて二人で巴里へくることを想像することは実にたのしい。子供は十七八になっていてほしいが、僕等はその時でも三十五六で居たいなぞと虫のいいことを考える。」（愛）

○「早くもとのように元気になってほしいですね。」（型Ⅱ）

○「(兄は私の）腹のなかがわからないのです。わかってほしくも思いませんが、わかって下さるのはお一人だけで沢山です。」（愛）

さらに、意志的な動詞を受ける、

○これが小企業の実態であることを政府は知ってほしい。（型Ⅰ）

○「お給料も上げてほしいですね。」（型Ⅰ）

のような例は、〝聞き手＝他者〟すなわち、直接他者（この場合は「政府」および「雇用主」）に対して話されたのであれば依頼であるが、他者以外の聞き手に話されたのであれば話し手の願望を表すと見てよい。

↓二八二ページ「てほしい」

6 （たい）ものだ

希望の助動詞「たい」を受けて、その事柄の実現を強く望む話し手の気持ちを詠嘆的に表現する。「ものだ」のみで、感動・詠嘆・驚き等を表す終助詞的な表現と見なすこともできる。

○前からよく僕は、こんな初夏に、一度、この高原の村に来て見たいものだと言っていましたが……（美）

○「かがやかしい新緑のやわらかい若葉で、めくらになった鑑真の目にたたえられたなみだを、ぬぐってあげたいものだ。」（中）

○もっとことばの潤滑油を使い、さまざまな人々とのコミュニケーションの輪を広げていきたいものである。（早2）

○私の子供には、ぜひお花を習わせたいものです。（MⅡ）

○「こいつはおもしろい、早くその願いというものを聞きたいもんだ！」（牛）

これらは、「ものだ」によってプラスの感情が付加されているが、次例のように、批判・皮肉といったマイナスの感情が付加される場合もある。

○暖房は気温を考えてやってもらいたいものだ。（型Ⅰ）

○突然だがおれはあの女とは別れた。結局はじめからほれてなんぞいなかったのだ、とおれも人並みに言ってみたいものだと思う。（Ⅹ）

なお、「てほしい」を受けた、

○人はよくこれをおれの詐術だと言って非難する……、だがおれにしてみればなんのことはないおれの不幸な性癖の一つにすぎない、ここをよく了解してほしいものだと思う。（Ⅹ）

のような例も見られるが、「ものだ」自体の機能は同様である。

八　要求・依頼を示す

てくれ(ないか)／てもらえないか／てくださいますか／ていただけますか／てください／お～ください／お～願います／てほしい／てもらいたい／ていただきたい／てちょうだい

1 てくれ(ないか)／てもらえないか／てくださいますか／ていただけますか

話し手が相手に何かを頼む際に用いる表現であるが、形式は多彩で、その待遇の度合いによって、実質的には命令と大差ないものから、相手の意向をうかがう形をとるものまで、かなり範囲が広い。見出し語として掲げたものは代表的な形式で、様々なバリエーションが存在する。丁寧さの度合いの低いものから順に諸形式を挙げてみよう。

①「てくれ」は丁寧さの度合いが最も低く、実質的には命令を表している。「～しろ」の持つ強い命令

口調を多少和らげているに過ぎず、男性が同等以下の相手に発する場合にのみ用いられる。〃そうしないこと〃を依頼する場合は「ないでくれ」の形になる。

○「帰る前にもう一遍、その刺青を見せてくれ。」清吉はこう云った。（刺）

○そのことはもう言わないでくれ。（型Ⅰ）

ただし、相手に依頼のため直接発するのではなく、第三者の依頼などを間接話法的に文中に盛り込む場合には、「てくれ」を使ってもぞんざいには響かない。

○（便利屋には）キップを買う行列に並んでいてくれという注文もあり、一緒に旅行してくれなどという依頼まである。（早2）

②「てくれるか」「てくれないか」「てくれないだろうか」「てくれますか」「てくれませんか」などと疑問形・否定疑問形にすると、相手の意向を問う姿勢が多少見られるだけ、表現は丁寧になる。否定疑問形のほうがより丁寧度は高い。

○（電話で）「飯田にかわってくれる？」（再）

○「オイオイ約束の坊様を連れて来たのだ、よく見てくれないか。」（少）

○「大島さんに相談してみてくれませんか。」（再）

「てくれないか」までは男性が同等以下に発する表現だが、「か」をつけなければ女性も用いることができる。

③「てもらえるか」「てもらえないか」「てもらえますか」「てもらえませんか」「てもらえないでしょうか」「てもらえませんでしょうか」等の一群は、「てもらう」を用いて、相手の好意を受け取ることができるようこちらから何かを懇願する形をとるため、幾分丁寧度は高い。「てもらえないか」まではまだぞんざいな言い方で、男性が同等以下に対してしか用いないが、「か」をつけなければ女性も使える。

○このすばらしいけやきを、ぜひ私の大学の庭に植えさせてもらいたいが、ゆずってはもらえまいかと……　(中)

○「すみませんが、首の、耳のうしろの辺を、掻いてもらえませんか？」　(砂)

前の例の「てはもらえまいか」は「てもらえないか」のバリエーションだが、この場合は間接話法的に用いられている。また、「てもらおう」「てもらいましょう」のように、相手に向けて直接話し手の意志を表明する形をとりながら、依頼表現として用いられるものもある。ただし、これはかなり押しつけがましく相手にある行為を要求することになり、イントネーションによっては命令調に響くこともあるので注意が必要である。

○「もっともらしいことは言わないでもらおう。」　(立)

○「それじゃ一つ、すまないけど、このシャツを洗っておいてもらおうかな。」　(砂)

④「てくださるか」「てくださらないか」「てくださいますか」「てくださいませんか」「てくださらないでしょうか」「てくださいませんでしょうか」等の一群は、「てくれる」の尊敬語「てくださる」を用いて相手の行為を尊敬した言い方にしているため、丁寧度が高い。しかし、「てくださるか」「てくださらないか」は男性の用語であり、「か」をつけない「てくださる？」「てくださらない？」の形は女性の少し甘えた物言いになる。

○「ヴィクトリアが変なこと云ってるのよ、あなた、ちょっと来て下さらない。」　(魔)

○「佐室さんも、たまには一緒にいらして、おごって下さいません。」　(立)

○「あの樹のところにある蒲団は私のですからここへ持って来て下さいませんか。」と哀願するのであった。　(夏)

また、「お〈ご〉〜くださいませんか」とすると、一層丁寧度が高まる。

○お名前をお書きくださいませんか。（型Ⅰ）

⑤「ていただけるか」「ていただけないか」「ていただけますか」「ていただけませんか」「ていただけないでしょうか」「ていただけませんでしょうか」等の一群は、「てもらう」の謙譲語「ていただく」を用いており丁寧度が高い。「てくださる」が相手側に重点のある表現で相手の行為そのものに直接言及するのに対し、「ていただく」は、自分側に立って相手の恩恵を受け取る自分をへりくだらせることによって婉曲的に相手の行為を高めているため、より一層丁寧な言い方になる。しかし、「ていただけないか」まではやはり男性用語であり、女性が用いる時には「か」を除いて「ていただけない？」などとするしかない。

○「本を貸していただけないかな。」

○「あたしのアトリエ、見ていただけます？」（再）

○ちょっと手伝っていただけませんか。（型Ⅰ）

「お〈ご〉～いただけませんか」は更に丁寧度が高い。

○前におかしした本をお返しいただけませんか。（型Ⅰ）

また、話し手の意志を表明する形の「ていただこう」「ていただきましょう」は、相手にある行為を要求することになり、場合によっては命令になりやすい。

○「それでは、その道の専門家であるあなたに模範を示していただきましょう。」

⑥なお、自分がある行為をすることを相手に認めてもらえるよう依頼する場合には、使役の助動詞をつけて「(さ)せてくれ」「(さ)せてくれませんか」「(さ)せてもらえないか」「(さ)せてくださいますか」「(さ)せていただけませんか」等の表現をする。

○「僕にもぜひお相伴させてもらえませんか。」

○「急なことで大変申し訳ございませんが、明日から二、三日会社を休ませていただけないでしょうか。」

2 てください／お～ください／お～願います

人に何かを依頼したり軽く命令したりする時に用いる表現である。一般には、「てください」「お〈ご〉～ください」「お〈ご〉～願います」の順に丁寧さの度合いが高まるだけで、三者に意味的な差はないと考えられている。確かに、「急いでください／お急ぎください／お急ぎ願います」「連絡してください／ご連絡ください／ご連絡願います」と並べてみると差はないかのように見える。しかし、「どうぞ召し上がってください／どうぞお召し上がりください」に対して「どうぞお召し上がり願います」が言いにくいこと、「必ず勝ってください」に対して「必ずお勝ちください／必ずお勝ち願います」は意味的にずれが生じてしまうことなどから、この三者の間に微妙な違いが存在することがわかる。以下、三者の異同に着目しながらいくつかの用法に分けて述べていくことにする。

①「教える」「手伝う」「見せる」等、対人関係を前提にした行為を示す動詞を受けて、自分自身のために相手が何らかの行為をすることを依頼する用法である。〃話し手向けの恩恵賦与要求〃と言ってもよい。

○「水を少し飲ませて下さい。」（夏）

○「恥ずかしいんですけど、誤解なさらないで下さい。」（再）

○機会があったら、ぜひおさそい下さい。（I_2）

○「誠につまらないものをお目にかけて、先生の面目を傷けるようになると思いますが、それは御許し願います。」（愛）

○御承諾願えませんか。（日Ⅱ）

この場合は、丁寧さの度合いを除けば、三者はほぼ同様の意味を表している。ただし、動詞によっては「お〈ご〉～ください」「お〈ご〉～願います」が使えないものもあるので、注意を要する。

×a 水を少しお飲ませください。……不成立

×b　水を少しお飲ませ願います。……不成立

c　お話を少し聞かせてください。

d　お話を少しお聞かせください。

e　お話を少しお聞かせ願います。

②「行く」「決める」「載せる」等、自己完結的で対人関係を前提にしない行為を示す動詞を受ける場合には、相手にある行為をするよう要求する用法となり、軽い命令の語気を帯びることも多い。相手のためを思うだけで話し手には全く利害関係のない場合もあれば、間接的には話し手も恩恵を受けることになる場合もある。

○「終ったよ。これで完全だ。今夜湯を沸かしてみてくださいよ。」（老）

○「どんなに巴里がいい処でも御帰りはお忘れなく、決して日のべなぞはしないで下さい。」（愛）

○大阪港でしたら、この階段を降りて向う側の1番線にお回り下さい。（I_2）

○九州地方の均一周遊券をご利用下さい。（I_1）

○名前を呼ばれるまで、待合室でお待ち願います。

○万障繰り合わせて御出席願います。（日Ⅱ）

この場合も、丁寧さの度合いを除けば、三者はほぼ同様の意味を表している。しかし、常に相手方のためを願った希望表現の場合は、「安心してください／ご安心ください／ご安心願います」のように三形式そろう例はむしろ稀で、「がんばってください」「元気でいてください」「体をおいといください」「ご自愛ください」のように一形式による表現が定着して、他形式との交替を許さない場合が多い。特に「お〈ご〉〜願う」は使われにくい。

また、「どうかわかってください」「お国のために死んでください」のように、動詞によって「お〈ご〉

〜ください」「お〈ご〉〜願います」が使えないものもあるので、注意を要する。

③話し手向けの恩恵賦与要求には①の他に、話し手が本来するべき行為を相手に代行するよう依頼し、結果として話し手が恩恵を受ける場合がある。この〝話し手向けの代行恩恵賦与要求〟の場合は、対人関係を前提にした行為を示す動詞のみでなく、自己完結的な動詞も受けることができる。

f 私の代わりにあなたが、会議の内容を皆さんに知らせてください。

g 私の代わりにあなたが、その会議に出席してください。

gのような自己完結的動詞の場合は、恩恵を受けるのは話し手一人だが、fのような対人関係を示す動詞の場合は、直接的恩恵（会議の内容を知ること）は他者（皆さん）へ、間接的恩恵（自分は苦労をせずに会議の内容を皆さんに知らせてもらえること）は話し手へ、といった二重の恩恵賦与関係になっている。この点を明確にするには、「〜してあげ〈やっ〉てください」を用いて、

h 私の代わりにあなたが、会議の内容を皆さんに知らせてあげてください。

とすることもできる。このような〝話し手向けの代行恩恵賦与要求〟の場合は「てください」を用いるのが自然であろう。

④自分の代わりに何かをしてくれるよう相手に要求・依頼する用法のうち、実際に恩恵を受けるのは他者のみである場合を、〝他者向けの代行恩恵賦与要求〟と呼ぶ。③のfと違って「私の代わりに」という意識は薄いため、その分話し手への間接的恩恵賦与も期待されていない。

○「ごくつまらない物ですが、マダムに上げてください。」（都）

○「ではどうぞお父様がお帰りになりましたら、新聞にはたぶん明後日広告が出るとお話し下さい。」（伸）

○ご迷惑をおかけした奥様にもどうかよろしくお伝え願います。

この場合も、丁寧さの度合いを除けば、三者はほぼ同様の意味を表している。なお、対人関係を前提にした動詞を受けて「貸してください／お貸しください／お貸し願います」のように表現すると、特に文脈の制限がない限り、①の〝話し手向けの恩恵賦与要求〟と受け取られるのが普通である。そこで、〝他者向けの代行恩恵賦与要求〟であることを明確にするには、「貸してあげてください／貸してやってください」のように表現したほうがよい。

⑤自己完結的な行為を示す動詞を受ける点は②と同様であるが、相手にある行為を要求するというより、相手がある行為をするのを許容する場合がある。間接的であれ話し手が恩恵を受けることはなく、むしろ行為者である相手自身が恩恵を受けることになる。

○「気がねはいらんから、ゆっくり休んで下さい……」（砂）

○「どうぞ、おかけください。」（日Ⅱ）

○そこにいろいろパンフレットが置いてございますから、どうぞごらん下さい。（I_1）

許容表現の場合は「お〈ご〉〜ください」のほうが「てください」より自然である。また、「お〈ご〉〜願います」は許容には用いられない。

▼以上のように五つの用法を見てきたが、⑤以外については三者の異同が明確にはなっていない。これは、三者の異同が各用法ごとに決まっているのではなく、個々の動詞によってそれぞれ事情が異なるという複雑な背景があることに起因する。例えば、自己完結的な動詞「載せる」「持つ」を用いて、

i　荷物を載せてください。

j　荷物をお載せください。

k　パンフレットを持ってください。

l　パンフレットをお持ちください。

とした場合、「てください」形式のi・kが③の〝話し手向けの代行恩恵賦与要求〟を、「お〜くださ

い」形式のj・lが②の〝軽い命令〟を表している点では一致している。しかし、⑤の〝許容〟を表し得

るか否かの観点から見ると、「載せる」のほうはjのほうがより自然だがiでも可能であるのに対し、「持

つ」のほうはlのみ可能で、kは、

k′ パンフレットを持って行っ〈帰っ〉てください。

とでも改めなければ許容を表すことはできないのである。これは、「持つ」が「お持ちください」の形になった時、「持つ」本来の運搬・携行の意ではなく、〝持って行く／持って帰る〟の意を帯びるという特殊な事情による。このように、動詞によって、要求される形式やその形式が表す意味に差があるため、個々の動詞についてその都度確認する必要があろう。

3 てほしい／てもらいたい／ていただきたい／てちょうだい

相手に対して、何らかの行為をすることを要求・依頼する表現である。「てほしい」は漠然と心に抱いている願望を表すことも多く、「てもらいたい／ていただきたい」は「たい」を用いて話し手の願望を示す形をとりながら、実質的には婉曲的な命令を表している。従って、「てほしい」と「てもらいたい」では後者のほうが相手への働きかけが直接的である。「てちょうだい」は女性や子供が用いる表現で、相手に甘えるようなニュアンスが伴う。↓二七二ページ「てほしい」

○おじさんに何か注文をつける。鴨を一度に集めて欲しいとか、ちょっと追い返してくれとか。（老）

○「わたしとここで会ったことをだれにも言わないと約束してほしいのです。」（日Ⅱ）

○「私がどうかしたんじゃないから大きくなって何かいわないように、そのことはしっかり覚えていてもらいたい。」（み）

○「その問題は、もう少し真面目に話して戴きたいもんですね。」（夫）

○「ちょっと、あたしのテレビを見る眼鏡を探して頂戴。」(再)
○「特にね、お兄さんのことはみんな私がしますから、由希ちゃんは忘れてしまって頂戴ね。」(立)
否定形は、「ないでほしい」「ないでもらいたい」「ないでいただきたい」「ないでちょうだい」となる。
○うそをつかないでほしい。(型I)
○「あたしの口から同意の言葉がきけると思わないで頂戴。」(夫)
否定の形としては、「てほしくない」「てもらいたくない」「ていただきたくない」の系列もあり、「ないでほしい」系に比べて拒否する気持ちが強く、より命令的に主張する場合に用いられる。

なお、自分がある行為をすることを相手に認めてもらえるよう依頼する場合には、使役の助動詞をつけて「(さ)せてほしい」「(さ)せてもらいたい」「(さ)せていただきたい」「(さ)せてちょうだい」と表現する。
○「お客さん、すこし水が余ってるけど、顔でも洗いますか?」
「いや……顔よりも、飲ませてほしいね……」(砂)
○「私の青と黒とを基調色にしてあなたの顔を描かせていただきたいものですね。」(都)
○「その中(うち)、一度ゆっくりお目にかからせて頂戴。」(腕)

九　限定を示す

(より)ほか(は)ない／より(ほかに)仕方がない／ほか仕方がない／にほかならない／までだ／までのことだ

1 **(より)ほか(は)ない／より(ほかに)仕方がない／ほか仕方がない**
活用語の連体形を受けて、可能な方法・手段をあるものに限ることを表す。〝それしかない〟〝それ以外に考えられない〃の意で、それ以外のすべてを否定する意識である。
○それ（＝牧歌的なもの）を書くためには、いま自分の暮らしつつあるこの村を背景にするよりほかはなく……（美）
○生来おとなしく意気地なしの彼は、学問による道を選ぶほかはなかったが……（夫）
○彼はうっかりちぐはぐな返事をしてはならないために、ただ当たり触りのない返事をするよりほかには仕方がなかった。（都）
○もはやこの恐しい霧の夜を行き処のない自分は過ぎ行く電車に乗って一刻も早く家へ帰るより仕方がない……（ふ）
○「いいも悪いも、そうするほか仕方ないじゃないか」（立）
また「仕方」のかわりに、「仕様」「方法」「すべ」「やり方」「手」「詮」などの類義語が用いられることもある。
○左も右も留めるより外に法は無いと思案して……（多）
○心細さのやるせがなく、泣くより外に詮がなかったのだろう。（野）

↓一九二ページ「よりほか(は)ない」

なお、
○誤解とでもいうよりほかに、考えようがない。（砂）
のように、分割した形で述語以外の部分を限定する用法もある。

2 にほかならない

体言または体言扱いのものを受けて、それを強調して取り立てることを表す。〃それ以外の何物でもない〃〃まさにそのものである〃の意で、その他を否定してそれだけを強調するという限定意識である。

「〜は」で主題化した事柄の原因・理由・実態・内容等を断定的に述べるのに用いられる。

○若い人が外来語を好むのは、それなりの理由があるからにほかならないのである。（早2）

○どうやら「はけ」はすなわち、「峡」にほかならず……（夫）

○思想史とは社会の個人に対する戦勝史にほかならぬ。（X）

○縄梯子の撤去が、女の了解のうちに行われたことの、これは明白な承認にほかなるまい。（砂）

3 までだ／までのことだ

活用語の連体形を受けて、物事がそれだけに限定され、それ以外には及ばないことを表す。決意や理由を強く表明する場合に用いられ、〝ただそれだけのことであって、それ以上でもそれ以外でもない〟という限定意識を伴っている。

○電車が動かないのならしかたがない。歩いて帰るまでだ。（J）

○「そんな心配をすることはないよ。できなかったらもう一度やり直すまでのことだ。」（J）

○「特に用事があったわけではありません。近くまで来たので寄ってみたまでです。」（J）

○（母の）この間の小言も実は嫂（あによめ）が言うから出たまでで、ほんとうに腹から出た小言ではない。（野）

このように、現在形を受けた場合は決意を、過去形を受けた場合は理由を表している。

また、代名詞「それ」を受けて、〝それ以上問題にすることは無用だ〟〝そこで万事休すだ〟の意を表す場合もある。

○しかし、日本の夏はなぜ暑いのだろうか。気温が高いからであると言えばそれまでである。（MⅡ）

○この機会をのがしたらそれまでで、もう二度と彼には会えないだろう。（J）

○いくらお金をためていても、死んでしまえばそれまでなのだから、生きているうちに有効に使うほうがいい。（J）

十　程度を示す

に過ぎない／に足りない／ても仕方がない／ても仕様がない／（とい）ったらない／限りだ／だけのことはある

1 に過ぎない

活用語の連体形や体言を受けて、低い程度であることを表す。〝その程度・範囲を出ない〟というのが原義で、〝それ以上のものではない〟〝ただそれだけのものだ〟〝特に問題にすることはない〟などの意味を強調するのに用いる。

○「なぜって、イタリヤに行けば行くだけ、僕は例の、成功の悲みを増すに過ぎないと思うからさ。」（ふ）

○這い出して逃げのびた生徒は四五名にすぎず、他は全部、最初の一撃で駄目になっていた。（夏）

○この時彼はただ道子を引き立てるために悪口をいっているにすぎなかった。（夫）

○アリアン人の血の純潔をけがすユダヤ人、単に非協力的というにすぎぬ政治犯など――犠牲者は一夜のうちに家族ぐるみ消えうせたが……（夜）

間に助詞等が挿入される例は稀である。

○社宅を好まぬのは、いわば彼の趣味の問題にしか過ぎなかった。（立）

2 に足りない／ても仕方がない／ても仕様がない

「に足りない」は、活用語の連体形を受けて、〝……するだけの価値はない〟〝……するほどのことはない〟と、価値の程度が低いことを表す。

○自分はしばしば思うに、もし武蔵野の林が楢のたぐいでなく、松か何かであったらきわめて平凡な変化に乏しい色彩一様なものとなってさまで珍重するに足らないだろうと。（武）

○「だが、いかなる危険といえども、それに対する確乎たる防備さえあれば、いささかも怖るには足りないのであります。」（夏）

○その贈り物は彼を満足させるに足りなかった。（硝）

「ても仕方〈仕様〉がない」は、活用語の連用形を受けて、〝……してもどうしようもない〟〝……しても無意味だ、手遅れだ〟といった意味を表す。会話体では「ても」の代わりに「たって」となることも多い。

○社員と手柄を争っても仕方がないから、明は黙っているだけだったが……（再）

○「お母さん、ほんとに民子は可哀そうでありました。しかし取って返らぬことをいくら悔んでも仕方がないですから……」（野）

○「隠していたって仕様がないわね。」（腕）

3 (とい)ったらない／限りだ

「(とい)ったらない」は名詞・形容詞を受けて程度を強調する表現である。名詞を受けた場合はある事柄を提示して、〝……というのは口には表せないほどすばらしいことだ〟と感動を強調したり、〝……というのはひどいものだ〟とけなしたりする意味になる。形容詞の場合は〝……ことこの上ない〟の意となり、プラス評価にもマイナス評価にも用いられる。くだけた話し言葉で、地の文には現れない。

○「北海道へ行ったその時の心持ちといったらないね……。そして何とも言えないうれしさがこみ上げてきて……」（牛）

○「本当のことがわかってくれれば何でもないのだが、とまた白ばくれているのですよ。憎らしいったらないのですよ。」（愛）

丁寧体は「(とい)ったらありません」「(とい)ったらございません」となる。

○「函館山から見た夜景は、そりゃすばらしいといったらありません。」

○なにしろどちらを見ても、まっ暗で……それは恐ろしい針の山の針が光るのでございますから、その心細さといったらございません。(日Ⅱ)

「(とい)ったらありゃしない」の形になることもあるが、これはマイナス評価のみを示す。

○「本当に、おそろしいったらありゃしない、木食い虫よりもたちがわるいんだから……」(砂)

○「手術台にのせられた時のさびしさったらありゃしません。これで人生も終わりかと思いますからね。」

「限りだ」は形容詞を受けて、〃……ことこの上ない〃〃最高に……〃と程度を強調する表現である。プラス評価にもマイナス評価にも用いられる点では「(とい)ったらない」と似ているが、名詞を受けない、地の文にも用いられる、などの点で異なっている。

○外人観光客を見ると、それぞれ気楽に自国流儀で旅をしている。うらやましい限りである。(MⅡ)

○「たった一点差で負けるなんて、くやしい限りです。」

4 だけのことはある

過去・完了の助動詞「た」を受けて、それにふさわしい状態や程度であることを表す。〃それだけの値うちはあり、むだではない〃の意である。

○「行けば何かしら行っただけのことはあるものだ。」(伸)

○「おかげさまでこれだけ資料が集まりました。図書館で時間をかけて調べただけのことはありました。」

○冬の寒い朝も早起きして練習に励んだだけのことはあって、県大会では見事に優勝を手にした。

↓一〇一ページ「だけあって」

十一 経験・回想・習慣を示す

ことがある／ものだ／にきまっていた／ことにしている／ようにしている／ことになっている

1 ことがある

過去・完了の助動詞「た」を常に受けて、経験を表す。「ことはある」「こともある」「ことのある」「ことある」等の変化形、およびそれぞれについての過去形・推量形・丁寧体等、様々な形態を有する。

○時には行きずりの俥屋なんぞを連れて来て、「おあがり」なんていったことがあって……（み）

○「お前は去年の六月ごろ、平清から駕籠で帰ったことがあろうがな。」（刺）

○今より六七年前、私はある地方に英語と数学の教師をしていたことがございます。（春）

○「イギリスはどうなってしまうのだろう」というイギリス人の医者の嘆きを聞いたことはありますが……（黄）

○「あたし、父と母が小学校しか出ていない小商人であることを、恨めしく思ったこともありました。」（再）

○震災前新橋の芸者家に出入りしていたという車夫が今は一見して人殺しでもしたことのありそうな、人相と風体の悪い破落戸になって……（濹）

○「鴨のおじさんって聞いたことあるだろうおくさん、わたしのことだよ。」（老）

否定形は「ことがない」を基本として、「ことはない」「こともない」「ことのない」「ことない」等になる。

○私は彼女の顔を、まだ一度も、まともに眺めたことがなく……　(美)

○イギリス人から移民に関する意見をきいたことがなかったかわりに、移民どうしや、外国人の反応は面白いものでした。　(黄)

○朝、学校へ行く時、かさを持っていこうか、持っていくまいかと、空を見上げて考えたことはありませんか。　(日Ⅱ)

○きみはこんな病気をわずらったことはあるまいが、この問題を了解することはできるだろう　(X)

○私は他人の蒙を啓こうと思って背延びしたこともなければしゃがんだこともない。　(現)

○(塙信一は)入学当時から尋常四年の今日まで附添人の女中を片時も側から離した事のない評判の意気地なし。　(年)

○(イギリスで)町を散歩していて、玄関が無人のまま開放されている家なんて、みたことありませんもの。　(黄)

また、

○自分はかくためらったことがしばしばある。　(武)

○大学から帰る道で妻と行き会いながら、知らずに通り過ぎたことが二度あったそうである。　(MⅡ)

○「あれは今でも彼女の机の前に飾ってあるが、モデルがあの絵ほど美しかったことは、かつてなかったし、これからもない。」　(再)

のように間に修飾語句がはさまれたり、

○たべたことも見たこともない西洋料理のソースやドレッシングの類を、どうしてこしらえたろうか。　(み)

のように並立関係の際に重複する部分が省略されたりする場合も見られる。

2 ものだ／にきまっていた

「ものだ」は過去・完了の助動詞「た」を受けると、過去を回想する用法となる。過去の習慣やしばしばなされた事柄について、それをなつかしむ気持ちをこめながら叙述するものである。

○「なに構うものか、元禄時代は胴の長いのが美人の条件とされていたものだ。」（夫）

○「先にはうちでもちょいちょい何かくれてやりましたもので……」（美）

○ベンダサンの知識があったわたしたちは、これは初対面で大変な信頼を受けたものよと、事の重大性に胸を高鳴らせたものでした。（黄）

○（上野公園の）右手の奥が動物園で、小さいころには、よく父母にねだって連れてきてもらったものである。（早1）

○「そこで僕はいろいろと聞きあつめたことを総合してこんなふうな想像を描いていたもんだ。」（牛）

○「知ってるどころじゃございません。始終徳、徳、ってひいきにしてくだすったもんです。」（硝）

また、一回きりの事態であっても、話し手が特別な感慨をこめて回想する場合には使われることがある。

○わたしの主人も、国際特殊教育学会にアン王女が出席されるというので、早起きして、遠路はるばる開会式に間に合うようにとでかけたものです。（黄）

「にきまっていた」も、活用語（動詞・助動詞）の連体形を受けて過去の習慣的事実を回想する表現であるが、「ものだ」と違って極めて客観的に事実を叙述する態度になっている。

○喜いちゃんはいくら私がゆかないでも、きっと向こうから来るにきまっていた。（硝）

○下町へ行こうと思って、日和下駄などをはいて出ようものなら、きっとひどい目にあうにきまっていた。（硝）

→二〇五ページ「ものだ」、二〇六ページ「にきまっている」

3 ことにしている／ようにしている／ことになっている

活用語の連体形を受けて習慣を表すものである。「ことにしている」はある意志的な行為が繰り返されるうちに自然に習慣化したものを表す。「ようにしている」はまだ自然に習慣化するところまではいかないが、ある状況にあたってはある行為をするように、意図的に調整している話し手の姿勢を感じさせる。そのため、場合によっては、〃ある行為をするよう努力はしてみたが実際にはその通りにならなかった〃という状況を示すこともある。

○毎朝牛乳を届ける若者も……必ず「奥さん」を呼び出して渡すことにしているそうである。（夫）

○「そういう時はうんとあてて上げることにしています。『閉口々々』と逃げる迄はやめないことにしています。」（愛）

○（わたくしは）この辺（あたり）（＝盛り場）の夜店を見歩いている人たちの風俗に倣（なら）って、出がけには服装を変えることにしていたのである。（濹）

○わたくしは女の言葉づかいがぞんざいになるに従って、それに適応した調子を取るようにしている。（濹）

○僕は野々村の処に集る連中にあまり好きでない人がいるので、ゆかないようにしていたが、その日は何ということなしに行く気になった。（愛）

「ことになっている」は、個人の意志とは無関係に、以前行われた何らかの決定や自然の成り行きから生じたある事態が習慣として定着していることを表す。規則や社会慣習などについて客観的に叙述する際に用いられることが多い。

○そこ（＝お葬式の香典）には「半返し」というルールがあって、受け取った香典の額の半分を返すこ

とになっているのだそうです。　（早2）
○入口に鳥の巣箱のようなものが掛っていて、大人ひとりにつき三十セント入れることになっていた。　（魔）
連用形で中止法として用いられる場合には、「ことになっており」の形になる。
○大学の教員は公募されることになっており……　（黄）

十二　伝聞を示す

とのことだ／という(ことだ)

■**とのことだ／という**（ことだ）

用言の終止形や体言を受け、他から伝え聞いた情報をそのまま客観的に述べる表現形式で、〝……と聞く〟〝……としている〟の意で直接の引用という感じが強い。「とのことだ」のほうが堅い表現で、書き言葉として多く用いられている。「とのことです」等の丁寧体や「ということだった」等の過去形も存在する。なお、「ということ」「とのこと」だけで文を終止する場合については、終助詞的用法として別項で詳述している。↓一六九ページ「とのこと／ということ」

○（すし屋で）一人前になるには十年の修業がいるとのことだ。　（早1）
○新聞の報道によると……付近の住宅地にまで延焼していったとのことですが……　（日Ⅱ）
○「その時の結論では、国連加盟と永世中立とは両立しないとのことだった。」　（MⅡ）
○都内の食べ物屋の中ではそば屋がいちばん多く、七〇〇〇軒もあるということだ。　（早1）
○とくにハンミョウ属は群居をきらい、極端な場合には一キロ四方を、たった一匹で縄張りにしている

ことさえあるという。（砂）

○姉は聡明英敏、しかも性質温雅のゆえに、見る人いずれも愛してやまなかったという。（み）

類似表現として伝聞の助動詞「そうだ」があるが、「そうだ」は、話し手が現に身を置く時点においてその情報内容を現実の事態と矛盾しないものととらえ、自分の主体的判断に置き換えて述べるものである。〈注〉従って、現時点で情報内容と現実との間に既に矛盾が生じている次例のような場合には、「そうだ」と置き換えることはできない。

○きのうの話では、きょう私たちといっしょに上京するとのことでしたが、急病でだめになってしまったということです。（型Ⅱ）

○あのピアニストの演奏はすばらしいはずだということだったが、聞いてみたら、それほどでもなかった。（型Ⅱ）

また、「そうだ」は、他者の言葉の直接的引用や助詞、推量等の助動詞などは受けないため、次例の場合置き換えは不可能である。

○佐藤は旅行の話をし、あれこれと知合の在留日本人の動向を話した。……金のある大使館筋とか軍部筋とか満鉄関係者などは、けっこう繁昌しているキャバレーやナイトクラブに出入りしているのも相変わらずとのことであった。（夜）

○隣村の祭りで花火や飾物があるからとの事で、例の向うのお浜や隣のお仙らが大騒ぎして見にゆくというに……（野）

○（吉川から電話があり）「バロウズの小説を読んで遊んでくれたら有難いけど……」ということだった。（再）

○鈴木さんは行けないだろうということだった。（型Ⅱ）

〈注〉　日本語教育学会編『日本語教育事典』（大修館書店、一九八二年）三八六ページ

十三　行為の授受を示す

てやる／てあげる／てさしあげる／てくれる／てくださる／てもらう／ていただく

■てやる／てあげる／てさしあげる

話し手または他者Aから他者Bへと行為が授受されることを表す。Aは行為主体であると共に文の主語でもあり、話し手の視点もAの側にあるため、〝自行他利〟の構造になっている。

「てやる」はAから見てBが目下や動物である場合、身内のことを他人に話す場合などに用いる。「てあげる」「てさしあげる」は、AよりBを高く扱っているように見えるが、実際はAがBに対して何らかの恩恵を与える立場になるため、Bを一段下に扱う（例えば子供扱いする）感じを伴いやすい。目上の人に用いた場合は押しつけがましい印象を免れないので、「案内してさしあげます」よりは「ご案内いたします」とするべきである。

①AがBに何らかの利益や恩恵を与えることを表す。

○「まあ待ちなさい。己がお前を立派な器量の女にしてやるから。」（刺）

○「もしもし、お前様たちに御馳走して上げるから、あたしと一緒にいらっしゃいな。」（年）

○「ニューヨークにはアメリカ人の友人がおりますので、紹介状を書いてさしあげましょう。」（中）

②AがBに害や不利益を与えることを表す。

○少しでも間に合わせを言おうものなら軽蔑してやるぞといったような鋭さが見えた。（生）

○あんまり腹がたったから、手にあった飛車（ひしゃ）を眉間へたたきつけてやった。（坊）

○「あなたは私の琴をお好きなようですから、お帰りまでにうまくなって、驚かして上げたいと思っています。」（愛）

③（主体Aと話し手が一致した形で）何らかの行為をする強い意志を表明したり（＝「てみせる」）、自分の行為を誇示したり自虐的に見せたりなど、極めて主観的な性格を伴うもので、「てやる」のみの用法である。

○「今から、この男を憲兵隊へ起訴してやる。」と一同に宣言し……（夏）

○「新聞社に勤めている友達もいるしね……こいつを社会問題にしてやろうじゃないか……」（砂）

○これぐらいのレポート、一時間で仕上げてやる。

2 てくれる／てくださる

他者Aから話し手Bへと行為が授受されることを表す。Aは行為主体であると共に文の主語だが、話し手の視点はBの側にあるため、〝他行自利〟の構造になっている。Aが目上やあまり親しくない人の場合には、「てくださる」を用いてAに敬意を払うことができる。

①AがBに何らかの利益や恩恵を与えることを示しながらBの側からAに感謝する気持ちを表明する。

○「（割りばしは）1回ですてるのはもったいないともいいますが、捨ててくれるからこそわれわれが繁盛するのです。」（早2）

○田口というは昔の家老職……この二階を貸し私を世話してくれたのは少なからぬ好意であったのです。（春）

○渋谷先生はたしかに或る種の愛を子供たちに残してくださった。（み）

○ほめるのが上手な方で、教えてはくださらなくとも、生徒に画く気をおこさせる人でした。（再）

②「AがBに～（さ）せてくれる」の形で、Bが何らかの行為をするのをAが許可・容認することを表す。

○僕は僕の少年の時代を田舎で過ごさしてくれた父母の厚意を感謝せざるを得ない。（少）
○東京の場末で文筆を弄している男は、一瞬にして世界を一周させてくれる今日科学の欺瞞に対して感謝の意を表してしかるべきであろう。（現）
○私にもオーディションを受けさせてくださるよう、先生にお願いしてみます。
③AがBに何らかの不利益や迷惑を与えることを表す。
○「ヨシ先がその気なら此方もその気だ……糞ッ面宛半分に下宿をして呉れよう……」（浮）
○君がもしここで乱暴を働いてくれると、僕は非常に迷惑する。（坊）
○「よくも私にあんな恥をかかせてくれましたね。」

3 てもらう／ていただく

文の主格に立つ話し手または話し手側のBが他者Aから行為を受け取ることを表す。行為主体はAだが、文の主語も話し手の視点もBの側にあるため、〝自行自利〟の構造になっている。Aが目上やあまり親しくない人の場合には、「ていただく」を用いてAに敬意を払うことができる。
①BがAから何らかの利益や恩恵を与えられるよう、Bが自主的に働きかけることを表す。「てくれる」はAの意志から出た行為というニュアンスが強いのに対し、「てもらう」はBからの積極的な要請にAが応じてといった気持ちが強い。
○私は表門の番人の部屋へ行って信一を呼んで貰おうかとも思ったが……（年）
○或る同人雑誌にお情けで採用してもらったその『およね』とかいう作品は……（都）
○「僕がその気持でいることだけ、お兄さんにわかって戴ければいいのです。」（愛）
②「BがAに～（さ）せてもらう」の形で、Bが何らかの行為をすることについて、Aに許可・容認を求めることを表す。

○「いったい何時になったら、上にあがらせてもらえるんです？」（砂）
○「そんな男を信頼して、小便をさせてもらったのは失敗だった、と思うだろうな。」（再）
○「それに、宿泊料も、ちゃんと払わせていただきますしね……もっとも、こっちで勝手に計算させてもらった、実費だけどね……」（砂）
○「お口にあいますかどうか、用意させていただきました。」（再）
③BがAから何らかの不利益や迷惑を与えられることを表す。
○「しかしその以後は決して私を手頼[たよ]ってもらっては困る。」（都）
○「この狭い部屋にピアノなんか置いてもらっちゃ大変だよ。」

十四　アスペクトを示す

ている／ておる／ていらっしゃる／ておく／てある／てしまう／ずにいる／ずにおる／ずにおく／ずにしまう／ていく／てくる／て参る／つつある／一方だ／んばかり／たばかり／(よ)うとするところ／(する)ところ／ているところ／ていたところ／たところ

■ている／ておる／ていらっしゃる

これらは動詞の連用形を受けて、その動作・作用・状態が継続中であるという現実性・具体性を添える表現である。「ておる」は「ております」の形で「ている」の丁寧表現となり、「ています」よりやや丁寧な印象を与える。また、「ており」の形で「ている」の中止法となることも多いが、終止形「ておる」のままで用いると「ている」より古風で尊大な表現になる。会話体では「ている」は「てる」、「ておる」は

「とる」等になりやすい。「ていらっしゃる」は「ている」の尊敬表現である。

以下、用法の分類に従って解説を行う。

①動作・作用がある時間継続している状態、進行中であることを表す。

○一つの小さな灌木が、まるで私を待ち伏せてでもいたように隠れていたのに少しも気づかずに……（美）

○「けちなこといってないで何でも縫ってごらん。」（黄）

○橋の上には真っ黒に人がたかり、黄色い顔がずらりと列(なら)んで、眼下に迫って来る船中の模様を眺めております。（み）

○お出迎えのしもじもを笑わせていらっしゃる場面のスナップが印象に残ります。（帯）

○「じゃァ、あなたは向こうをむいていらっしゃい。」（遷）

終止形のまま「ておる」を用いると、いかにも偉そうな威張った態度で相手を見下した言い方になる。

○「おれがお供から帰ったに、水もくんでくれずに寝ておるかい」と言いざまに（小姓の）枕を蹴った。（阿）

○「重大発表をしとる。静かに！」（夜）

②動作・作用の結果の状態と言われるもので、生起した作用や行為の完了した状態が後まで残っている様子（結果の現存）を表す。

○「この川に三寸厚さの一枚板で橋がかかっている。」（牛）

○地上の家屋は崩壊していながら、爆弾らしい穴があいていないのも不思議であった。（夏）

○「安川さん、来ていらっしゃいますか。」と訊いた。（伸）

のように結果の状態が視覚的にとらえられる場合と、そうではない場合とがある。

○広い巴里の都広い仏蘭西の国に今自分を知っておるものは、全くこの内儀一人。（ふ）
○私が生まれた時には、父はもう死んでおりました。（武）
③「そびえる、似る、すぐれる、ばかげる、曲がる」等の動詞を受けて、現在の継続的な状態を表す。
○農商務省の官衙が巍峨としてそびえていたり……（J）
○「東京に出りゃなんとかなるってのは、かなり、当たってるよ、今の日本じゃ。」（砂）
○（老人が答えた）「観光でもうけるのは、いつも商人か他所者と、相場がきまっておるし……」（魔）
○この辺りはいやに森閑としており……
○先生は青い顔をしていらっしゃった。
④繰り返しの動作・作用やそれが定着した習慣を表す。
○全くうっかりしていると、始終なぐられてばかりいなくてはならない。（み）
○わたしも毎日元気で通学しておりますから、ご安心ください。（早1）
のように同一主体による繰り返しの場合と、
○毎日たくさんの赤ちゃんが世界中で生まれています。
○ロンドンのユダヤ人は、本来のユダヤ風の名前を英語に翻訳したものを使ってはおりますが……（黄）
のように異主体による繰り返しの場合がある。
⑤既に完了している動作・作用について、経験や記録を表す。
○年来それぞれの職分を尽くして来るうちに、人の恨みをも買っていよう。（阿）
○「日本人は漢文の中国語を読むことも、いきなり翻訳して読んでたわけでしょう。」（早2）
○ひょっとしたら、彼女はそれまでに何遍もその画家に出会っており……（美）
○「ご主人様は大学院を修了していらっしゃるそうですね。」

⑥「(ら)れている」「(ら)れておる」と受け身形式をとることにより、婉曲的な断定を表す。普遍性・客観性を要求される公的文章（新聞記事・論説文など）や日常的・普遍的な事実の描写に用いられるのが一般的となっている。「ていらっしゃる」にはない用法である。

○矛盾を感じない知識人はばかか嘘つきに限られている。（現）

○議案は本日中にも衆院本会議を通過するものと見られている。

○すべての書物は伝説である。定かなものは何物もしるされてはいない。（X）

○序文には、この書物を書くに至った経緯と内容に関する留意事項などが述べられており……

2 ておく／てある

「ておく」と「てある」は表裏の関係にある表現である。意志動詞を受けて、ある目的からあらかじめ動作・作用を行うことを表すのが「ておく」であり、その動作・作用の結果が現存していることを表すのが「てある」なのである。

以下、二つを関連づけながら用法の解説を行うことにする。なお、「ておく」は会話体では「とく」になることが多い。

①「ておく」は、動作・作用を行って対象に変化を与え、その結果の状態を持続させる働きかけを表し、「てある」はその結果の状態が現存していることを表す。

○「今までどういう方面の人に世話になっていたんだか、実はその辺の事も知っておきたいんだがね。」（腕）

○その包丁の能書きに、こんなふうに書いてありました。（黄）

この用法が発展すると、対象をある状態にしてその状態をいつまでも続けさせる、または、その動作・作用を受けた後、不作為的にそのままの状態に保たれている、といった放任の意となる。

○「このまま放って置いちゃだめだよ、おくさん。」（老）
○（万里は）好きな本さえ与えておけば何時間でも黙って読んでいるような子になった。（立）
○何か圧縮瓦斯（ガス）の鉄管が傍に投げ出されてあった。（夫）
さらに「ておく」には、わざとそのように振る舞ったり放任したりする作為的な意識が感じられるものもある。
○わざと正直な気持ちを言わないで、彼を少しじらしておくのも一つの手だ。（阿）
②「ておく」は、後のことを考えてあらかじめ準備のためにある動作をすることを表し、「てある」は、その準備のために受けた動作の結果の状態がそのまま保たれていることを表す。
○前夜結縄（むすびなわ）を切っておいた竹垣を踏み破って、駆け込んだ。（阿）
○次の間をあけると酒肴の用意がしてある。（少）
他動詞を受けるのが普通だが、自動詞を受けて、「ておく」は今後のために行為を蓄積することを、これに対応する「てある」はその行為の結果が蓄積されていることを表すことがある。「試合の前に十分眠っておく」に対して「試合の前に十分眠ってある」のようにである。

なお、これらには、必ずしも準備という意味ではなしに、ある行為を実現・完了させたり、その行為の結果が単に蓄積されたりしていることを表す場合がある。結果的にはそれが一つの経験・心構えともなり、準備したのと同様の効力を発揮することもあり得る。

命令形「ておけ」は、形としては蓄積されない行為を相手に強要して、自己の意志を強調したり、捨てぜりふ的に用いたりする。
○「さあ、ひょうたんで腹を切るのをよう見ておけ。」（阿）
○薫だけでもかいで置けといわぬばかり、（巻煙草の）烟（けむり）を交番の中へ吹き散らして……（濹）

○モーレーの意見を、吉川が手紙で伝えてあったが、その件について、古賀の意見や新しい下絵を見ながらの批評をした。（再）

③とりあえず当座の便宜をはかるため、一時的処置を施すことを「ておく」で表現することがある。

○「これぐらいで、いまは、やめておきましょうか……」（砂）

○「この辺は井戸か水道か。」とわたくしは茶を飲む前に何げなく尋ねた。井戸の水だと答えたら、茶は飲むふりをして置く用意である。（濹）

○「くれるというものなら貰っといたらいいじゃねえか。」（美）

「てある」で一時的処置が施された結果の状態を表す場合には、「とりあえず」「一時」等の語を補って、とすればよい。

○ボーナスはとりあえず中国ファンドに預けてあります。

3 てしまう

動詞の連用形を受けて、その動作・作用が完了することを表すものだが、文脈によって種々の意味を帯びる。会話体では「ちゃう」「じまう」などの縮約形になることが多い。

①意志性の動詞を受けて、〝すっかり……し終わる〟の意味で動作・作用の終了や完了を表す。

○彼らは一息にふた綴大判の綴込みをかたづけた。そして少しのろのろと、三つめの薄い覚え書を読み合わせてしまうと……（伸）

○「親方、私はもう今までのような臆病な心を、さらりと捨ててしまいました。」（刺）

この用法の意志性を強く押し出せば、積極的にその行為に取り組み、それをかたづける意識となる。

○「今度だけは命を助けてやる。これから人間を化かしたりなんかすると殺して了うぞ。」（年）

丁寧な命令表現としては、

○今まで床の中に寝ていた母が「あなたの紙入れにはいっているのもやっておしまいなさい」と忠告した。（硝）

などの形を用いる。

②無意志性の動詞を受けて、完了の強調に重点を置き、〃ひどく……する〃〃完全に……する〃〃本当に……する〃の意味を表す。

○世のなかの弱いやつはみんな死んじまえばせめて悪の蔓延は防げるだろうというと……（み）

○あら、いいところへ行ったわねえ。よかったでしょ。わたしも去年行って感激しちゃった。（J）

の他「あきれる、驚く、あわてる、忘れる、思い込む、涙ぐむ、ふきだす」等、動詞自身が無意志性を表している場合と、

○そんな風に思い出に導かれるままに、村をそんな遠くの方まで知らず識らず歩いて来てしまった私は……（美）

のように動詞自身は意志性でも文脈の助けによって無意志的動作を表し得る場合とがある。

また、この用法にはしばしば、〃具合の悪い状態になる〃〃期待に反した状況になる〃〃してはならないことをする〃といった不都合を強いられる気持ちがこめられる。

○「幸田さんあんたままっ子になっちゃったのよ、知らないの。」（み）

○「ほったらかしておくと、これっくらいもある梁なんかだって、(砂が)すぐにぶよぶよに腐らせてしまうんですからねえ。」（砂）

さらには、完了の助動詞「た」を伴った「てしまった」の形で、〃すでに時間的に遅すぎる〃〃もう取り返しがつかない〃という手遅れの意味となる。

○互に手を取って後来(こうらい)を語ることもできず……一言の詞(ことば)もかわし得ないで永久の別れをしてしまったの

である。（野）

この点では、意志性の動詞を受けた

○意地悪じいさんは……はらを立てて、ポチを殺してしまいました。（MⅡ）

○口止めしていた私の大失態を、弟がすっかりばらしてしまった。

も、完了だけでなく手遅れの気持ちを強く伴っていると言える。自分の意志的な行為の場合は、

○私は母の日記をこっそり読んでしまいました。

のように〝いけないことを既にした〟の意味合いだが、意志的・無意志的にかかわらず、

○姉が隠していた恋人の写真を見てしまった。

○「お小遣いを二万円もらっちゃった。」

となると、本来はいけない行為かもしれないがそれによってかえって利益を得て喜んでいる、〝しめしめ〟といった気持ちが付加されるようになる。

4 ずにいる／ずにおる／ずにおく／ずにしまう

「ずに〈ないで〉いる」「ずに〈ないで〉おる」は、前接する動詞の意味する動作・作用が実現されない状態で保たれていることを表す。

○まだ見ぬ人の姿かたちを心に描いて、三年四年は空しく憧れながらも、彼はなおその願いを捨てずにいた。（刺）

○このイタリアの男は、妻が不幸から容易に立ち直らないでいることに困惑している様子だった。（魔）

○何故孝策が彼の娘を自分のうちに置くことを避けるのか、見抜かずにはいないだろう。（立）

○「私のことを忘れんでいてくださいましナ」とくり返して言った。（少）

○（犬に対して）「おぬしは畜生じゃから、知らずにおるかもしれぬが……殿様は、もうおなくなり遊

ばされた。」（阿）

「ずに〈ないで〉おく」は、前接する動詞の意味する動作・作用を実現しない状態で保つことを表す。

○うちではその日まで子供たちには知らせずにおくつもりでいたので……（み）

○もし自分が殉死を許さずにおいて、彼らが生きながらえていたら、どうであろうか。（阿）

○「そのことはまだはっきり決まったわけじゃないから、誰にも言わないどいて。」

最後の例は、「ないでおいて」の縮約形で会話に多く見られる。

「ずに〈ないで〉しまう」は、前接する動詞の意味する動作・作用が実現しないままで終わることを表す。

○彼の怒ったり激したりする顔を見ることができずにしまった。（硝）

○この手紙にしたって……恐らく出さずにしまうかも知れません。（美）

○あの時はとうとうこれをお返ししないでしまい、申し訳ありませんでした。

5 ていく／てくる／て参る／ていらっしゃる

空間的・時間的・観念的に、話題とする事物・事柄が話し手を中心に接近したり離反したりする状況を具体的にとらえようとする表現である。「ていく／てくる」で対応関係にあり、「ていく」が離反を、「てくる」が接近を表している。「て参る」は「ていく／てくる」の謙譲表現、「ていらっしゃる」は尊敬表現で、空間的移動を示すことが多く、アスペクト的（時間的・観念的）に用いられることは少ない。

①空間的移動を表す用法で、「ていく／てくる」は本来の動詞「いく／くる」の移動の意味を保ちながら、前接する動詞に話し手側への接近と離反という意味を添える。この用法は動詞「いく／くる」の実質的意味を未だ失っていないため、②以下に述べるような、動詞としての詞的機能を失って辞的に機能している「ていく／てくる」とは区別されなければならない。いわゆる複合辞と呼べるのは②以下のアスペクト的用法であるが、その前段階としての基本的な空間的移動についてもその用法をまとめておく必要がある。

前接する動詞と「ていく／てくる」の意味関係は次の四種に分類できる。

(イ)**動作・行為の順次性を表す**　移動性がなく一地点においてなされる動作・行為を示す意志性の他動詞を受け、〝ある一地点で何かをして、それから行く、または来る〞の意を表す。

○後から旅の赤毛布を突飛ばして行く様な無慈悲な男は一人もいない。（ふ）

○「駒代、お前は今夜ゆっくりして行くか。」（腕）

○「娘が眠る時間だから寝かせて来る。」（魔）

○「発表者以外の人も、もう少し前もってよく読んで来て……」（型Ⅱ）

の他「買う、集める、取る、置く、見る、残す」等の動詞を受けるが、

○「北海道へ行って来たという者があるとすぐ話を聞きに出かけましたよ。」（牛）

のように移動性の自動詞を受ける例外もある。

○「けがをせぬように、首尾よくいたして参れ。」（阿）

は「して来なさい」の目下に向けた表現、

○「ここがお前の家か。」

「ふいて上げるから、寄っていらっしゃい。」（遷）

は「寄って行きなさい」の尊敬表現だが、命令を表すのに「ておいで」の形を用いて、

○「兄さん、さあ甘酒を飲んでおいで、お銭は要らないんだよ。」（年）

○「お前もよく見て、秘訣を盗んでおいで。」（立）

とすることもできる。前者は「飲んで行きなさい」、後者は「盗んで来なさい」の軽い尊敬表現である。

(ロ)**平行して行うことを表す**　継続動作を示す意志性の他動詞を受けて、二つの行為が同時に行われることを表す。「送る、運ぶ、抱く、持つ」等の動詞である。

○「弓子を下宿へつれて行くと言っても……」　（都）
○まさかに手洗所までものそのそついて来られては……　（J）
○彼は……台所からゴミバケツを下げてきた。　（立）
○「今、そちらに運んで参ります。」
㈧**移動する時の状態を表す**　継続動作の自動詞などを受け、行ったり来たりする動作がどのような手段や状態のもとに行われるかを示す用法である。「泳ぐ、歩く、走る、駆ける」といった移動動詞を受ければ手段を、「座る、眠る、乗る、おぶさる」等を受ければ状態を表すことになる。
○私は大きな材木を選ぶとそれを押すようにして泳いで行った。　（夏）
○青森までは夜行寝台に乗って眠って行くつもりです。
○木田さんものんびり歩いて来ますよ。　（I_1）
○雲の影が流れとともに、またたく間に走ってきて自分たちの上まできて……　（武）
○「先生はこの会場まで車に乗っていらっしゃいましたか。」
㈡**複合して一つの動作・行為・作用を表す**　それ自体に方向性を持つ移動動詞「戻る、伝わる、入る、近寄る」等の自動詞を受けて、その移動が話し手側からの移動か話し手側への移動かを明らかにする用法である。
○逃げて行く人の勢で、径が自然と拓(ひら)かれていた。　（夏）
○妻君の方は毎日、朝のうちから出かけて行った。　（都）
○目の下二尺もあるような鱒がぴちぴち跳ねながら引き上げられてくる。　（生）
○ちょうどそこへ先生の弟子の若い学者の一人が訪ねてきて……　（中）
○「しかし半年たったら必ず帰っていらっしゃるのよ。」　（愛）

○「夕方寒くならないうちに帰っておいでよ。」（MⅡ）

②時間的継続を示す用法で、ある状態が現在まで継続したこと（経験など）や、これからも継続することを表す。継続動詞のうち行為が外形には現れない「暮らす、忍ぶ、尽くす、貫く」等の動詞を受け、「ていく」は〝ある時点から〟の継続、「てくる」は〝ある時点まで〟の継続を表すことになる。

○「で、そうするとこのうちはどうして立って行くことになるのです。」（都）

○「この子は私一人の力で育てていきます。」

○少なくとも十万年来改造することもできず持ちつづけてきた生理機制をもって……（現）

○今まで男だけの職業とされてきた炭鉱労働や建設労働……（型Ⅰ）

○（先生は）小さいころから、ユダヤ人として人間世界の非合理性をいろいろ体験してこられたので……（中）

○主人がご迷惑ばかりおかけして参りましたこと、深くおわび申し上げます。

③消滅と出現を示す用法である。「ていく」は「死ぬ、消える」等を受け、ある現象が自然に消滅することを表す。

○彼女自身も昭和二十年空襲の最中に死んで行った。（夫）

○恋人を失った深い悲しみは、彼女の心から生涯消えていくことはないであろう。

「てくる」は、ある現象が自然発生的に出現・生起することを表す。

○「いい蛇ねえ、尻尾はまた生えて来るわよ。」（魔）

○なおも林の奥へ進むと道の片手に小さな鋼鉄の集塊が見えて来た。（夫）

○雨がふってまいりました。（中）

のほか「生まれる、現れる、出る、起こる」等、目に見える現象はもちろんのこと、

○おれは奇妙な不安を感じてくる。（X）
○今日もまず命は無事だったという底深い喜びがひとりでにわき出してきて……（生）
○「深夜の高速道路を一人で運転しておりましたら、知らず知らずのうちに眠気が襲って参りました。」
のような心理的現象や感覚の生起にも用いられる。後者は、心理的・感覚的現象が、それを感じる人間側へと現れてくることを示すため、人間側から遠ざかる意識の「ていく」にはこの用法がない。「（考えが）浮かぶ、（思いが）あふれる、（頭に）こたえる」など、瞬間的な無意志性動詞を受ける。
④ある状態から別の状態へと変化する過程を具体的にとらえた用法で、話し手の視点から見て、その変化が時間的・観念的に接近してくる場合に「てくる」、遠ざかっていく場合には「ていく」を用いる。従って、「てくる」には変化の開始、「ていく」には変化の進行という意味が含まれる。「落ち着く、帯びる、疲れる、慣れる、増える、深まる」等、自然発生的現象を表す無意志性の動詞を受けるのが普通である。
○こうして仲間の生活がとうとう交互に腐蝕されて行く。（都）
○銀行の主流の中で互いに先を競いながら昇進して行くのを、何の競争心もなく眺めている……。（立）
○だんだんとさびれてゆくこの岩内の小さな町にも……（生）
○それでかえって何が問題として残るかが読めてくるんだと思うがね。（J）
○多くの人の依頼を無にするような傾向が強くなって来た。（硝）
○怪しくもその顔はだんだんと妃の顔に似通って来た。（刺）
○こんな豊富な肉の陳列を前にして、限られたものしか扱えないのでは、やがてみじめになってまいります。（黄）
「てくる」には、その変化をまだ阻止できるという意識があるが、「ていく」はもうその段階を超え、自分の力ではどうにもならない所まで進行してしまったとの意味合いが強い。

6 つつある

広い範囲の動詞を受けて、ある動作・作用が進行中の過程にあることを表す。西欧語の現在進行形に引かれた翻訳調の文章語であるため、会話ではあまり使われない。

○民子が体をくの字にかがめて、茄子をもぎつつあるその横顔を見て……（野）

○私は今すれちがいつつある一つの野ばらの上に私のおずおずした最初の視線を投げた。（美）

瞬間動詞を「ている」が受けると結果の状態を表すことになるが、「つつある」の場合は進行中の状態を表す。

a 消えている＝消えた後の状態が続いている

b 消えつつある＝今消えていく途中の状態である

つまり、瞬間動詞の表す動作・作用にもある程度の時間的な幅を意識するのが「つつある」の特徴である。

7 一方だ

変化を示す動詞を受けて、もっぱらその方向（多くはマイナス評価の方向）にだけ変化が進んでいる、という傾向を表す。〃……するばかりだ〃の意である。

○日本に来てから、やせる一方だ。（型Ⅱ）

○戦争はますます拡大される一方です。（日Ⅱ）

○学校を卒業してから、私の英語はひどくなる一方です。（型Ⅱ）

○一日毎に、そこいらを埋めている落葉の量がふえる一方で……（美）

次のような「ばかり」と入れ換え可能である。

○図らず病にかかって……日に増し重くなるばかりなので……（阿）

8 んばかり／たばかり

「ん〈ぬ・ない〉ばかり」は否定の助動詞「ん」「ぬ」「ない」が常に前接する形式で、動作動詞の未然形を受け、〃今にも……しそう〃〃今まさに……している〃といった動作・作用の生じる直前状態を表す。

○「森影暗く月の光をさえぎった所へ来たと思うと娘はいきなり僕に抱きつかんばかりに寄りそって……」（牛）

○とびかからんばかりに、駈けよって、砂の中に腕をつっこみ、かきまぜる。（砂）

○命をなげ出さんばかりの険しい一日の労働の結果は……（生）

○わたしは巻煙草も金口のウェストミンスターにマッチの火をつけ、薫だけでもかいで置けといわぬばかり、烟（けむり）を交番の中へ吹き散らして……（濹）

しかし、実際にはその動作・作用は起こらないわけで、〃今まさに～していると言ってもいいぐらいに……〃の意で、極めて近似した状況を説明するための比喩的な役割を果たしているに過ぎない。これは、「ばかり」の限定の意味に由来する表現で、〃表面は～しないだけで実質的には～したも同じ〃の意から、〃まるでそうであるかのように〃の意味合いが生じたものであり、純粋のアスペクト表現とは言い難い。→六七ページ「んばかり」

「たばかり」は完了の助動詞「た」が常に前接する形式で、動作動詞の連用形を受け、〃……して間もない状態だ〃の意で動作・作用・現象が成立した直後であることを表す。

○そのころ、ジュゼピーナは十も年上の夫と結婚したばかりだったのだ。（再）

○その時子供は生まれたばかりで戸籍の手続きもせずにあったので……（濹）

○まるでシュパウダウの卒業試験を終えたばかりといった歩き方をするのだった。（夜）

○とりつけたばかりの新品の箱と鉄管のつなぎ目に……（老）

○ここでも、住みついたばかりなのに、郵便局はどこかなどと道をきかれても、不思議ではありません。（黄）

↓三一七ページ「たところ」

9 (よ)うとするところ／(する)ところ／ているところ／ていたところ／たところ

「ところ」を中心として構成されたこれら諸形式は、動詞を受けて、ある動作・現象の進行過程の中でそれがどういう段階にあるか（いわゆる「アスペクト」）を明示する表現である。しかし、実際にアスペクトを示す働きは「ところ」自体にあるのではなく、前接する「ようとする」「する」「ている」「ていた」「た」のほうにある。「ところ」の役割はむしろ、そういったアスペクトの段階にあるという状況をことさら明確にして相手に伝えようとする、話し手の主観的な態度の表明にあると言えよう。助詞「へ、に、を」や助動詞「だ」を後接する点が特徴である。以下、形式ごとに述べていく。

① (よ)うとするところ

ある動作を今始めようとする、またある作用が今始まろうとする、発生直前の状態や、何かの事前準備の段階、もしくは徐々にある動作・作用をし始めた状態であることを表す。

○彼は本を読もうとするところです。（I_2）

○どろぼうが盗もうとするところをつかまえました。（I_2）

○私は彼が学校へ行こうとするところへ〈に〉行きました。（I_2）

② (する)ところ

動詞の現在形を受けて、ある動作を始める、またある作用が始まる寸前の状態であることを表す。①の「(よ)うとするところ」とほぼ等しいが、「(よ)うとするところ」にはどうしても事前の準備といったニュアンスが伴うため、「(する)ところだ」のほうが時間的により動作の開始時・発生時に近接していると言えよう。

○「どうです、一緒に茶でも上りませんか。――実は我々もこれから食事をやるところですから。」(伸)

○「今、会議が終わるところですから、少々お待ち下さい。」(J)

○そのときはもう男は立上って向こうへ歩いてゆくところであった。(夜)

○ちょうど講演が始まるところでした。(I_2)

○「郵便函を見に行って帰ってくる処を兄に見つけられたのです。」(愛)

会話体では「(する)とこ」となることも多い。

○「本田さんと東さんは、これから連絡するとこだ。」(早1)

「(よ)うとするところ」と「(する)ところ」の違いについては、動詞によって次のような点も指摘できる。

a　弟が会社から帰ろうとするところをつかまえて真相を正した。

b　弟が会社から帰るところをつかまえて真相を正した。

aは退社直前を示し、弟はまだ会社内にいて帰る準備をしていると考えられるが、bは退社の成立を示し、弟は(会社の構内も含めて)会社から自宅までの帰途にあると考えるのが自然である。つまり、「(よ)うとするところ」は直前状態を、「(する)ところ」は進行中を表すという違いである。この違いは、「帰る」の持つ瞬間性と継続性に起因する。「AからBに帰る」と考えた場合、Aを出発し(てBに向かっ)た瞬間をとらえて「帰る」と表現することも可能であるし(瞬間性)、Aを出発してからBに着くまでの時間的幅をとらえて「帰る」と表現することも可能である(継続性)。従って「(よ)うとするところ」は前者を取り出し(a)、「(する)ところ」は後者を取り出し(b)ているわけである。一般の瞬間動詞を「(する)ところ」が受けた場合は、「終わるところだ」のように直前状態を表すだけになる。↓二五九ページ「ところだ」

③ているところ

ある動作が行われている最中、進行中であること、もしくはある作用が行われてその結果の状態にあることを表す。

○「今旅行から帰って来て、お前の手紙を見てすっかりうれしくなっている処だ。」（愛）

○いま、小さな姪は母親と対面しているところであった。（夏）

○佐々は、もう髪の手入れもすみ、部屋の真中に立って上着に片手を通しかけているところであった。（伸）

○信一が空嘯（からうそぶ）いて威張っているところへ……光子が綺麗に顔を洗って戻って来た。（年）

○「あの人は私が困っているところを助けてくれた恩人です。」（J）

また、①と③の混合形式の「(よ)うとしているところ」は①に近いが、何かの事前準備の段階にあって、その動作・作用そのものの開始にはまだわずかに間があるというニュアンスが強いようである。

c　今玄関を出ようとしているところだ。

d　今玄関を出ようとするところだ。

e　今玄関を出るところだ。

と並べると、c・d・eの順に動作の開始時・発生時に近づいていくことがわかる。dにも事前準備の意味合いはあるが、より開始時に近い準備——〃ドアに手をかける〃など——がなされており、cはさらにそれ以前の段階——〃靴をはいている〃など——にあると思われる。

○私の悲しい決心を、その物語の結尾として私はこれから書こうとしているところだった。（美）

○かまわずハンミョウ探しをつづけようとしているところに、老人がまたあわただしくやって来て……（砂）

○三人の子供の若い乳母を殺して、死体を外にひきずり出そうとしているところへ、レディ・ルーカンが帰宅したので……（黄）

②と同様、「帰る」を用いた例文で比較してみる。

f　弟が会社から帰っているところをつかまえて真相を正した。

g　弟が会社から帰ろうとしているところをつかまえて真相を正した。

「帰る」の瞬間性と継続性を問題にして「AからBに帰る」という設定で考えた場合、Bにたどり着いた瞬間を「帰る」と表現するとらえ方も可能である（瞬間性）。fはこのとらえ方に基づくもので、「帰る」という瞬間動作が成立した結果の状態、つまり〃家に帰り着いてそのまま家にいる〃ことを表している。gは②のaととらえ方は同じだが、gのほうが時間的に動作の開始時・発生時から遠い。

④ **ていたところ**

現在またはそれを取り上げた時点まで、ある動作が継続して行われていたこと、もしくはある作用の結果の状態が続いていたことを表す。

○ちょうど、あなたのうわさをしていたところです。

○そのころ私は北海道行きを計画していたが……もういっそやめようかと思っていたところだった。（生）

「帰る」を用いて、

h　弟が会社から帰っていたところをつかまえて真相を正した。

とすると、「帰る」のとらえ方は③のfと同じだが、〃弟が家に帰り着いた〃時点と〃弟をつかまえて真相を正した〃時点との時間の隔たりがhのほうは大きいように受けとれる。つまり、〃つかまえて真相を正した〃時点よりかなり以前に〃弟は家に帰り着いた〃のではないかと思われるのである。

⑤ たところ

ある動作を今終えた直後、もしくはある作用が今終わった直後の状態であることを表す。

○今、ちょうど食事が済んだところです。（J）

○暗い横通りで変な不安に襲われて来たところなので……（仲）

○彼女は……やっとひととおり料理を運び終って、席に坐ったところであった。（夫）

○しかしケルセンブロックはあらゆる染色法を試みた挙句……ようやく成功の緒を摑んだところであった。（夜）

○あなたが帰ったところへ彼が来ました。（I_2）

「帰る」を用いて、

i　弟が会社から帰ったところをつかまえて真相を正した。

とすると、「帰る」のとらえ方は③④のf・hと同じくBにたどり着いた瞬間ということで、〃家に帰り着いた直後〃の意味になる。ところが、同じ「帰る」でも、

j　弟が会社から帰ったところをみはからって、社内に忍び込んだ。

とすれば、「帰る」のとらえ方は②③のa・gと同じくAを出発し（てBに向かっ）た瞬間となり、〃会社を出た直後〃の意味を表すようになる。

また、「たところ」と同様に動作の直後の状態を表すものとして「たばかり」がある。両者の違いは、「たところ」のほうがより動作の成立時に近い直後を表す点である。このことは、多少離れた過去の時点を明示する語句があると「たところ」が不自然に響くことからも説明できる。

k　彼とは一週間前に話したばかりです。

?l　彼とは一週間前に話したところです。

さらに、「たところ」と「たばかり」の混合形式として「たばかりのところ」がある。やはり動作の直後の状態を表すが、多少離れた過去の時点を明示する語句とは共起しにくい点などから、「たところ」に近いと思われる。

○その夜お雪さんは急に歯が痛くなって、今しがた窓際から引っ込んで寝たばかりのところだと言いながら……　（濹）

○その物語の静かな表面にしんしんと湧き上がってくるところを書き終えたばかりのところだった。　（美）

↓三一二ページ「たばかり」

▼なお、過去形「(する)ところだった」「ているところだった」「たところだった」の形で、実現しなかった事柄の予測や反実仮想を表す用法については、別項で詳述している。↓二五九ページ「ところだ」

表現索引

以下の表現索引は『日本語表現文型』から複合辞（見出し語と変化形）および関連ないし参考表現（助詞や言い換え表現）を選び出し、作成した。見出し語は太字で示してある。また、その表現が中心的に扱われ、例文も詳しく載せてあるページ数は太字で示してある。

な

に

ね

の

森田良行（もりた　よしゆき）

早稲田大学教授　早稲田大学日本語研究教育センター所長

略歴　1930年1月、東京に生まれる。早稲田大学第一文学部卒業。同大学大学院修士課程修了。1964年より早稲田大学において日本語教育ならびに日本語学を担当。1978年、インドネシア国立パジャジャラン大学、1982年、北京大学の客員教授。

著書　『基礎日本語』全3巻（角川書店）、『日本語の類意表現』（創拓社）、『誤用文の分析と研究』（明治書院）、『日本語をみがく小辞典』〈名詞篇〉〈動詞篇〉（講談社現代新書）など多数。

松木正恵（まつき　まさえ）

早稲田大学教育学部助教授

略歴　1959年生まれ。東京学芸大学教育学部卒業。都立高校教諭を経て、1987年、早稲田大学大学院文学研究科修士課程修了。ひき続き青森明の星短期大学専任講師。論文に「複合辞の認定基準・尺度設定の試み」「複合接続助詞の特質」「複合辞性をどうとらえるか」などがある。

日本語表現文型

定價:400 元

初版一刷中華民國八十八年八月
本出版社經行政院新聞局核准登記
登記證字號:局版臺業字 1292 號

作　　者：森田良行・松木正恵
發 行 所：鴻儒堂出版社
發 行 人：黃成業
地　　址：台北市中正區100開封街一段19號2樓
電　　話：二三一一三八一〇・二三一一三八二三
電話傳真機：二三六一二三三四
郵政劃撥：〇一五五三〇〇之一號
E — mail：hjt903@ms25.hinet.net